AF214913

© 2018 Lele Frank
© Umschlag, Illustration: Lele Frank
© Coverfoto: Liane Hinkelmann
Verlag: Tredition GmbH, Hamburg

Paperback   ISBN   978-3-7469-7559-7
Hardcover   ISBN   978-3-7469-7560-3
e-Book   ISBN   978-3-7469-7561-0

www.tredition.de

Die Autorin Lele Frank – sie selbst bezeichnet sich als Schreibwerkerin - wurde 1957 in Bad Kreuznach geboren, ist Bauingenieurin und hat über 35 Jahre in dieser Ellbogen-Branche gearbeitet. Ende 2012 gab sie Beruf und Firma aus persönlichen und gesundheitlichen (ausgebrannt) Gründen auf. Nach dem Ende einer dramatischen Beziehung entdeckte sie die Liebe und Leidenschaft Bücher zu schreiben. Mit ihrem ersten Buch *„Tanz der Optimisten"*, welches eigentlich nur einen therapeutischen Zweck erfüllen sollte, hat sie sich ins Leben zurückgeschrieben.

Sie lebt an der Ostsee und bezeichnet ihre jetzige Tätigkeit als:

„Das Leben genießen."

Das Buch:

Ist es möglich, nach so vielen Jahren Isolation und De-sozialisierung, wieder ein ganz normales Leben zu leben? „Geh` weg", sagt Neela zu jedem Mann der sich ihr nähert. „Wir haben keine gemeinsame Vergangenheit, keine gemeinsame Gegenwart und schon gar keine Zukunft." Sie resümiert ihre Ansichten schroff und zeigt unverhohlen ihr Misstrauen. Und es stört sie offensichtlich nicht, dass sie mit ihrer verallgemeinernden Haltung alle Menschen, um sich herum und anderswo, damit vor den Kopf stößt.

Was zum Teufels stimmt nicht mit mir, fragt Neela sich Tag für Tag. Alleine die Beschädigungen aus der Vergangenheit reichen doch nicht aus, um derart ins Abseits zu geraten. Warum ist es nicht möglich seine ganz persönliche Lebensart glaubhaft zu machen. Warum wird man nicht erst genommen und ohne Neid und Ablehnung einfach nur akzeptiert, ohne diese ewigen Hintergedanken die man in den Gesichtern ablesen kann wie aus einem abgenutzten Lexikon. Haltlose Unterstellung, man sei ja letztlich doch auf der Suche nach einem adäquaten Gegenstück, oder - wenn dies nicht zuträfe sei man anderweitig schräg und gesellschaftlich inkompatibel, das ist trauriger, frustrierender Alltag. Und wenn dies nicht der Fall sei, hätte man vermutlich die Fraktion gewechselt und sei heimlich homosexuell. Man selbst weiß nichts von seinen eigenen Absichten und Neigungen, aber die anderen - die sich moderne Gesellschaft nennen und immerzu von Nächstenliebe reden, die wissen es.

Und das Licht scheint in der Finsternis, und die Finsternis hat's nicht begriffen...

Johannes 1:5,9

Kapitel 1: **Besuch der Schwester**

Freitag war gestern, erinnerte sich Neela diffus. Sie war gerade, in dieser Sekunde, von einem ihrer schmerzvoll gedanklichen Ausflüge wieder zurück-, wieder zu sich selbst zurückgekehrt. Immer dann, wenn sie diese unwillkommenen Reisen in die zurückliegenden Geschehnisse spontan und unwillkommen überfielen, ging es ihr anschließend tagelang nicht gut. Ihr Ton veränderte sich, in dem sie sprach, und ihre Haltung zeigte deutliche Resignation. Die Frage, wann das endlich aufhören- wann eales endlich wieder alltäglich sein könnte und normal, die stellte sie sich schon lange nicht mehr. Zu Selma, ihrer jüngeren Schwester sagte sie immer, dass dies alles wie ein genetischer Defekt sei der in ihr wohne. Sie müsse sich nur einfach daran gewöhnen und sich mit ihm, diesem unangenehmen Defekt versöhnen, dann ginge es schon... irgendwie.
Neela fröstelte. Sie hatte wieder einmal, isoliert von sämtlicher Außenwelt- von sämtlichen Menschen sogar von Selma, die vorbeistreichende Zeit aus den Augen aus dem Sinn verloren, weil sie heute, an diesem stillen Spätsommertag in den letzten Akt ihrer alles verändernden, bitteren Vergangenheit zurückgereist war. So vehement und fordernd wie schon lange nicht mehr, tanzten Bilder dieser Zeit, vor ihrem inneren Auge herum und neckten sie bösartig. Antons lautes, diabolisches Lachen torkelte durch den Raum in dem sie bewegungslos saß. Dabei ging es immer und immer wieder um endlose Wiederholungen von Situationen, die sich partout in Neelas Kopf nicht verarbeiten ließen. Dabei ging es aber

auch, um das unerwartete, faszinierende, dramatische und so plötzliche Ende einer fast dreizehn Jahre andauernden Leidensgeschichte, in der sich Neela so alleine- so hilflos und ausgeliefert gefühlt hatte wie ein ausgesetzter Hund, den man an einen Laternenpfosten angebunden, lieblos zurücklässt, weil demjenigen der diese Sünde beging, das Schicksal des Hundes völlig gleichgültig war. Bis heute- bis zum heutigen Tage gelang es ihr nicht das Ergebnis, das tatsächliche Ende als real zu akzeptieren. Neela war von Ängsten derart tief beschädigt, dass sie den Blick für positive Dinge gänzlich eingebüßt hatte. Und die Intoleranz der bestehenden Gesellschaft, die tat alles dafür, dass es so blieb.

Damals – siebzehn Jahre ist das jetzt schon her – verlangte Neela sogar von ihrer Halbschwester Selma, dass sie den offensichtlichen Kontakt zu ihr einstellte, um nicht noch selbst zum Ziel dieses perfiden Stalkers zu werden, der damit sogar gedroht hatte, Selma notfalls auch nicht zu schonen, als sein grenzenloser Hass über seinen bisherigen Aktionsradius schwappte. Auch Neelas Mutter wäre ihm – notfalls, wenn Neela sich ihm durch einen Umzug entzogen hätte, durchaus zu pass gekommen; Hauptsache Leid und große Schäden verursachen, so seine kranke Intension. An seiner Unzurechnungsfähigkeit hafteten längst keine Zweifel mehr. Er war gefährlich und unkalkulierbar blind in seiner Wut.

Selma folgte den liebevollen Aufforderungen ihrer großen Schwester, weil sie Angst um ihre einzige Tochter, und um sich selbst und ihr kostbares Ladengeschäft hatte, welches sich für eine Vandalismus-Attacke - wie Neela sie schon zwei Mal in ihrem eigenen Geschäft hatte hinnehmen müssen, trotz Überwachungskameras und einbruchsicheren Glasscheiben, ebenso gut geeignet hätte, Antons Zerstörungswut zu befriedigen. Lediglich das Telefon, womit in dieser Zeit Neelas Einsamkeit oft überbrückt wurde, bildete den einzigen seidenen aber zuverlässigen, hilfreichen Faden zwischen den beiden Halbschwestern, die sich im Leben erst sehr spät kennengelernt hatten, weil man in ihren jeweiligen Familien nicht unbedingt großen Wert auf Wahrheitsfindungen legte. Neela und Selma teilten sich einen gemeinsamen Vater. Ihre beiden Mütter hätten unterschiedlicher nicht sein können, was aber letztlich kaum eine wirkliche Rolle spielte. Bei beiden Frauen hatte der Vater seine Gene erfolgreich durchgesetzt. Die Ähnlichkeit war geradezu verblüffend.

Die unfassbar lange- sich hinziehende, schreckliche Leidenszeit von fast dreizehn Jahren dieser ungeahndeten Stalking-Bedrohung in Neelas kleinem Leben, sorgte dafür, dass Selma von ihren klugen, nutzlosen Ratschlägen letztlich absah. Irgendwann musste selbst sie, die immer einen guten Weg und einen guten Rat zu wissen glaubte einsehen, dass nichts, rein gar nichts helfen konnte, was diesen Menschen zur Einsicht brächte. Anton wog sich in bequemer, komfortabler Sicherheit, weil niemand – weder die Polizei, noch die Staatsanwaltschaft, noch die Gerichte, Neela wirkungsvollen Beistand leisteten. Solange es an stichhaltigen Beweisen fehlte, unterstellte man Neela beinahe eine erfundene Hysterie. Und wenn sie keine stichhaltigen Beweise vorlegen könnte, solange könne man halt auch nichts tun. Die Gesetze für solche Fälle, hätten schließlich ihre

Existenzberechtigung und seien schließlich von klugen, verantwortungsvollen Menschen der Regierungen aufgestellt und verabschiedet worden, hieß es. Was Neela mit einem lauten, bitterbösen, vulgären Lachen quittierte. Womit sie sich bei dieser stinkfaulen, desinteressierten, oft sehr unfreundlichen Exekutive natürlich alles andere als Freunde schaffte. Am liebsten hätte man ihr die Türen vor der Nase zugeschlagen, wenn sie, Neela, wieder ein Vorkommnis zur Anzeige bringen musste, weil sonst die Versicherungen ihre Zahlungen verweigert hätten. Ein trauriger, absurder Kreislauf in dem sie feststeckte. Diese zahlreichen, schweren Sachbeschädigungen, die könnten auch von einem gerissenen Neider oder gar einem Feind gemacht worden sein, belehrte man Neela, und dass sie sich womöglich alles nur einbildete oder Anton sogar absichtlich schaden wolle. Diese dumme, haltlose Unterstellung trug letztlich dazu bei, dass Neela Zeit ihres Lebens jeglichen Respekt und Achtung vor diesen Behörden verlor und gegen tiefste *Ver-*achtung austauschte.

Selma konnte in dieser bösen Zeit des Leidens nichts weiter tun, als hilflos zuzusehen, wie ihre Schwester hilflos zu einer zurückgezogenen Außenseiterin mutierte. Dieser schreckliche Wandel vollzog sich übergangslos aber gut sicht- und spürbar für alle Menschen die Neela von früher als lebenslustige, fleißige, höchst belastbare und hilfsbereite Person kannten. Neelas Herz wurde immer weiter und weiter so hart wie Stein, ihre *Be-*urteilungen messerscharf, direkt und gnadenlos ehrlich. Diplomatie wurde ausrangiert wie ein altes Kleidungsstück und machte direkten, harschen Worten Platz, ohne Rücksicht auf bleibende Schäden. Erst im letzten Akt dieser Tragödie sollte die finale Erlösung liegen. Im letzten Akt sollte der Tod eines Menschen zum schönsten Tag in Neelas Leben werden, wenn sie es denn verstanden hätte, dass es tatsächlich so war. Und so absurd dies alles klingen mag, aber dieser Tod war glückbringend für alle Beteiligten, um- und neben Anton herum. Einzig für Neela war es zu spät.

Der September zeigte sich zwar zärtlich mit seiner noch milden Temperatur, dennoch vermochte er Neelas gefrorene Seele nicht wirklich zu erwärmen und für sich zu begeistern. Sie sah lustlos auf die digitale Uhr unter dem großen Fernseher und las die Zahlen 16:08., die den späten Nachmittag bestätigten. „Na dann", sagte sie laut, als hätte jemand das Zimmer betreten mit dem sie sich unterhalten könnte. Bevor Neela - aus Gewohnheit - die Terrassentür zuzog, schickte sie noch einen letzten Gedanken durch die schmale Öffnung hinaus. Eine Art ritueller Abschluss den sie, jedes Mal, nach solchen Gedanken-Flashs, wie sie es ratlos nannte, wenn die Vergangenheit sie mit dieser immensen Wucht einholte und überrollte, zelebrierte, um wieder zur inneren Ruhe und fragiler Normalität zurückzufinden. Ähnlich einem Schlussakkord für ein spezielles Lied das Seele hieß; die malträtierte und gequälte, schickte sie diesen Gedanken an Gott, den sie damit um Kraft für die Zukunft bat. „Momentan ist richtig", flüsterte Neelas innere Stimme. „Momentan ist gut. Nichts ist wirklich wichtig. Nach der Ebbe kommt die Flut." Die Zeilen aus Grönemeyers Album "Mensch" gefielen Neela von Mal zu Mal mehr; beschrieben sie doch mit einfachen und wenigen Worten auf eine ganz banale Art und Weise das eigene Hier und Jetzt, welches man leben musste, wenn es keine andere Möglichkeit mehr gab. Es gab sie nicht... diese andere Möglichkeit. Dazu hätte Neela ihre Sicherheitszone verlassen müssen, was völlig ausgeschlossen schien.

Rückblick auf die letzten- die finalen Geschehnisse, auf den letzten Akt entglittener, schmerzvoller Vergangenheit, bevor der angeflehte Gott die ersehnte Hilfe schickte:
Die Trennung von Anton war im Grunde vollzogen. Neela hatte keine Zukunft mehr, wie es schien. Sie würde vermutlich alles verlieren, weil er auf der Stelle das geliehene Geld zurückforderte, wozu sie aber zuerst das Haus verkaufen musste, was sie auch wollte. Ab und an übernachtete er sogar noch im Haus, um die Kontrolle zu behalten und Neela psychisch zu terrorisieren, perfide zu stalken und vor allem, um sie ausgiebig zu schikanieren. Die Staatsanwaltschaft räumte ihm dieses absurde Wohn-Recht ein, weil Anton einen rechtskräftigen Mietvertrag in Neelas Haus- mit einem Jahr Kündigungsfrist besaß. Darüber nachzudenken lohnt nicht, weil man solche Regelungen ohnehin nicht erklären- oder verstehen kann. Eine andere Frau war, um Neela zu provozieren, schon länger an Antons Seite. Eine Art Rache, wie er glaubte. Insgeheim hoffte er sogar Neela damit zurückzugewinnen. Anton wohnte nur temporär bei dieser Frau, die keine Skrupel kannte. Neela nannte sie verächtlich „Trudchen."

Neela hatte die Zeiten, in denen das Unglückshaus ausgebucht war dazu benutzt, am Strand zu liegen, um sich von ihrer harten Arbeit zu erholen. Sie war so braun wie noch nie in ihrem Leben. Trotz der vielen Arbeit und des Kummers mit Anton, sah sie ganz gut aus. Ein Fremder würde nicht sehen können durch welches Tal der Tränen sie gera-

de schritt. Sie hatte unten am Strand eine Frau kennengelernt, die einen Dobermann besaß und sich mit ihr für Spaziergänge verabredet. Sie musste auch mal wieder raus – „Sonst verblöde ich noch", sagte sie sich. Der große Hund war ganz verrückt nach ihr. Dass er ihr eines Tages einen großen Dienst erweisen würde, konnte Neela zu diesem Zeitpunkt noch nicht ahnen. Heute wollte sie erst einmal mit der Frau zum Strandfest gehen. Darauf freute sie sich. Freundschaften in der Nachbarschaft waren nicht möglich. Außer einem Ehepaar, das noch mehr trank als Anton, und einer Friseurin die so falsch war wie Katharina die Große, war weiter niemand da, der vom Alter her zu ihr gepasst hätte. Im Großen und Ganzen stand sie alleine da. Im Herbst würden ihre Eltern zu Besuch kommen, das war es dann auch schon an Abwechslung.

Sie stand im Bad und machte sich fein. Ein Kleidchen, das ihre braunen Beine zeigte. Mal wieder ein wenig Schmuck anlegen und schminken. Fertig. Sie ging hinaus und ... Anton saß am Tisch und glotzte die Tischplatte an. Na, der hat mir gerade noch gefehlt, dachte sie.

Anton hob den Kopf und betrachtete sie eingehend. Sie grüßte ihn freundlich und erkundigte sich nach dem Wohlbefinden von seiner Frau Königin. Anton gab keine Antwort. Es schürte ihm das Herz zusammen Neela so zu sehen. Sie war und blieb seine Traumfrau. Vielleicht hätte er irgendwann doch noch eine Chance, hoffte er vergebens. Aber so, wie die Lage aussah, konnte er das vergessen. Sie hatte sich bisher nicht kleinkriegen lassen. Woher sie die Kraft nahm, war ihm schleierhaft. Er musste sie vernichten, wenn sie nicht zu ihm zurückkommen würde, so viel stand fest. Dazu musste er möglichst viele Kräfte sammeln. In Trudchens Haus und Bett hatte er sich ganz schön verausgabt. Der Alkohol erledigte den kümmerlichen Rest.

Neela rief fröhlich: „Tschühüüüs, lieber Anton", und rauschte die Treppe hinunter. Weg war sie. Hätte sie geahnt was an diesem Abend noch auf sie zukommen würde- hätte sie *gewusst, dass sie leichtsinniger Weise Anton unterschätzte, wäre sie nicht so unbeschwert zu diesem Fest aufgebrochen. Ganz wohl war ihr zwar nicht in der Haut, Anton jetzt alleine im Haus zu wissen. Aber sie hatte vorgesorgt. Alle wichtigen Sachen und Dokumente hatte sie gut versteckt. Die würde Anton nie finden. Dazu brauchte man ein bisschen Verstand. Den, hatte sie nicht zu befürchten. Verstand fiel ja nicht vom Himmel. Neela dachte darüber nach, was wäre, wenn sie keine Schulden bei ihm hätte. Vielleicht hätte er schon das Haus angezündet. So aber musste er ja irgendwie wieder an sein Geld kommen. Und das war nur über den Verkauf möglich. Vorerst. In gewisser Weise war es für sie sogar ein Schutz. Gut, dass er so monetär gesteuert war. Es machte ihn so berechenbar, außer, wenn er besoffen war, dann musste sie sehr aufpassen. Dann war er nicht mehr so ganz bei sich und tickte gefährlich aus.*

Das Fest war ganz nett, aber nichts Besonderes. Die Nachbarn beäugten sie neugierig und fragten sich, woher sie die Nerven nahm. Jeder wusste Bescheid. Das ließ sich in so einem kleinen Kaff nicht vermeiden. Neela war es egal, was sie von ihr dachten. Das war schon immer so gewesen. In dieser Beziehung war sie schon immer selbstbewusst und stolz. Jeder hatte vor seiner eigenen Tür genug zu kehren. Kurz nach einundzwanzig Uhr war sie wieder zu Hause. Sie war erleichtert Antons Auto nicht mehr vor dem Haus stehen zu sehen. Neela ging nach oben und schenkte sich einen Brandy ein. Am Strand wollte sie nichts trinken, jeder ihrer Schritte wurde beobachtet. Am Ende würden sie noch erzählen, dass sie auch saufe. Das wollte Neela natürlich vermeiden. Alles andere war ihr vollkommen egal. Eine letzte Zigarette noch, dann war Schluss für heute. Sie stand auf und wollte die Terrassentür schließen. Es war bereits Mitte September und schon ganz schön kühl am Abend. Bevor sie den Türgriff in die Hand nehmen konnte, hörte sie ein leises „klick" vom Erdgeschoß herauf. Neela war zwar kurzsichtig wie ein Maulwurf und trug Kontaktlinsen, aber Ohren hatte sie wie ein Luchs.

Sofort stellten sich ihre Nackenhaare hoch. Dieses Mal wusste sie intuitiv, dass es nichts Gutes zu bedeuten hatte. Sie verhielt sich ganz ruhig und hielt den Atem an. Da! Ganz deutlich! Sie hörte Anton atmen. Er war unten und hatte sich wohl im Keller versteckt. Das leise „klick" war die Tür die nach unten in den Keller führte. Es gab nur diese eine im unteren Dielenbüro. Clever, wie Anton war, hatte er sein Auto ein paar Straßen weiter versteckt.

„Das ganze blöde Volk ist beim Saisonabschlussfest. Keiner wird mich sehen, wenn ich zu Fuß wieder zurückgehe. Keiner wird mich sehen, wenn ich das Haus wieder verlasse", überlegte Anton. Er hatte sich Mut angetrunken. Das war aber im Moment eher ein Nachteil, denn er atmete zu laut. Er konnte ja nicht ahnen, dass Neela ihn hören würde. Er musste ganz leise die Treppe hochschleichen und den Überraschungsmoment abpassen. Tot wollte er sie nicht machen, aber so zurichten, dass kein anderer Mann mehr an ihr Gefallen finden würde. Er hatte da auch schon ein paar kleine Tricks auf Lager das sie nie wieder vögeln könnte. Anton grinste irre. Niemand würde etwas beweisen können.

Neela stand oben am Tisch und hatte sich Gott sei Dank noch nicht gesetzt und Gott sei Dank noch nicht die Terrassentür verschlossen. Sie überlegte kurz, wie weit sie auf der Dachterrasse kommen würde. Aber es war zu hoch, um hinunterzuspringen. Ihr klopfte das Herz bis zum Hals. „Bleib cool", sagte sie sich immer wieder.

Sie zog ihre Schuhe aus und schlich in den Hauswirtschaftsraum. Leise drehte sie den Schlüssel herum und zog ihn ab. Der Schlüssel musste verschwunden bleiben, sonst hätte er sofort bemerkt, dass sie sich hier eingeschlossen hatte. Aber genau genommen hatte sie sich selbst in eine Falle gesperrt. Sie war sicher, dass er die Tür aufbrechen würde. Wenn er aber keinen Schlüssel sah, könnte er annehmen, sie hätte den Raum wegen der Sicherungen abgeschlossen. Ihre Gedanken überschlugen sich. Sie sah sich um und registrierte den schmalen Hochschrank, in dem Besen und Staubsauger verstaut waren. Er war nur fünfzig Zentimeter breit und zwei Meter hoch. Sie öffnete ihn leise und stellte den Staubsauger an die Wand, so als wäre es Absicht. Sie nahm Besen und Eimer heraus und stellte sie vor die Waschmaschine. Scheiße, scheiße, scheiße. Sie hörte Anton die Treppe hochkommen. Sie musste sich beeilen. Neela packte die Sprühflasche mit dem Fleckenreiniger und quetschte sich atemlos rückwärts in den schmalen Schrank. Damit würde sie ihm in die Augen sprühen, falls er sie fände.

Anton kam leise um die Ecke und bellte laut: „Pah...", um sie mit diesem Schrecken einzufrieren. Aber da saß keine Neela die er hätte überraschen können. Er ging hinaus auf die Terrasse. Dort musste sie sein. Es dauerte einen Moment, bis er die hundertsechzig Quadratmeter abgesucht hatte. Neela hörte jeden seiner Schritte. Ihr rauschte das Blut in den Ohren. Sie musste versuchen, ruhiger zu atmen. Das Schlimmste stand ihr noch bevor, denn Anton kam wieder zurück. Er rief wie der Satan persönlich: „Neeela! Neelalein, wo bist du? Ich werde dich finden, du Dreckstück."

Dann sah er in ihrem Zimmer nach. Es stand offen. Er bückte sich, um unters Bett zu sehen, aber da war sie nicht. Dann öffnete er alle Schranktüren und fasste wild hinein. Auch da war sie nicht. Im Bad war sie nicht, hier konnte man sich auch nicht verstecken. Jetzt ging er zum Hauswirtschaftsraum. Der war abgeschlossen. Das war in letzter Zeit öfter der Fall, weil sie die Sicherungen für die Stereoanlage abgedreht hatte. Damals nach dem Vorfall hatte er am nächsten Tag sofort eine neue besorgt. Ab und an brauchte er laute Musik. Er ging leise nach oben. Dort musste sie sein. In seinem Zimmer war sie nicht, das war abgeschlossen. In ihrem Büro gab es auch keine Ecke, in der sie sich verbergen konnte, blieben nur noch das Bad und die Sauna. Er öffnete die Tür und suchte den Raum ab. Mitten im Raum standen zwei Badewannen mit Blick aufs Meer. Er sah dahinter. Dort hätte sie auf dem Boden liegen können, man hätte sie von vorne nicht gesehen. Aber auch hier war sie nicht.

„Jetzt muss ich doch noch einen Blick in den Hauswirtschaftsraum werfen. Sicher ist sicher." Sie musste im Haus sein. Er konnte sich keinen Reim darauf machen, wieso sie ihn gehört hatte. Er war doch so leise gewesen. Wütend ging er die Treppe runter und holte sich aus der Küchenschublade einen großen Schraubenzieher. Seine Geduld war am Limit. Wenn er sie erwischte, würde er ihr den Hals umdrehen. Mit roher Gewalt rammte er den Schraubenzieher in das Leibungsholz. Beim ersten, unerwarteten Schlag spürte Neela, wie sie sich in die Hose machte. Sie musste alle Kraft zusammennehmen, um nicht laut zu weinen.

Rums, rums, rums. Pause. Rums, rums … die Tür sprang auf. Anton stand breitbeinig im Raum. Sie konnte durch die Lamellen seine Hosenbeine sehen.

„Neeela! Neelalein! NeelaNeelaNeelalein!", rief er bedrohlich. Sein Blick fiel wütend auf das Schloss. Es steckte kein Schlüssel darin. Sie musste also woanders sein. Er gab auf und ging zurück ins Esszimmer, holte sich eine Flasche Wein und machte es sich bequem, um auf den Tisch zu starren. Irgendwann würde sie auftauchen, wo immer sie auch sein mochte. Nach zwei Stunden war Anton, mit dem Kopf auf der Tischplatte liegend, fest eingeschlafen.

Neela spürte ihre Knochen nicht mehr. Sie musste sich dringend hinstellen. Dieser Schmerz war unerträglich. Langsam schob sie sich mit dem Rücken an der Innenwand des Schrankes hoch. Sie atmete noch immer ganz flach. Als Anton direkt vor dem Schrank stand, wäre sie um ein Haar durchgedreht. Es hatte nicht mehr viel gefehlt. Etwas sehr Merkwürdiges war plötzlich mit ihrem Körper geschehen. Sie spürte ihn nicht mehr. Es war ganz friedlich um sie herum. Es fühlte sich so an, als würde sie schweben. Vielleicht wird Adrenalin zur Droge, wenn man nur genug davon intus hatte, dachte sie. Aber normal war das nicht. Genau in dem

Augenblick, als die Situation am brenzligsten war. Jetzt aber waren die Schmerzen höllisch, kaum noch zu ertragen.
Ich muss hier raus und mich waschen. Ich muss hier raus und dieses Untier töten. Er wird mich nicht in Ruhe lassen.
Sie spürte schon wieder den Drang, zur Toilette zu gehen. Aber so viel Mut rauszugehen hatte sie dann doch nicht. Wenn er wach würde, dann würde er alles daran setzen sie zu erwischen. Sie konnte auch nicht sicher sein, dass er nicht vielleicht nur simulierte, um sie in Sicherheit zu wähnen. Nein. Das hat keinen Zweck, dachte sie. Du musst durchhalten. Er kann nicht ewig dort sitzen.
Neela glitt langsam wieder auf den Boden des Schrankes. Sie musste aufpassen, dass sie die Tür nicht mit den Beinen aufdrückte. Würde er draußen stehen, könnte er es sehen. Die Tür vom Hauswirtschaftsraum stand noch immer weit offen. Sie hörte jeden verdammten Atemzug von ihm.

Neela wurde von Antons lauter Stimme geweckt. Sie war in dieser Position tatsächlich eingenickt. Unfassbar, was ein Mensch so alles ertragen kann, dachte sie. Sie hörte jedes Wort, das er sagte. Er telefonierte mit seiner Königin. Sie wollte wohl wissen, wann er heute zu ihr kommen würde. Neela wurde den Eindruck nicht los, dass die Dame seines Herzens von der Aktion wusste und enttäuscht war, keine Informationen zu bekommen. Immer wieder sagte Anton: „Das erzähle ich dir nachher." Er legte auf und ging nach oben. Neela hörte ihn herumpoltern. Das wäre eine Möglichkeit gewesen, aus dem Schrank zu schlüpfen. Aber sie hatte keine Kraft. Ihre Beine waren abgestorben.
Wenig später kam er die Treppe wieder herunter und blieb still in der Mitte des Raumes stehen. Er reckte den Kopf in die Höhe wie ein Tier das Witterung aufnimmt. Aber seine Sinne hatten ihn schon vor langer Zeit im Stich gelassen. Er ahnte noch immer nicht, wo Neela sich versteckt hielt. Die Haustür fiel mit einem lauten Knall ins Schloss. Anton war weg. Er musste kurz überlegen, wo er sein Auto abgestellt

hatte, dann lief er los. Sollten ihn doch ruhig alle sehen. Wer nicht erwischt wird, dem passiert auch nichts. Polizisten waren ja solche feigen, unfähigen Luschen.

Mit einem Schmerzensschrei versuchte Neela aufzustehen. Sie ließ sich vor den Schrank fallen und blieb erst einmal einen Augenblick so auf dem Boden liegen. Langsam streckte sie die Beine aus. Es tat so unglaublich weh. Sie brauchte fünf Minuten, um aufzustehen. Langsam schleppte sie sich zum Klo. Ihre Blase war kurz davor zu platzen. Sich hinzusetzen war ebenso schmerzhaft wie wieder aufzustehen. Ich muss unbedingt das Schloss auswechseln lassen, dachte sie. So geht das nicht weiter.

Bevor sie sich duschen wollte, kroch sie im Schneckentempo nach unten und verriegelte von innen das Sicherheitsschloss. Hätte sie geahnt, dass es einen Trick gab, um es von außen zu öffnen, sie hätte ganz sicher nicht geduscht. In all ihrer Naivität und Unachtsamkeit hatte Neela eine ganze Mannschaft Schutzengel. Das war ihr damals allerdings nicht bewusst. Sie glaubte nur an Glück oder Pech. Im Moment war jedenfalls das Pech Dauer- und Stammgast bei ihr. Zur Polizei brauchte sie ohnehin nicht mehr zu gehen. Das Ergebnis kannte sie schon vorher. Die Gesetzeslage in Deutschland war und ist, in Bezug auf häusliche Gewalt, ein lächerliches und wertloses Desaster. Diese Erfahrung würde sich in ihre Gedanken so tief einfressen, dass ihr alle Achtung und Respekt für den Rest ihres Lebens verloren gingen.

Anton ließ sich daraufhin die ganze Woche nicht mehr blicken. Er holte nicht einmal mehr die restlichen Sachen ab. Aber das Wochenende stand vor der Tür. Neela war sich sicher, dass er auftauchen würde. Er konnte ja nicht für immer wegbleiben. Sie hatte ihre Bekannte angerufen und ihr die Geschichte erzählt. Sie bat sie darum, den Hund fürs kommende Wochenende haben zu dürfen. Sie würde auch gut auf ihn aufpassen. Zuerst wollte sie sich nicht einverstanden erklären, aber dann sagte sie: „Gut. Ich nutze dann die Gelegenheit dazu, meine Schwester in Hannover zu besuchen. Dort darf ich den Hund nämlich nicht mitbringen. Sie hat eine Katze." Neela dankte der Schwester im Stillen. Ihre Bekannte würde den Hund Freitagnachmittag vorbeibringen. So geschah es dann auch. Wie verabredet kam sie am Freitag und hatte allerlei Utensilien und Anweisungen im Gepäck. Sie tranken Kaffee. Neela musste noch einmal alles ganz genau erzählen. Nachdem sie sich verabschiedet hatten, ging Neela erst eine große Runde mit dem Hund. Es machte ihr großen Spaß. Er war ein so schönes Tier, und er liebte sie. Sie ließ ihn, entgegen aller Anweisungen, sogar ohne Leine laufen. Er gehorchte aufs Wort.

Wieder zurück, machte Neela was zu essen für sie beide und legte sich mit dem Hund auf die Couch. Friedlich schliefen sie zusammen ein. Dass der Hund in ihr Ohr atmete, störte Neela nicht im Geringsten, im Gegenteil. Sie fühlte sich so beschützt wie lange nicht mehr. Schade, dachte sie. Ich werde mir bald sicher wieder eine Arbeit suchen müssen. Dann kann ich keinen Hund gebrauchen. Aber schön wäre es schon. Sie kuschelte sich noch ein wenig näher an ihn heran.

„Wuff!" Mit einem Satz stand der Hund kerzengerade auf dem Sofa auf und blickte konzentriert auf den Treppenabgang. Neela schreckte auf. Sie war vom Vorabend noch angezogen. Das war Absicht. Es war höchstens acht Uhr. Es war so weit. Sie packte den Hund am Halsband und leinte ihn an. „Pssst", zischte sie. „Bitte nicht bellen."

Ihr Beschützer verstand sie. Leise ging sie zum Treppenabsatz. Unten ging die Tür auf und Anton starrte nach oben. Aus einem Reflex heraus machte er einen Schritt zurück. „Tu den Köter weg", brüllte er nach oben. „Tu sofort den Köter weg." Ein dunkles Brummen war zu hören. Der Hund stand mit den Pfoten an der äußersten Treppenkante und blickte mit geducktem Kopf nach unten. „Wenn du noch ein einziges Mal einen Fuß in dieses Haus setzt, Anton, lasse ich dich in Stücke reißen. Hast du mich verstanden?"

„Meine Sachen", schnauzte Anton. Was ist mit meinen Sachen? Ich will meine Sachen holen."

„Du hast genau bis Sonntag zwölf Uhr Zeit den Rest hier abzuholen. Danach wandert alles auf den Müll. Ab Montag wird das Schloss ausgetauscht. Dann kannst du nicht mehr rein. Wie du das anstellst, ist mir egal. Eine längere Frist kann ich dir nicht gewähren", sagte Neela ruhig.

„Das wirst du noch bitter büßen, du falsche Schlange." Anton schickte ihr noch einen hasserfüllten Blick nach oben und schloss wütend die Tür.

Neela ging hinaus auf die Terrasse, um zu sehen, was Anton jetzt machte. Sie klopfte dem Hund auf die Flanke und bedankte sich bei ihm. „Das hast du fein gemacht." Anton stieg in sein Auto und verschwand. Stille…!

Neela machte Frühstück für sie beide. „Danach machen wir einen schönen Spaziergang", sagte sie zu ihrem treuen Beschützer. „Heute gibt es eine Extrawurst. Auch wenn dein Frauchen mich dafür schimpfen würde. Guten Appetit." Sie hielt ihm eine ganze Wiener Wurst vors Maul.

Am späten Nachmittag fuhr Anton mit einem fremden Auto vor. Es hatte einen Anhänger. Er stand unten und rief Neela auf dem Handy an. Er sagte ihr, dass er jetzt seinen Keller leer machen würde, dass zwei Männer bei ihm wären, die keine Angst vor Hunden hätten, und dass er gleich rauf käme, um sein Zimmer vollständig zu räumen.

„Ja", sagte Neela. „Selbstverständlich kannst du deinen Keller leeren. Das können die Männer auch ohne dich. Aber hier ins Haus kommt mir niemand. Schon gar nicht zwei Männer. Dein Zimmer wirst du gefälligst alleine räumen. Es ist ja ohnehin nicht mehr viel da. Ich war schon drin."

Jetzt stutzte er kurz. Es war doch abgeschlossen.

Anton wollte nicht alleine raufkommen. Neela versprach ihm, den Hund an der Leine zu halten. „Auf einen anderen Deal lasse ich mich nicht ein, Anton", sagte sie. „Du hast die Wahl. Leer machen oder Müll. Ganz, wie du willst. Andere

Optionen gibt es nicht. Ach ja, noch was...: den Schlüssel kannst du nachher gleich dalassen, auch wenn das Schloss ausgetauscht wird. Er gehört zur Schließanlage. Ich möchte ihn haben wenn ich das Haus verkaufe."

Das war's dann also, dachte Anton. Wenn sie das Haus verkauft, dann bin ich sie für immer los. Ein Anflug von Traurigkeit überkam ihn. Er hatte doch nichts falsch gemacht.

Mit einem mulmigen Gefühl im Bauch ging Anton mehrmals die Treppen rauf und runter. Der Köter ließ ihn nicht aus den Augen. Neela hatte sich auf Antons Platz gesetzt, um alles im Blick zu behalten. Der Hund saß neben ihr wie eine Statue. Er spürte, dass er auf Neela aufpassen musste. Jetzt erst fiel ihr auf, was man von hier aus für eine perfekte Übersicht über den ganzen unteren Raum hatte. Einzig die Ecke im Wohnzimmer, in der Neela oft saß, konnte man nicht sehen. Dass es nachts, wenn es draußen dunkel war, aber nicht so war, würde sie nie erfahren. Dann spiegelte sich die Ecke nämlich in dem großen Fenster gegenüber. Anton hatte sie also immer im Blick gehabt.

„So, das ist die Letzte", sagte Anton. Er blieb zögernd stehen und kramte seinen Schlüssel heraus, um ihn auf die Küchenarbeitsplatte zu legen. „Ich hoffe, ich habe bald mein Geld auf dem Konto. Nicht, dass du das vergisst."

„Gut, dass du es sagst, Anton. Rechne bitte alles zusammen und schicke mir deine Aufstellung. Ich kann dich erst ausbezahlen wenn das Haus verkauft ist. Das weißt du. Es sei denn, ich verkaufe eine meiner Immobilien in Süddeutschland. Dann kommst du als Erster dran. Ich verspreche dir jeden Cent. Halte mir die Daumen, dass der Verkauf schnell geht. Ich bin daran interessiert wieder Ruhe zu haben."

„Einen Scheißdreck werde ich tun. Ich hoffe, du kannst nicht verkaufen. Dann werde ich es ersteigern und mit meiner Freundin hier einziehen. Diese Kreditraten wirst du nicht durchstehen", sagte er.

Er packte seine Umzugskiste unter den Arm und ging. Kurz bevor er die Treppe hinunterstieg, drehte er sich noch ein-

mal um und sagte: „Ich werde nicht eher Ruhe finden, bis ich dich vernichtet habe."

Neela sah den Hund an, blickte aber durch ihn hindurch. Was hat er da gerade gesagt? Er wird nicht eher Ruhe finden, bis er mich vernichtet hat? Soll das denn nie vorbei sein? Was hat er denn davon?

Die Anzeige im Internet sah toll aus, aber keiner meldete sich darauf. Die Lage stimmte, der Preis stimmte, das Haus stimmte. Trotzdem nichts. Das Problem war ganz einfach: Niemand wollte sich mit einem so großen Haus so viel Arbeit kaufen. Es war einfach zu groß. So viel Luxus hätte man auch in einem solchen Kaff nicht vermutet, obwohl die Feriengäste das Haus annahmen. Die Saison war prächtig gelaufen, der Umsatz stimmte. Neela hatte so viel Geld gebunkert, dass sie locker bis zur nächsten Saison durchhalten würde. Anton hatte inzwischen die Bank darüber informiert, dass er nicht mehr dort wohnen würde. Sie sollten ihn gefälligst aus der Kredithaftung entlassen.

Diese Kredithaftung war Neelas Lebensversicherung. Das wusste sie nur nicht. Sie befürchtete zu Recht, dass man ihr den Kredit kündigen könnte. Bis jetzt hatte sie zwar alle Raten alleine bezahlt, aber wenn Anton weiterhin Stress machte, dann könnte das geschehen. Neela intervenierte bei ihrer Bank, damit sie Anton rausließen. Nichts zu machen. Es ging nicht. Hätte sie geahnt, wie wichtig es war, dass Anton nicht so einfach aus der Nummer rauskam, hätte sie alle Bemühungen eingestellt eine andere Bank zu finden, um eine Umfinanzierung zu machen.

Jetzt aber hatte sie ein ganz anderes Problem. Es war so was von schäbig, was Anton da angestellt hatte, dass sie ihm die Schwindsucht an den Hals wünschte. Vor zwei Wochen hatte sie morgens losfahren wollen, um einen Anwaltstermin wahrzunehmen, aber ihr Auto sprang nicht an. Es gab nur ein ganz merkwürdiges Geräusch von sich. Sie rief einen ADAC-Mann zur Hilfe, aber der kam auch nicht dahin-

ter, was es sein könnte. Er hatte den Schaden nur noch ver-
schlimmert, indem er den Wagen immer wieder startete.
Das Auto musste abgeschleppt werden. Ihr Liebling, ihr
liebster Liebling. In der Werkstatt suchten sie eine geschla-
gene Woche nach der Ursache. Erst nachdem man die Ben-
zinpumpe ausgebaut hatte, wurde die Ursache entdeckt. Ein
Kfz-Schlosser hatte die Pumpe auf einen Arbeitstisch gelegt,
um sie später zu reinigen. Als er sie wieder hochnehmen
wollte, sah er, dass die Werkbank verätzt war. Jetzt war
alles klar, da hatte jemand Buttersäure in den Tank gekippt.
Als Neela das erfahren hatte, rief sie sofort den Harley-
Dealer an, damit er ihr Motorrad abholen sollte. Tatsächlich. Es stellte sich schnell heraus, dass auch hier im Tank
Buttersäure war. Der Tank war von innen schon total verätzt. Gut, dass niemand den Motor gestartet hatte. So war
der Schaden nicht ganz so dramatisch wie bei ihrem Auto.
Neela wäre nie auf die Idee gekommen, ihre Ersatzschlüssel
von ihren Fahrzeugen zu verstecken. So viel Schlechtigkeit
traute sie niemandem zu. An so etwas dachte sie überhaupt
nicht.

Natürlich hatte Neela für alles eine Vollkaskoversicherung
mit einer geringen Selbstbeteiligung, aber es war so ärgerlich. Jetzt musste sie für eine Weile alles mit dem Bus erledigen. Natürlich musste sie sich auch etwas überlegen, dass es
in Zukunft nicht mehr passierte. Sie fuhr zur Polizei, um die
Sachbeschädigung anzuzeigen. Aber als sie den gelangweil-
ten und genervten Polizisten sah, ahnte sie schon den Ausgang im Voraus. Er machte nicht mal einen Hehl daraus,
dass Neela ihn nervte. In der Garage war ein großer Säure-
fleck zu sehen, wo Anton wohl Säure verschüttet hatte, aber
nicht einmal das interessierte ihn. Lieblos tippte der faule
Sack die Angaben in seinen Computer und las danach alles
noch einmal lustlos vor. Neela hätte ihm am liebsten ein
paar Takte erzählt. Aber was bringt das? fragte sie sich. Das
alles ist denen doch so was von scheißegal. Sie erinnerte sich
an die Situation, als sie wieder einmal die Polizei zur Hilfe

geholt hatte. Anton hatte wieder im Suff rebelliert und die Ruhe erheblich gestört. Man hatte sie damals mitgenommen und in ein Frauenhaus gebracht. Was danach mit ihr geschah, interessierte niemanden mehr. Statt den Verursacher mitzunehmen und ihn vielleicht einmal eine Nacht in der Ausnüchterungszelle schmoren zu lassen, nahm man sie mit. Das war doch alles ein einziger Witz. Sie machte die Anzeige auch nur, weil die Versicherung es so verlangte. Auf die Hilfe der Polizei rechnete sie nicht mehr. Unfähigkeit in Uniform.

Die Klage wurde später natürlich, mangels Beweisen und nicht vorhandene öffentlichen Interesses, wie erwartet abgewiesen. Es gab keine Einbruchspuren. Klar...: Anton hatte einen Schlüssel von der Garage und zu ihren Fahrzeugen.

„Dann muss das wohl David Copperfield gewesen sein, der durch Wände gehen kann", sagte sie zu dem Beamten. Der zuckte nur desinteressiert mit der Schulter. „Schlaf weiter", sagte Neela. Sie ging.

Sicherheitshalber hatte sie an ihrem Auto eine neue Schließanlage einbauen lassen. Die sollte sich schon in der Silvesternacht auszahlen. Hilf dir selbst, so hilft dir Gott, oder wie war das doch gleich?

Anton lag, wie so oft in der Vergangenheit, wieder auf der Lauer. Er stand mit seinem Wagen ein Stück weiter oben in der Straße und beobachtete das Haus. Die Schlampe hatte die Garagenschlösser austauschen lassen und die Funkfrequenz vom elektrischen Tor geändert. Seinen Funk konnte er in die Tonne kloppen. Die Tür aufzubrechen war zwecklos. Sie war aus Stahl und hatte ein solides BKS-Schloss.

Der Wagen stand jetzt vor dem Haus. Einen größeren Gefallen hätte sie ihm nicht tun können. Offenbar hatte sie Angst, dass er doch in die Garage gelangen und ihrem Schätzchen wehtun könnte. Blöde Kuh. Wie konnte man ein Auto so vermenschlichen? Er stand oft auf diesem Platz und hatte keinen Erfolg, weil sie kaum das Haus verließ. Anton notierte sich die Gästeautos fürs Finanzamt. Er war sicher, sie *rechnete nicht alles korrekt ab. Seine Unterlagen für die Anzeige waren schon fast vollständig. Sie würde sich noch wundern. Seine Perle saß neben ihm auf dem Sitz und unterstützte ihn bei seinen nächtlichen Aktionen. Frau Trudchen war so scharf auf das Haus, dass sie sich für nichts zu schade war und Anton ihre volle Loyalität entgegenbrachte. Die Kuh dort in dem Haus hatte es nicht besser verdient. Was hatte sie ihrem lieben Anton nicht alles angetan? Sogar totbeißen wollte sie ihn lassen. Sooo eine böse Frau.*

„So", sagte Anton zu ihr. „Es ist so weit. Ich steige jetzt aus und nehme mit dem Ersatzschlüssel den Wagen mit. Du fährst mir hinterher. Wir stellen ihn in unsere Garage, dann verticken wir ihn nach Polen oder machen ihn platt."

Trudchen war bereit. Sie war schon ganz aufgeregt vor lauter Schadenfreude. Anton zog sich die Mütze tief ins Gesicht und stampfte durch den Schnee.

Neela hatte Festbeleuchtung eingeschaltet. Es sah so aus, als hätte sie Gäste. In Wirklichkeit war sie alleine. Sie konnte niemanden um sich herum ertragen. Auch Einladungen hatte sie abgelehnt. Sie stand oben in ihrem Büro im Dunkeln, um das Silvesterfeuerwerk besser beobachten zu können. Den Schock mit ihrem Auto und Motorrad hatte sie verdaut, nicht aber den elften September. Sie hatte eine langjährige Freundin durch dieses Attentat verloren. Sie sprach ein leises Gebet. Ein Gebet? Ja, Neela sprach ein leises Gebet für ihre verstorbene Freundin. Das konnte ja nicht schaden. So was taten doch alle, die an Gott glaubten. Das gelang ihr immer noch nicht. Wenn es ihn wirklich gab, dann bereitete es ihm große Freude, sie zu quälen. Sie wollte nichts mit ihm zu tun haben. Er war ja so ungerecht. Die Tränen liefen ihr übers Gesicht. Das ganze vergangene Jahr kam mit Wucht an die Oberfläche. Anton, dachte sie, wenn du dafür deine Strafe bekommst, dann möchte ich nicht in deiner Haut stecken. Traurig blickte sie nach unten auf die Straße. Jetzt erst erfasste sie das Bild, das sich ihr bot. Von hier aus konnte sie auf ihren Wagen blicken. Dort stand jemand und machte sich am Türschloss zu schaffen. Blitzschnell öffnete sie das Fenster und rief hinaus: „He, du Arsch. Lass deine Drecksgriffel von meinem Auto, sonst komme ich runter und schneide sie dir ab."

Scheiße, dachte Anton. Das habe ich nicht gesehen, dass die dort oben im Dunkeln steht. Er zog sich die Mütze so tief ins Gesicht, dass er fast nichts mehr sehen konnte, und eilte zu seinem Auto zurück. Dort saß Trudchen und war überrascht, dass er ohne das Auto wieder da war.

„Los", schnauzte er sie an. „Dreh um. Wir fahren oben raus. Die Alte hat mich gesehen."

Ja, Neela hatte ihn erkannt. Nur den Bruchteil einer Sekunde hatten sie sich in die Augen gesehen. Sie grinste. „Blöd, was? Damit hast du wohl nicht gerechnet, du Spastiker. Die Polizei, deinen Freund und Helfer, kann ich getrost vergessen", sagte sie laut und ging hinunter. Neela war sich sicher, dass die Fußspuren keinen interessierten. Sie schaltete den Fernseher aus und ging ins Bett. „Frohes Neues Jahr, Neela", murmelte sie. Dann schlief sie ein.

Warum Anton noch nicht seine Kostenaufstellung geschickt hatte, verstand Neela nicht. Das sah ihm gar nicht ähnlich. Er war doch sonst so flott mit seinen Narrenhänden. Irgendetwas führte er im Schilde. Das spürte sie förmlich auf der Haut. Sie fühlte sich sehr häufig beobachtet. Dafür hatte sie einen guten, sensiblen Instinkt.

Anton verbrachte sehr viel Zeit damit sie zu observieren. Am Abend wurden in dem Küstendörfchen die Gehsteige hochgeklappt. Kein Mensch war mehr auf der Straße zu sehen. Er hatte leichtes Spiel und schlafen konnte er ohnehin nicht. Sein Gehirn fand nicht mehr zur Ruhe. Die Rachegedanken trieben ihn in den Wahnsinn. Als er vor ein paar Monaten mit der letzten Umzugskiste das Haus verlassen hatte, hatte er sich geschworen sie plattzumachen. Steter Tropfen höhlt den Stein. So einfach ließ er sich nicht kaltstellen. Nicht Anton. Er nicht. Sie würde sich bald wünschen, sie wäre weit weg von hier, oder noch besser: tot! Aber das hatte er nicht vor. Es wäre viel zu schnell vorbei. Er wollte sie quälen, sie leiden-, langsam zu Grunde gehen sehen. Ja. Das machte viel mehr Spaß. Zusehen, wie ihre hübsche Fassade Risse bekam, sich tiefe Falten in ihr Gesicht eingruben. Nachts das Licht beobachten, wenn sie nicht einschlafen konnte, ihr eines Tages das Haus unterm Hintern wegsteigern und ihr dabei zusehen, wie sie gebrochen ausziehen muss. Die Angst in ihrem Gesicht auskosten bis zum Orgasmus. Yeah, i like it.

In den schönsten Farben malte er seiner neuen Königin ein Bild, in dem sie beide, ruhmreich in dieses außergewöhnliche Haus Einzug hielten. Trudchen betete ihn an. Sie glaubte ihm jedes Wort. Sie war so herrlich dumm. Genau das richtige Instrument für seinen Feldzug gegen diese frigide Hexe. Diese undankbare, falsche Schlange. Dass sie ihn an dem Abend des Saisonabschlussfestes so reingelegt hatte, wird sie mir noch büßen, dachte Anton. Bis heute wusste er nicht genau, wo sie sich versteckt hatte.

Wenn sie wirklich in seinem Zimmer gewesen war, dann hatte sie die ganze Zeit einen Zweitschlüssel gehabt. Ganz schön clever. Das hatte er ihr gar nicht zugetraut. Er machte sich immer noch Vorwürfe, dass er dort nicht nachgesehen hatte. Es trieb ihm die kalte Wut über die Haut, wenn er sich daran erinnerte. Aber noch ist nicht aller Tage Abend, meine liebe Durchhalte-Künstlerin. Ich werde dich kriegen.

Anfang März, sieben Uhr in der Früh. Es klingelte Sturm. Neela war erst vor drei Stunden eingeschlafen und noch im Tiefschlaf. Zuerst glaubte sie zu träumen, dann aber realisierte sie, dass es unten an der Haustür klingelte. Ihre Nackenhaare stellten sich hoch. Zwischenzeitlich hatte sie begriffen, dass es ein eindeutiger Vorbote für Unheil war. Sie schlüpfte in ihren Jogginganzug und taumelte an die Gegensprechanlage. Sie nahm den Hörer ab und fragte: „Ja, wer ist da bitte?"

„Steuerfahndung. Machen Sie bitte die Tür auf!"

„Wer?" Neela starrte verständnislos auf den Hörer, drückte aber sofort den Türöffner.

Unten standen drei Männer und eine Frau. Sie kamen sofort die Treppe hoch, ohne dass Neela sie darum gebeten hatte. Man erklärte ihr, dass eine Anzeige vorlag und sie jetzt alle Unterlagen mitnehmen würden.

„Klar doch", sagte Neela. „Von mir aus. Ich habe nichts zu verbergen. Einen Augenblick bitte, ich muss Ihnen aber vorher etwas zeigen. Kann ich bitte schnell meine Handtasche holen?"

„Natürlich, aber die Dame hier wird Sie begleiten." Neela sah die Frau an und sagte zu ihr: „Es ist nicht weit. Nur hier um die Ecke. Aber bitteschön: tun Sie sich keinen Zwang an." Sie ging in ihr Zimmer und holte das Foto aus der Tasche, auf dem zu sehen war, dass der Aktenschrank mit einem Vorhängeschloss abgesperrt war.

„Was hat es denn damit auf sich?", fragte der ältere der drei amtlichen Herren.

„Das ist eigentlich schnell erklärt", erwiderte Neela. „Bis Ende September war dieser Schrank mit diesem Schloss versehen. Mein Ex-Partner bestand darauf die Buchhaltung für das Haus und den Vermietungsbetrieb ausschließlich alleine zu machen. Ich durfte nicht an diesen Schrank. Erst als er ausgezogen war hatte ich Zugang. Bis zu diesem Zeitpunkt werden Sie nicht auf einem einzigen Schriftstück meine Handschrift vorfinden. Wie Sie sicherlich bereits wissen, sind Einnahmen und Ausgaben der Vermietungen, eine gesonderte GbR. Sechzig Prozent ich, den Rest der nette Mann der hier vorher gewohnt hat. Sieht ganz so aus, als hätte er sich da auch ein Stück weit selbst angezeigt, wenn ich das recht verstehe."

Die Herrschaften sahen sich kurz an und mussten dann Neelas Annahme uneingeschränkt bestätigen. „Ja", fügte der Ältere der Herren noch an, „aber wir haben hier auch eine Anzeige gegen Ihre alleinige Bau-GmbH vorliegen. Die gehört Ihnen doch alleine, oder?"

„Ja, natürlich. Gott sei Dank tut sie das", sagte Neela. „Sie können sich bedienen. Ich zeige Ihnen, wo alles ist. Darf ich vorausgehen?"

Neela zeigte ihnen das Büro im Dachgeschoß und die restlichen Räume. Hier waren keine Akten zu finden. Sie gingen nach unten in die Rezeption, in der sich das eigentliche Büro befand. Der Besuch packte alle Ordner ein und transportierte sie nach draußen in den Kombi.

„Im Keller unten steht der Rest. Vorwiegend alte Ordner von meiner GmbH. Alle, die älter sind als vier Jahre. Kommen Sie bitte mit."

Artig trotteten alle hinter Neela her. Im Tiefkeller, der einst Antons Reich gewesen war, stand nur noch ein Regal mit Akten. Der restliche Raum war vollkommen leer.

„Bitteschön", sagte Neela und zeigte mit der Hand auf das Regal. „Mehr ist nicht mehr im Haus. Ich zeige Ihnen natürlich gerne das gesamte Gebäude. Die Wohnungen stehen alle leer. Das ist also kein Problem."

Schon beim ersten Ordner, den einer der Männer in die Hand nahm, um ihn einzupacken, gab es eine böse Überraschung. Der Ordner war leer. Alle Ordner waren leer. Vier Augenpaare starrten Neela fragend an. Die starrte auf den leeren Ordner und sagte: „Da hat er aber ganze Arbeit geleistet. Donnerwetter. Das war richtig viel Schlepperei. Es sind an die achtzig Ordner."

Die Mitarbeiter der Steuerfahndungsbehörde hatten ein Gespür für Menschen. Sie glaubten Neela die dann folgende Geschichte und zogen mit ihrer schmalen Beute ab. So einen Fall hatten sie auch noch nicht erlebt.

Anton hatte eine Menge zu tun. Er musste sich mit der Klage gegen die Berufsgenossenschaft auseinandersetzen. Er ging endlich den Weg, den Neela ihm verweigert hatte. Alles, was er besaß, schrieb er nach und nach auf sein Trudchen um. Sie kannten sich zwar noch nicht so lange, aber sie war charakterlich wie für ihn geschaffen. Erst kamen die Harley und das Auto dran, dann die beiden ruinierten Wohnungen in Stuttgart, die monatlichen Abzahlungen seines Nachfolgers für die Firma, und zu guter Letzt seine restlichen Wertpapiere. Im null Komma nichts war er vermögenslos. Toller Trick. Dann hätte er es endlich geschafft dem Staat auf der Tasche zu liegen. Sollte das mit der BG noch hinhauen, brauchte er das alles nicht mehr. Er wäre fein raus.

Es sah nicht so aus, dass Neela es schaffen würde das Haus zu verkaufen. Vermutlich würde er, das heißt sein Trudchen, es bald ersteigern können. Seine aufgestellten Forderungen entsprachen nicht so ganz der Realität. Wenn sie es bemerkte, würde sie die Zahlung verweigern. Er müsste klagen. Auch egal, vielleicht sogar noch besser. So bekäme er noch mehr Geld. Aber bis dahin musste der vermögenslose Status durch sein, sonst verweigerte man ihm die Prozesskostenhilfe. Das hatte Anton sich alles fein ausgedacht. Er war so stolz auf sich. Und Trudchen erst. Sie konnte ihr Glück kaum fassen. Anton war schon der dritte Mann, der ihr sein Vermögen zu Füßen legte. Dummerweise konnte sie den aber diesmal nicht heiraten. Wenn er ihr ohnehin schon alles überschrieben hätte, wäre er nämlich uninteressant. In erster Linie ging es auch nicht, weil sonst ihre schöne Witwenrente vom Vorgänger beim Teufel gewesen wäre. Im Ernstfall entschied sie sich immer für die Kohle.

Als Erstes musste sie sich schnellstens die Haare abschneiden lassen. Auch so kurz wie diese böse Hexe da draußen an der Küste. Na ja, vielleicht nicht ganz so kurz. Die hatte ja nichts mehr auf dem Kopf. Sie wollte aber schon noch eine Frisur. Gesagt, getan. Damit würde sie Anton bestimmt eine große Freude machen. Er stand offensichtlich auf kurze Haare. Dass sie anschließend wie Margaret Thatcher aussah bemerkte sie offenbar nicht. So volltrunken vom Glück übersieht man schon mal was.

Neela saß verloren auf ihrer riesigen Dachterrasse im Liegestuhl und ruhte sich ein wenig aus. Sie war fertig mit den

Vorbereitungsarbeiten für den Saisonstart. Ihr tat jeder Knochen im Leib weh. Ums Haus herum war alles tipptopp und gepflegt. Die Gäste konnten kommen. Heute Morgen war sie erst in der Werkstatt gewesen, um ihr Auto abzuholen. Zum dritten Mal hatte Anton ihr die Reifen zerstochen. Dreimal musste sie wegen der Versicherung zur Polizei, um Anzeige gegen Unbekannt zu erstatten. Zwei Abweisungen hatte sie schon, die dritte wäre auch bald in der Post. Das ganze Polizeigedönse ging ihr auf den Nerv. Wenn sie die gleichgültigen Beamten vor sich sah, hätte sie am liebsten laut geschrien: „So viel Motivation muss doch nun wirklich nicht sein, meine Herren. Immer langsam."

Jetzt würde sie den Wagen wieder in die Garage stellen. Einen Versuch war es wert. Vielleicht wusste Anton doch nicht, wie man eine Funkfrequenz ausspioniert. Zuzutrauen war es ihm. Er verkaufte früher schließlich Garagentore.

Der Himmel war grau und verhangen. Es sah aus, als würde es jeden Augenblick zu regnen anfangen. Neela legte sich eine Decke über die Beine und döste ein bisschen vor sich hin. Es war schon angenehm warm. Dass sich niemand für das Haus interessierte, war im Moment ihre Hauptsorge. Wenn jetzt die Wohnungen alle belegt würden, konnte sie keine Besichtigungen durchführen. Das war ziemlich dumm, aber nicht zu ändern. Vielleicht sollte ich ein Verkaufsexposé in den Wohnungen aufhängen, überlegte sie. Wäre vielleicht eine Möglichkeit. Sie war schon fast eingenickt, da blendete ihr doch tatsächlich jemand mit einem grellen Scheinwerfer ins Gesicht, oder was war das? Neela kniff die Augen fester zusammen und öffnete sie einen kleinen Spalt breit. Aber nur so wenig, dass sie etwas sehen konnte. Mit einer Hand musste sie ein schützendes Schirmchen über ihren Augen bilden, so grell war das Licht. Jetzt erkannte sie, was es war. In der Wolkendecke war ein kleines Loch, durch das die Sonne, ihr genau ins Gesicht schien. Ein sehr kleines Loch. Das war ja an und für sich nicht sehr ungewöhnlich, aber dieses kleine Loch war ... rechteckig? „Wow", machte Neela und setzte sich ein wenig auf, um besser sehen zu können. „So was habe ich ja noch nie gesehen", flüsterte sie. Dieses ungewöhnliche Sonnenlicht war nur auf sie gerichtet. Der beschienene Platz, auf dem sie saß, war vielleicht drei auf fünf Meter groß. Ein Stückchen weiter herrschte schon wieder überall Schatten. Sie saß wie auf einer Bühne, die von einem einzigen Spot beleuchtet wurde. Durch ein rechteckiges Loch in der Wolkendecke. Neela legte sich wieder zurück in den Liegestuhl und genoss die Wärme. Schon irgendwie merkwürdig, dachte sie und schlief fest ein. Sie war viel zu sehr verwundet, als dass sie darin eine positive Botschaft erkannt hätte. Mit spirituellen Dingen hatte sie ohnehin nichts am Hut. „Weiberkram", wie sie immer sagte. Aber hier sagte wohl jemand: „Es wird hart werden, aber ich werde dich beschützen."

Eine Stunde später wurde Neela wieder wach. Ihr Gesicht war ganz nass. Offenbar hatte sie im Schlaf geweint. Sie wischte sich ärgerlich das Gesicht trocken und streckte sich ausgiebig. „Aaaah, ich fühle mich wie neugeboren", redete sie mit sich selbst. „Die Sonne hat mir so richtig gut getan."

Der Himmel war wieder wolkenverhangen, das grelle Viereck verschwunden.

2002 wurde eine gute- eine erfolgreiche Saison. Auch in diesem Jahr stimmten die Umsätze. Von Anton sah und hörte sie nichts. Dass er sie in Ruhe lassen würde glaubte sie allerdings nicht, dazu kannte sie ihn zu gut. Bestimmt ging er nur einen Schritt zurück, um neuen Anlauf zu nehmen. Er lauerte sicher darauf, dass in sechs Wochen die Frist ablaufen würde, um sein Geld zu fordern. Dann hätte er bald die Möglichkeit, eine Sicherungshypothek auf das Haus eintragen zu lassen und die Versteigerung voranzutreiben. Neela hatte alles versucht, um Geld aufzutreiben, aber weder das Haus noch die beiden anderen Immobilien ließen sich zurzeit verkaufen. Sie würde aufgeben müssen. Die ganze Aufregung mit der Steuerprüfung war glimpflich ausgegangen.

Sie musste nur viertausend Euro nachbezahlen, und auch nur, weil Anton Mist gebaut hatte. Im Grunde hätte er davon seinen Anteil tragen müssen, aber was soll's? Geschenkt. Ich ziehe es bei der Rückzahlung seines Darlehens ab und fertig, dachte sie. In der Zwischenzeit hatte Anton seine Aufstellung längst einem Anwalt vorgelegt, der die Klage bereits eingereicht hatte. Er wollte keinen Tag Zeit verlieren. Das ganze Jahr über hatte er damit verbracht, einen Anwalt aufzutreiben. Niemand wollte ihn nehmen. Prozesskostenhilfe war wahrscheinlich nicht sehr begehrt. Anton wäre niemals auf die Idee gekommen, dass es an ihm lag. Inzwischen war er zu so einem abstoßenden und unsympathischen Menschen geworden, dass er mit seinem provokanten Auftreten jeden verschreckte. Seine forsche und dreiste Art wurde von Trudchen, die fest an seiner Seite stand, bis zum Bild des Schreckens ergänzt.

Dann endlich lernte Anton einen Anwalt kennen, der vor nichts zurückschreckte. Genauso ein mieser Drecksack wie er selbst. Das perfekte Gespann. Er würde Anton zur Seite stehen, um die Existenz von Neela zu vernichten.

Eine Woche vor Ablauf der Frist erreichte Neela dann die erwartete Klage. Sie hatte damit gerechnet und war nicht überrascht. Aber was sie fast vom Hocker hob, war die Summe, die er forderte. Ein dicker Stapel Anlagen war dabei. Überall hatte er drin rumgeschmiert und Randnotizen gemacht. Das musste sie in Ruhe ansehen. Der dickste Klops war die Rechnung für Fenster und Türen. Die hatte er fast verdoppelt. Sie musste unbedingt den Auftrag von ihr an den Hersteller suchen. Damit konnte sie beweisen, dass es nicht stimmte. Neela rief ihren Anwalt an, bei dem sie von Anfang an gewesen war. Mit ihm hatte sie schon in seiner Eigenschaft als Notar das Unglückshaus gekauft. Er kannte sie gut und wusste bereits von der misslichen Situation. Sie vereinbarte einen Termin. Hoffentlich hatte Anton nichts gestohlen was sie nun an Unterlagen benötigte.

Wie ein kleines Häufchen Elend saß Neela vor ihrem Anwalt. Die wichtigsten Unterlagen hatte sie nicht finden können. Anton hatte alle Originale mitgehen lassen. Sie erzählte ihrem Anwalt von der Anzeige beim Finanzamt, und dass er alle GmbH-Ordner geleert hatte, um sie bei der Behörde anzuzeigen. Er fragte sie, warum sie den Diebstahl nicht bei der Polizei angezeigt hätte.

Neela lachte verbittert. „Lassen Sie mich bloß in Ruhe mit der Polizei. Die kommen ja nicht mal, selbst wenn es Spuren zu sehen gibt. Ich bin bei denen ja schon in Verruf, eine hysterisch- paranoide Zicke zu sein. Ich müsste erst tot in der Ecke liegen, bevor sie sich bemühen. Die Staatsanwaltschaft ist kein Stück besser. Man wird überhaupt nicht ernst genommen. Ich mache die ganzen Anzeigen der Sachbeschädigungen nur wegen der Versicherung. Die verlangt es. Aber ich gehe schon mit Ekel dorthin. Vergessen Sie es einfach."

„Gut", sagte er. „Vermutlich haben Sie Recht. Ich höre das nicht zum ersten Mal. Dann wollen wir mal."

Nach zwei Stunden verließ Neela die Kanzlei und war am Ende ihrer Konzentration. Ich brauche erst einmal viele süße Kalorien, um wieder zu Kräften zu kommen. Einkaufen muss ich ohnehin. Dort wird sich schon was finden. Das Anton eine falsche Forderung stellte, war im Grunde zu ihrem Vorteil. Dadurch würde sich der Prozess in die Länge ziehen und sie könnte Zeit gewinnen. Das war mehr, als sie erhofft hatte, bevor sie den ersten Fuß in die Anwaltskanzlei gesetzt hatte. Vielleicht schaffte sie doch noch einen Verkauf. Neues Spiel, neues Glück.

Anton raste vor Wut, als er den Schriftsatz des gegnerischen Anwalts las. Die Beklagte bestritt die Höhe der Forderung. Das bedeutete Zeitverzögerung und war nicht in seinem Sinne. Jetzt musste er sich etwas ausdenken, um sie in dieser Zeit zu schwächen. Er war außer sich darüber, dass er nicht ohne Urteil mit einer Sicherungshypothek ins Haus konnte. Das hatte er sich so nicht vorgestellt. Mist. Er ließ sofort eine neue Klage einreichen, in der er sein entgeltliches Wohnrecht im Haus einfordern würde. So stand es im Partnerschaftsvertrag, den sie wegen des Darlehens gemacht hatten. Der war schließlich so lange nicht aufgehoben, bis er sein Geld hatte. Wenn er diese Klage gewinnen würde, dann wäre er im Haus und würde die Gäste vergraulen. Rucki, zucki wäre sie pleite. Jawohl. So wollte er es machen. Schon ging es ihm ein bisschen besser. Darauf eine Flasche Wein. Prost.

„Ich kann unmöglich alleine dorthin gehen", überlegte Neela. „Ich brauche jemanden, der mich begleitet. Wer weiß, wozu Anton alles fähig ist?" Sie dachte an die Nummer mit dem Schrank im Hauswirtschaftsraum. Ihr taten jetzt noch die Beine weh, alleine von dem Gedanken daran. Aber es gab niemanden der infrage kommen würde. Um sie herum schlugen ihr, bis auf wenige Ausnahmen, nur Neid und Missgunst und Schadenfreude entgegen. „Also", sagte sie sich: „dann auf in den Kampf. Ich stelle mein Auto weit weg vom Gericht, damit ich keine böse Überraschung erlebe wenn ich wieder rauskomme. Er bringt es glatt fertig und bezahlt jemanden dafür, dass er mein Auto kaputt macht. Richtig im Kopf ist er ja schon lange nicht mehr."
Neela machte sich fein und zog aus alten Geschäftszeiten ihren dunkelblauen Anzug an, schminkte sich dezent und fuhr in die Kreisstadt, um den ersten Gerichtstermin wahrzunehmen. Es ging um die Klage des entgeltlichen Wohnrechtes. Außer einmal, unten am Strand, hatte sie ihn jetzt schon fast zwei Jahre nicht mehr gesehen. Seit sie wusste, dass er immer mit Trudchen Thatcher unten am Strand saß und Ausschau nach ihr hielt, war sie nicht mehr dorthin gegangen. Sie wollte jede unnötige Begegnung vermeiden. Damals hatte er wie ein König im Standkorb gesessen und einen langen Hals gemacht, als er sie entdeckt hatte. Sie hatte ihn nicht bemerkt. Eine Nachbarin wies sie darauf hin. Trudchen stand neben ihm und blickte in die gleiche Rich-

tung. Sie streichelte liebevoll über seinen Kopf. Neela musste sich damals das Lachen verkneifen. Ein Bild für die Götter. Der Große und die Doofe. Zum Schreien.

Neela hatte mit ihrem Anwalt verabredet, dass er vor dem Gerichtsgebäude auf sie wartete, damit sie nicht alleine hineinlaufen müsste. Erleichtert atmete sie durch, als sie ihn stehen sah. Sie begrüßte ihn freundlich und folgte ihm. Anton und seine Trulla waren noch nicht da. Den silbernen AMG hatte sie auch nicht entdecken können. Neela war so aufgeregt, dass sie vergaß zu atmen.

„Beruhigen Sie sich", sagte ihr Anwalt. „Es kann nicht dreihundertfünfundsechzig Tage regnen." Neela atmete aus, drehte sich ein wenig um und sah Anton sofort. Er hatte Trudchen an der Hand und blickte ihr rotzfrech und spöttische entgegen. Siegessicher hätte es vielleicht eher getroffen. Das hier war ja so eine glasklare Sache, bedingt durch die vertragliche Regelung, dass er es nicht verlieren konnte. Bald würde er wieder in das Haus einziehen, und dann geht aber die Post ab Schätzchen, dachte er fröhlich. Neela begann am ganzen Leib zu zittern. Sie hätte nicht für möglich gehalten, dass er so eine furchteinflößende Wirkung auf sie haben könnte.

Die Verhandlung dauerte nun schon eine volle Stunde. Der Richter hatte sich alles geduldig angehört, Neela und Anton vernommen, Schriftsätze hinzugezogen. Er machte eine längere Pause, um nachzudenken. Dann fragte er Anton, warum er auf ein entgeltliches Wohnrecht überhaupt bestehen wolle. Er würde doch jetzt, so wie es aussah, in einer neuen Beziehung leben. Anton blickte kurz zu Trudchen. Er konnte ja schlecht Nein sagen. Die Alte hatte seine ganze Kohle, seinen gesamten Besitz, sein Vermögen. Er wolle nur auf sein Recht bestehen. Das sei schließlich sein gutes, vertraglich vereinbartes Recht.

„Die Motivation hierfür ist nicht ausschlaggebend", erwiderte Anton.

„Nun gut", sagte der Richter. „Aber wenn ich das hier richtig sehe, haben Sie Prozesskostenhilfe beantragt, die Ihnen auch gewährt wurde. Ist das richtig?"

Anton nickte knapp.

„Dann heißt das aber doch auch, dass Sie vermögenslos sind, oder nicht?", fragte der Richter erneut.

Anton blieb nichts anderes übrig, als dem zuzustimmen.

„Ja, dann frage ich mich aber, wie Sie das Entgelt für diese Wohnung aufbringen wollen?"

Daran hatte bisher keiner gedacht. Neela atmete auf. Die Chancen standen gar nicht mehr so schlecht.

Anton hatte sich daneben benommen, als Neela dem Vorsitzenden erklärte, was Sinn und Zweck der Klage war. Dass er sie ruinieren wollte, weil er scharf auf das Haus war. Dass er sich an ihr rächen wollte, weil sie sich von ihm getrennt hatte. Dass er auf keinen Fall vermögenslos wäre. Das sei ihr nicht bekannt. Immer wieder hatte Anton laut dazwischengerufen, dass sie lügen würde. Er musste sogar ermahnt werden den Mund zu halten. Sein Anwalt bat darum die Sitzung für zehn Minuten zu unterbrechen und verschwand mit ihm vor die Tür. Danach war Anton lammfromm. Ihm war speiübel vor Hass und Wut. In vier Wochen hätte er das Urteil auf dem Tisch. Verloren!

Ein weiteres Jahr war vergangen. Die vielen Unwahrheiten, mit denen Anton versuchte an mehr Geld zu kommen als ihm zustand, waren daran schuld, dass der Prozess sich derart lange hinzog. Ein Ende war noch lange nicht in Sicht. Ein Gutachter wurde hinzugezogen, weil Neela den ursprünglichen Auftrag an den Fensterhersteller hatte auftreiben können. Anton hatte versucht über seine alte GmbH die Forderung zu stellen. Das wäre aber ein separater Prozess geworden, der alles noch mehr hinausgezögert hätte. Außerdem fehlte ihm zu dieser Forderung der Auftrag von Neela und so weiter und so weiter. Ein Hin und Her ohne sichtbares Ende. Antons Anwalt hatte hier keine Zeit, Neelas

Anwalt dort nicht. Das Gericht machte Sommerpause, die Verhandlungen wurden dauernd verschoben, Schriftsätze nachgereicht und wieder nachgereicht.

In der Zwischenzeit hatte Neela diverse Besichtigungen im Haus durchgeführt. Leider niemand der wirklich ernst zu nehmen gewesen wäre. Ein Ehepaar war dabei, da hätte Neela es der Frau von Herzen gegönnt. Sie war so eine tolle Frau. So herzlich und liebevoll, so sympathisch. Ihren Mann fand Neela widerlich. Er erinnerte sie irgendwie an Anton. Ein selbstverliebter Wichtigtuer, ein Blender. Neela tat die Frau leid. Sie hätte etwas Besseres verdient. Aber gut, das war nicht ihre Baustelle. Die Finanzierung der beiden klappte dann auch nicht und der Vorfall war Geschichte. Gegen Ende des Jahres kam eine Maklerin vorbei, die von sich behauptete, das Haus verkaufen zu können. An diesen Weg hatte Neela überhaupt noch nicht gedacht. Gut, warum nicht? Einen Versuch war es wert. Die Maklerin saß bei ihr am Esszimmertisch und pichelte ein Glas Sekt nach dem anderen weg. Sie erzählte, dass sie durch einen tragischen Vorfall ihren besten Mitarbeiter verloren hätte und nun selbst die Termine wahrnehmen müsste. Eigentlich wäre sie gerne Weihnachten bis nach Silvester zu ihren Eltern gefahren, aber das könne sie jetzt vergessen. Sie musste in ihrem Ladengeschäft bleiben. Neela erzählte von ihrer Zeit als Bauträgerin. Damals hätte sie auch alleine ihre Objekte verkauft. Vielleicht wäre es eine Überlegung wert, wieder arbeiten zu gehen. Ihr fiele hier sowieso schon lange die Decke auf den Kopf. Wenn ich genug Geld verdienen würde, könnte ich mir auch endlich eine Firma leisten, die die Endreinigungen der Ferienwohnungen macht, dachte Neela im Stillen.

Nach einer weiteren Flasche Sekt erklärte sich die Maklerin bereit, Neela eine Woche Probearbeiten zu lassen. Danach würde man sehen. Neela war erfreut über diese neue Idee. Sie würde ihr Bestes geben. Schließlich wusste sie, was sie konnte. Also abgemacht, Hand drauf.

Eine Reinigungsfirma war schnell gefunden, die Probearbeitswoche stand vor der Tür. Ein völlig neues Lebensgefühl, dachte Neela. Allerdings lasse ich das Haus nicht gerne alleine. Ich hoffe, es gibt keine bösen Zwischenfälle. Natürlich wusste sie längst, dass Anton sie häufig beobachtete. Sie hatte ihn schon zweimal entdeckt. Sein Trudchen war auch dabei. Ein Herz und eine Seele. Natürlich würde er bald wissen, wo sie arbeitete, falls es klappen würde. Aber was wollte er machen? Solange er Geld von Neela zu kriegen hatte, konnte er ihr nichts tun. So dachte sie jedenfalls.

Nach drei Tagen Probearbeit packte die Maklerin ihren Koffer und fuhr in die Weihnachtsferien. Neela stellte sich gut an und wurde von den Kunden sehr gut angenommen. Jetzt war Neela Maklerin. Liebe Güte, dachte sie. Wofür habe ich so einen tollen Beruf erlernt? Um jetzt hier zu sitzen und Immobilien zu verticken? Na, auch wurscht. Ist immer noch besser als die gefährliche Bauträgerei. Das Risiko war viel zu hoch.

Sie ging mit viel Freude jeden Tag in dieses Geschäft. Es machte mehr Spaß, als sie je für möglich gehalten hätte. Sie verdiente weit mehr, als sie zu hoffen gewagt hatte, obwohl sie Schreibtischmiete bezahlen musste. Das Haus lief gut, der Prozess langsam. Anton verstrickte sich immer wieder in Lügen, die das Ganze aufhielten. Er bemerkte überhaupt nicht, was er da für einen Fehler machte. Die Geldgier hatte ihn voll im Griff.

In Neelas neuem Job gab es nur einen Wehrmutstropfen. Die Maklerin, die im Übrigen bis zu dem Zeitpunkt das Haus auch nicht verkaufen konnte, war Alkoholikerin. Aber nicht nur ein bisschen, sondern ein bisschen viel. In regelmäßigen Abständen hatte sie derartige Abstürze, dass Neela Angst um ihr Leben hatte. Einmal hatte sie sie im tiefsten Schnee nach Hause fahren müssen, weil sie der Länge nach im Büro auf dem Fußboden lag. Neela wollte nicht, dass jemand durchs Schaufenster sehen konnte, was drinnen vor sich ging. Sie schnappte sie kurzerhand und verfrachtete sie in *ihren Wagen, um sie nach Hause zu fahren. Unterwegs schlug dieses besoffene, dumme Stück Weib nach ihr, weil sie sich verfahren hatte. Neela wusste ja nicht, wo die Maklerin wohnte. Sie musste versuchen, aus ihrem Gelalle herauszuhören, wo genau sie denn hinwollte.*

„Hey, hey, hey. Jetzt ist aber mal gut hier", schnauzte sie das betrunkene Weib an und stoppte den Wagen. „Was fällt dir denn ein? Ich will dich doch nur nach Hause fahren, weiß aber nicht, wo das ist. Jetzt mal hübsch langsam. Sonst setzte ich dich für ein paar Minuten draußen in den Schnee, bis sich dein Mütchen wieder abgekühlt hat."

Wie ein nasser Sack rutschte die Schnapsdrossel tiefer in den Sitz und zeigte mit einer schlaffen Hand die Richtung an. „Braves Mädchen", sagte Neela und fuhr weiter.

Nachdem sie die halbe Portion aus dem Auto gezerrt hatte, klemmte sie sie sich unter den Arm und ging den Abhang hinunter zur Haustür. Sie klingelte mit ihrer alkoholisierten Fracht unter dem Arm und wartete.

Nach einer Minute öffnete der Freund von Frau Maklerin. Er sah Neela an und fragte: „Wo ist der BMW?" Seine Freundin würdigte er keines Blickes. Der Hund lag verängstigt im Flur und kroch immer mehr rückwärts.

„Ja, Ihrer Freundin geht es nicht so gut. Aber sehr nett, dass Sie sich so sehr dafür interessieren. Den Wagen nehme ich mit, weil mir mein Auto zu schade dafür ist, hier das Schneetaxi zu spielen. Sie dürfen ihn selbstverständlich morgen gerne wieder zurückhaben. Schönen Abend noch und gute Nacht. Hat mich gefreut." Neela drehte um und ließ ihn stehen. Was ist das denn für ein Arsch, dachte sie. Als gäbe es nichts Wichtigeres als diese blöde Karre.

Ein paar Tage später kam Frau Schnapsdrossel wieder ins Büro. Neelas Nackenhaare stellten sich hoch, als sie sie draußen aus ihrem Wagen steigen sah. Aha, dachte sie. Heute ist dein letzter Arbeitstag. Sie kam im Stechschritt herein und schloss die Tür hinter ihrem Büro.

Eine halbe Stunde später klingelte Neelas Telefon intern. Sie möge doch bitte mal in ihr Büro kommen. Sofort. Neela erhob sich und ging in das Büro. Nicht ohne vorher höflich zu klopfen.

„Herein", hörte sie die barsche Stimme der Gnädigsten. Sie bedeutete Neela Platz zu nehmen. Dann setzte sie sich ihr gegenüber. „Du hast versucht, Daten von meinem PC zu stehlen", eröffnete sie das Gespräch.

„Oh", sagte Neela. „Und was noch?"

„Ja, ich verlange sofort den Büroschlüssel zurück, unser Arbeitsverhältnis ist hiermit beendet. Außerdem weißt du zu viel von mir. Das ist nicht förderlich."

Neela wusste, dass es keinen Sinn haben würde, sich zu rechtfertigen. Sie hatte lediglich versucht, die Bilder auf ihren Computer zu laden. Jedes Mal, wenn sie abends Feierabend machen wollte, kam noch ein Kunde auf den letzten Drücker in den Laden und wollte eine Beratung. Das Netzwerk war dann aber schon heruntergefahren und sie musste erst in das andere Büro sausen, um es wieder einzuschalten. Bis es wieder funktionierte, dauerte es immer ein paar Minuten. Wertvolle Zeit, in der der Kunde ungeduldig wurde. Das war alles. Mit den Bildern hätte sie gar nichts anfangen können. Es war absurd. Aber der Grund war ein ganz anderer. Neela legt denn Schlüssel auf den Tisch. Sie hatte eine Stunde Zeit, ihren Platz zu räumen. Dann war ihre Karriere als Maklerin fürs Erste beendet.

Der PC war ihrer und musste abgebaut werden. Sie verstaute ihre Sachen im Auto. Und tschüs. In dem einen Jahr, das Neela dort gearbeitet hatte, hatte sie natürlich in dem Ort eine Menge Leute kennengelernt. Sie wusste, dass in einer Ladenpassage einzelne Büros vermietet wurden. Eine Stunde später hatte sie ein niedliches kleines Büro unter Vertrag. Es war zwar in der ersten Etage, aber sie durfte die Eingangstür für Werbung benutzen. Neela war wieder selbstständig. So schnell kann's gehen. Anton war immer auf dem Laufenden. Er wusste, wo sie war, wann sie wo war und was sie tat. Ende Juli würde der Prozess in die Endrunde gehen. Dann war sie fällig. Sie würde auf der Straße sitzen. Das Haus würde Trudchen gehören. Sie konnte es kaum erwarten. Das ging alles schon viel zu lange. Aber sie vertraute ihrem Anton. Der würde sie doch niemals anlügen. Er hatte ihr doch so artig alles überschrieben und kassierte voller Stolz mit ihrer Hilfe und ihrem Mietvertrag die Sozialhilfe.

Neelas Anwalt sah das Unheil schon kommen. Wenn sie jetzt das Geld nicht zurückbezahlen konnte, dann würde die Versteigerung nicht mehr zu verhindern sein. Er würde sofort nach Urteilsverkündung die Sicherungshypothek eintragen lassen. Neela erzählte ihm, dass sie in drei Wochen eine der beiden Wohneinheiten verkaufen würde. Dazu müsse sie nach Süddeutschland fahren. Sie könnte den Kaufpreis abtreten, die Bank hätte ihr auf dieser Basis ein Überbrückungsdarlehen für ein paar Wochen zugesagt. Es dürfte jetzt nur nichts mehr schiefgehen. Wenn der Verkauf platzen würde, dann stünde sie wieder bei null.

Aber es sollte dann doch anders kommen, als es sich gerade abzeichnete. Am Wochenende waren Leute da, die sich das Haus angesehen hatten. Sie machten nach außen hin nicht unbedingt den Eindruck, als könnten sie sich so ein großes Haus leisten. Die Besichtigung war auch eher verhalten und schweigsam. Man machte keine großen Worte. Neela machte sich keine große Hoffnung, nachdem sie das Haus verlassen hatten. Schnell hatte sie das Ereignis wieder vergessen.

Sie fuhr täglich in ihr neues, winziges Büro und verkaufte sogar erfolgreich ein abgestandenes Haus, welches als Ladenhüter schon jedes Maklerbüro von innen gesehen hatte. Jetzt war die Courtage ganz allein ihre und nicht mehr nur fünfundzwanzig Prozent abzüglich Schreibtischmiete. Neela war sichtbar glücklich.

Eine Woche später klingelte abends das Telefon. Der Interessent von neulich war am Telefon. „Ach ja, ich erinnere mich", sagte Neela. „Was kann ich denn Gutes für Sie tun?"

„Ja", sagte der Mann am anderen Ende der Leitung. „Wir würden gerne am Samstag kommen. Das ist jetzt sehr kurzfristig, ich weiß. Nur noch eine Woche dazwischen. Aber es geht terminlich bei mir nicht anders."

Neela, die dachte, dass es sich um eine übliche Zweitbesichtigung handeln würde, sagte: „Das kriege ich schon hin. Ich habe mein kleines Maklerbüro am Wochenende sowieso geschlossen, weil die An- und Abreisen sind."

„Fein", sagte die männliche Stimme am anderen Ende. „Dass Sie das hinkriegen ist uns schon klar, aber wie sieht es denn mit dem Notar aus? Beurkundet der auch an Samstagen?"

Schweigen! Neela war ganz sicher sich verhört zu haben. Jetzt nur nichts Falsches sagen und den Mann verärgern. Sie fragte ihn vorsichtig: „Ich verstehe nicht so ganz: sagten Sie eben, ob der Notar Zeit hat?"

„Ja, genau der", kam die Antwort unmissverständlich.

„Wir haben doch noch gar nicht über den Preis gesprochen", wand Neela ein. „Ich meine, nein, ich denke, ich habe Sie nicht richtig verstanden. Sie möchten das Haus kaufen?"

Man merkte, dass der Herr an der anderen Seite der Leitung grinste. Es machte ihm Spaß. „Also", sprach er weiter. „Sie haben uns bei der Besichtigung Ihren Mindestpreis genannt und wir sind damit einverstanden."

„Gu... gut", stotterte Neela. „Ja, dann... ja, dann gebe ich Ihnen mal die Telefonnummer vom Notar in der Nachbarstadt. Sie können dort den Vertragsentwurf bestellen. Den müssen Sie unbedingt vorher gut durchgelesen und verstanden haben. Ich bestelle ihn nicht, sonst muss ich ihn bezahlen, wenn etwas schiefgeht."

„Das dürfte kein Problem sein", vernahm sie aus weiter Ferne seine Stimme. „Es ist nicht das erste Objekt das wir kaufen. Es gäbe da allerdings eine kleine Bedingung, auf die wir bestehen müssen."

Jetzt kommt's, dachte Neela. Alles nur ein Fake, alles nur ein schöner Traum und gleich falle ich aus dem Bett. „Ich höre Ihnen zu", sagte sie: „schießen Sie los."

„Es tut uns ja auch leid, aber es geht aus organisatorischen Gründen einfach nicht anders zu machen. Sie müssten innerhalb von zwei Wochen ausziehen, nachdem wir den Kaufpreis bezahlt haben. Das möchten wir natürlich vorab auf einem Anderkonto erledigen. Das heißt: Es würde alles sehr schnell gehen. Wäre das möglich?"

Neela hauchte nur ins Telefon: „Ja. Ja, das ist möglich."

Sie verabschiedeten sich freundlich mit den Worten, dass man sich dann nächsten Samstag zur Beurkundung sehen würde. An der anderen Seite wurde aufgelegt.

Neela sank auf die Bank vor dem Esstisch und hatte den Telefonhörer immer noch in der Hand. Sie betrachtete ihn wie ein neugeborenes Kind, das man ihr gerade auf den Bauch gelegt hatte.

„Nee", sagte sie laut. „Das hast du gerade geträumt. Jetzt verkaufe ich in Kürze die große Wohnung in Süddeutschland und könnte das Haus behalten. Und dann passiert so was. Ich verstehe das nicht. Jahrelang nichts und dann doppelt." Den Bruchteil einer Sekunde dachte sie daran, den Käufer zurückzurufen und alles rückgängig zu machen. Dann fiel ihr aber die viele Arbeit ein, die dieses große Haus mit sich brachte. So oder so. Sie wäre Anton los. Alles andere war unwichtig.

Der Himmel war so blau wie lange nicht. Die Sonne strahlte sich die Seele aus dem Leib und schien sich schlapp zu lachen. In einer Stunde würde sie vor dem Notar sitzen, der auch ihr Anwalt war, und ihr Baby verkaufen. Sie war zwischen Freude und Trauer so hin und her gerissen, dass sie nicht wusste, ob sie weinen oder lachen sollte. Hätte sie mehr Zeit gehabt, dann hätte sie auch mehr Geld für das ungewöhnliche Haus bekommen. Aber Geld war ihr schon lange nicht mehr wichtig. Neela wollte nur ihren Frieden. Ihren Frieden vor dem durchgeknallten Anton. In vier Wochen war der Anschlussprozess. Dann würde sie ihn wiedersehen. Wenn er wüsste, dass sie dann die offene Summe, die

44

sich zwischenzeitlich um mehr als fünfzigtausend Euro zu ihren Gunsten verbessert hatte, bezahlen könnte, bekäme er einen Herzinfarkt. Er war hier sicherlich im Geiste schon eingezogen. Seine niveauvolle Partnerin würde bitter enttäuscht werden, die arme Deern. Neela hätte ums Haar Mitleid empfunden, wäre sie nicht so ein unverschämt dreistes Dreckstück gewesen. Sie sah sie noch immer mit ihrem langweiligen Hausfrauengesicht an ihrem Tisch sitzen und Kuchen essen. Ungeheuerlich!

Hätte, wäre, könnte, wenn. Das hatte Neela begriffen. Es waren Worte, die es eigentlich gar nicht gab. Keines dieser bedeutungslosen Worte hatte sie auch nur ein kleines Stückchen weitergebracht. Man müsste sie abschaffen. Wäre Anton nicht so völlig durchgedreht, könnten sie heute wie die Maden im Speck in diesem herrlichen Haus leben und alles genießen. Wenn er es nicht getan hätte, was er getan hat, die Sonne könnte ihnen aus dem Arsch scheinen. Es hätte so perfekt sein können. Ja...: hätte, wenn. Sie stand auf und ging nach unten zu ihrem Wagen, der in letzter Zeit erstaunlich verschont geblieben war. In ungefähr zwei Stunden wäre sie auch „hauslos".

Die Käufer waren schon da. Sie standen mit ihrem Wagen unten im Hof auf dem Parkplatz der Kanzlei. Neela fuhr neben sie hin. Der alte Opel Caravan hatte einem gelben Porsche Platz gemacht. Das süße Blumenmädchen, die Frau des Käufers, war einer aparten jungen Frau gewichen. Der Käufer selbst war nicht mehr in Bermudashorts und Birkenstockschuhe gekleidet, er sah jetzt aus wie ein sehr gebildeter, erfolgreicher Geschäftsmann. Neela musste schmunzeln. Guter Trick, dachte sie bei sich. Muss ich mir merken. Erst so unbedarft und harmlos auf Immobilienjagd gehen, danach erst die wahre Katze aus dem Sack lassen. Sie empfand tiefe Sympathie für die beiden.

Nachdem der Notar alles vorgelesen hatte, fragte er in die Runde, ob noch jemand eine Frage hätte. Allgemeines Kopfschütteln war die Antwort. „Nun gut", sagte er. „Dann wollen wir zu den Unterschriften kommen."

Zuerst unterschrieb der Käufer, danach Neela. Bis dahin war alles noch gut. Aber nachdem der Notar seine Unterschrift unter den Vertrag gesetzt hatte und dieser somit rechtsgültig war, brachen bei Neela alle Dämme. Sie weinte so bitterlich, dass sogar der Notar aufstand und sie tröstete. Er war eher von der unterkühlten Sorte. Aber das, was er jetzt sah, tat ihm in der Seele leid. Die kleine, starke Frau war nicht mehr wiederzuerkennen. Die Käufer waren beide peinlich berührt. Neela entschuldigte sich unbeholfen und gratulierte den beiden zum Kauf des Hauses. Sie machte sich schnellstens aus dem Staub. Endlich mal in Ruhe heulen. Was hatte sie bloß getan? War es richtig? Reiß dich zusammen, du blöde Kuh, ermahnte sie sich. Schließlich musste sie gleich im Anschluss wieder zum Notar in einen anderen Ort an der Küste. Sie würde den Kaufvertrag für eine Zweizimmerwohnung unterschreiben, die sie noch nicht einmal gesehen hatte. So etwas bringe auch nur ich fertig, dachte sie. Aber Eckwohnungen waren nicht oft auf dem Markt. Sie musste zugreifen. Es war das Haus, vor dem sie schon einmal gestanden hatte. Mit ihrem Liebsten an der Hand. Damals hatte sie hochgeblickt und zu ihm gesagt: „Hier möchte ich einmal wohnen." Das Leben ging oft seltsame Wege. Sehr seltsame.

Anton hatte sie aus den Augen verloren. „Mist, verdammter", fluchte er. So eine Scheiße. Die Ampel hatte zwar auf Grün geschaltet, aber diese blöde Kuh dort vor ihm hatte den Wagen abgemurkst. Bis hierhin war er immer in Sichtkontakt zu Neelas Auto gewesen. Sie hatte sich chic gemacht und fuhr in Richtung Kleinstadt. Bestimmt wollte sie einkaufen gehen. Auf die Idee, dass sie zum Notar fuhr, wäre er nicht gekommen. Er war sich zu siegessicher. Bald. Bald sitzt du auf der Straße, du falsche Schlange. Nur noch ein paar Wochen. Dann kommt König Anton auf den wohlverdienten Thron. Das wird ein Fest.

Trudchen hatte er zu Hause gelassen. Sie ging ihm manchmal auf den Wecker. Vor allem das Motorradfahren hatte ihm mit ihr keinen Spaß mehr gemacht. Sie hatte ihm zwar versprochen den Motorradführerschein zu machen, aber sie war zu doof dazu. Mut hatte sie auch nicht. Nein, halt: das konnte er nicht behaupten. Wenn es darum ging, illegal an Geld zu kommen, dann konnte er sich auf sie verlassen. Sie war nicht so zimperlich wie Neela mit ihrem kranken Gerechtigkeitssinn. Wenn er daran dachte, wie sie ihm die Tour mit der Sozialhilfe versaut hatte, könnte er ihr heute noch den Hals umdrehen. Wenn er aber daran dachte, wie sie ihn in der besagten Nacht ausgetrickst hatte, überkam ihn der blanke Hass. Jetzt hatte sie ihn schon wieder abgehängt, dieses Miststück. Er konnte auch nicht weit die Straße einsehen. Sie war weg. Am besten er stellte sich Richtung stadtauswärts auf die Lauer. Irgendwann müsste sie ja wieder dort vorbeikommen. Genau. Das war eine gute Idee. Anton drehte bei nächster Gelegenheit um und postierte sich auf einem Parkplatz beim Baumarkt.

Neela fuhr aus dem Hof der Kanzlei und überlegte. Ach nee, dachte sie. Ich gehe die Auffahrt Nord auf die Autobahn. Dann muss ich nicht durch die ganze Stadt. Es ist Samstag. Dort ist sicherlich alles verstopft.

Damit bescherte sie Anton einen Wutanfall, ohne es zu wissen. Nach zwei Stunden gab er wütend auf. Fluchend fuhr er zurück zum Haus. Vielleicht war sie obenrum zurückgefahren und er hatte die ganze Zeit umsonst hier gewartet. Er würde es jetzt am Haus noch einmal versuchen.

Der Makler stand schon unten an der Tür und wartete auf sie. Er winkte ihr freundlich entgegen.

„Es ist sehr nett von dem Notar, so spät am Samstagnachmittag noch eine Beurkundung möglich zu machen", sagte sie zu ihm. „Haben Sie den Schlüssel heute in der Post gehabt?" „Ja", sagte der Makler. „Der kam heute. Ich würde mich aber wohler fühlen, wenn wir die Wohnung vorher besichtigt hätten." „Das macht nichts", erwiderte Neela. „Ich kenne diese Wohnungen dort. Egal wie sie innen aussieht, ich würde sie trotzdem kaufen. Später wird sowieso alles verändert. Ich konnte den vorhergehenden Termin leider nicht verschieben. Der Notar hatte nur begrenzt Zeit. Machen Sie sich keine Gedanken, ich weiß, was ich tue."

„Na gut. Von mir aus. Wie Sie meinen", gab der Makler unsicher zurück. „Dann wollen wir mal."

Bevor Neela den vorgelesenen Vertrag unterschreiben sollte, stellten sich ihr die Nackenhaare hoch. Sie zögerte. Entsetzt starrte sie auf das Papier vor sich. Der Makler blickte ganz erschrocken, der Notar fragte sofort, ob etwas nicht in Ordnung wäre. Neela entspannte sich und unterschrieb. Es waren nicht ihre Nackenhaare, es war eine Gänsehaut. Eine wohlige Gänsehaut der Vorfreude. Sie blickte nach der Unterschrift die beiden Männer an und strahlte übers ganze Gesicht. „So", sagte sie zu dem Makler. „Jetzt dürfen Sie mich zum Abendessen einladen. Ich habe Hunger wie ein Wolf. Dann möchte ich bitte den Schlüssel haben und alleine in die Wohnung gehen. Ich werfe ihn danach bei Ihnen in den Briefkasten vor Ihrem Büro. Einverstanden?"

„Einverstanden", sagte der sichtbar erleichterte Immobilienvermittler und stand auf, um zu gehen. Der Notar wünschte ihr noch alles Gute und verabschiedete sich.

Neela war jetzt zwar hauslos, aber nicht wohnungslos. Allerdings brauchte sie eine kleine Übergangswohnung, bis die neue Wohnung umgebaut sein würde. Der Makler konnte mit einer Einzimmerwohnung aushelfen. Es war kurz vor der Hauptsaison und echtes Glück, das eine frei war. Nach dem Essen begleitete der Makler Neela noch bis zu dem großen Haus, in dem sich die Wohnung befand, um sie am Portier vorbeizubringen. Ohne Berechtigung konnte niemand in den Privatbereich gelangen. Das war genau das, was Neela brauchte. Vierundzwanzig Stunden Schutz.

Sie verabschiedeten sich. Neela versprach, den Schlüssel nachher gleich zurückzubringen, und fuhr mit dem Lift nach oben. Mit zittrigen Händen öffnete sie die Tür zu ihrem neuen Heim. Die Wohnung war abgedunkelt. Alle Innenrollos waren heruntergezogen. Die Eigentümer waren in Kanada und kamen nur selten hierher. Sie hatten sich erst vor ein paar Tagen entschlossen, die Wohnung zu verkaufen. Es lohnte sich einfach nicht, sie zu behalten. Deshalb war auch der Schlüssel noch nicht da gewesen. Neela ging zum Fenster und zog das Rollo nach oben. Sie öffnete die Tür und betrat den Eckbalkon. Unten glitt eine große Fähre langsam Richtung offene See an ihr vorbei. Das dumpfe Dröhnen der starken Dieselaggregate verursachte Neela eine wohlige Gänsehaut. „Na, du lieber Körper, du. Redest du wieder mit mir?", sagte sie zu sich selbst. Sie blieb noch lange so stehen und genoss den Ausblick. Bald wird alles gut, dachte sie. Bald. Fehler Nummer vierundzwanzig.

Anton bebte vor Zorn. Wütend schlug er auf sein Lenkrad ein. Der Aschenbecher seines Wagens war randvoll. Er hatte Hunger und die Schnauze gestrichen voll. Zu gerne hätte er gewusst, wo Neela steckte. So lange war sie in der Vergangenheit noch nie außer Haus gewesen. Noch zehn Minuten wollte er warten, dann zurück zu Trudchen fahren, die mit dem Essen pflichtbewusst auf ihn wartete.

Anton war gerade oben, um die Kurve gekommen, da fuhr Neela von unten, aus Richtung Strand, herauf. Sie hätte das Heck seines Autos noch sehen können wenn sie darauf geachtet hätte. Sie war mit den Gedanken aber vollkommen woanders. Ich muss mein Büro für zwei Wochen schließen, um mich jetzt um den Umzug zu kümmern. Alles, was möglich ist verkaufen und den Rest, den ich nicht brauche, verschenken. Es gab genug Menschen die sich über die schönen Sachen freuen würden. Ein Teil der Möbel blieb im Haus. So zum Beispiel das große Büro unten in der Diele. Das hatte sie mitverkauft. Die Dinge, die sie behalten wollte, mussten zwischengelagert werden. Irgendwie würde das schon gehen. Es wäre schön, wenn es vorerst keinem auffallen würde, vor allem nicht Anton. Na, der würde Augen machen, wenn sie plötzlich verschwunden wäre. Wunderbar. Endlich mal wieder einen Punkt für mich, dachte sie fröhlich.

Am nächsten Tag stand Anton wieder auf der Lauer. Er musste unbedingt sehen, ob sie wieder zu Hause war. Vorerst zum letzten Mal. In drei Wochen würde die große Abschlussverhandlung stattfinden. Er musste schon mal seinen Umzug im Geiste planen. Die Zeit davor wollte er aber nutzen, um mit Trudchen in Urlaub zu fahren. Er brauchte dringend mal wieder ein bisschen Spaß. Harleytreffen waren zwar so gar nicht ihr Ding, aber sie machte ihm zuliebe gute Miene zum lästigen Spiel. Er fuhr mit ihr an die Atlantikküste. In Memory of ...

Knapper hätte es auch nicht sein dürfen. Vor einer Woche hatte Neela die Nachricht vom Notar erhalten, dass das Geld vom Hausverkauf da sei. Sie löste als Erstes die Bank ab und bezahlte ihre neue Wohnung. Nur drei Tage später kam auch das Geld von der verkauften Wohnung in Süddeutschland. Jetzt war sie seit vielen Jahren erstmals wieder schuldenfrei und hatte sogar eine Menge bedruckter Scheinchen übrig. Damit würde sie nicht nur die Wohnung umbauen können, sie könnte auch den kleinen Laden kaufen, der gerade angeboten wurde. Ihr eigenes kleines Maklerbüro in guter Lage. Hörte sich gut an. Vorgestern hatte sie dann den Schlüssel bekommen und konnte mit dem Umbau beginnen. Antons Geld würde sie auf den letzten Drücker überweisen. Sie wollte ihn glauben lassen, dass er sie jetzt besiegt hätte. Es sah so aus, als würde er von ihrem Umzug noch nichts ahnen. In letzter Zeit hatte sie ihn nicht mehr am Haus vorbeifahren gesehen. Vielleicht war er im Urlaub. Es war ja so die Zeit, in der man viel mit dem Motorrad unterwegs sein konnte. Die angemietete Einzimmerwohnung, in der sie ab heute wohnen würde, war nur wenige Meter von der neuen Wohnung entfernt. Das war praktisch für den geplanten Umbau. Kurze Wege. Jedenfalls hatte sie in Ruhe und so gut wie unbemerkt umziehen können. Der Umzugswagen stand morgens schon um acht Uhr vor der Tür, um die wenigen Sachen, die eingelagert werden sollten, abzuholen. Das war eine Blitzaktion. Keiner der Nachbarn wusste, dass Neela das Haus verkauft hatte. Ihre Pläne hatte sie für sich behalten.

Während der Gerichtsverhandlung hatte Anton schlecht ausgesehen. Aufgedunsen und ganz grau im Gesicht. Es sah so aus, als hätte er von seinem Anwalt die Anweisung bekommen, sich zurückzuhalten. Anton war ungewöhnlich still. Mit verschränkten Armen sah er Neela mit hasserfülltem Blick immer wieder in die Augen. Ihm war unbegreiflich, wie sie so gelassen sein konnte. Wenn sie hier rausgehen würde, dann wäre sie erledigt. Schon in wenigen Wochen wäre er mit einer Sicherungshypothek Herr der Lage. Seine große Stunde nahte, und sie saß da und war die Ruhe selbst. Bestimmt hatte sie was eingenommen.

Trudchen saß fein gemacht auf der vorderen Kante eines Besucherstuhls und verfolgte aufmerksam das Geschehen. Sie hatte sich so stark geschminkt und braun angemalt, dass sie aussah wie eine trudschige, dümmliche Wachspuppe. Ihre Frisur sah aus wie am Kopf festbetoniert. Sie würdigte Neela keines Blickes. Mit Grabesmine nahm Anton die Entscheidung des Richters hin. Er musste auf die fünfzigtausend Euro verzichten, die er ihr nicht nachweisen konnte. Aber das würde er sie schon bald büßen lassen. In spätestens drei Wochen würde er ein rechtskräftiges Urteil in der Hand haben, und das würde er gebührend feiern. Die Eintragung der Hypothek war schon vorbereitet und wartete auf den finalen Startschuss.

Nach Ende der Verhandlung stand Neela noch mit ihrem Anwalt vor dem Gerichtsgebäude, um sich zu bedanken und zu verabschieden. Anton, der Sozialhilfeempfänger, fuhr mit Trudchen in seinem AMG, aggressiv an ihnen vorbei. Neela nickte ihm knapp zu und schenkte ihm ein Lächeln der allersüßesten Sorte.

„Guck dir die an", sagte Anton zu Trudchen. „Die hat doch was genommen. Total bekifft, die Alte."

„Ach, lieeeber Anton", säuselte Trudchen. „Freu dich doch. Bald wohnen wir in dem schönen Haus am Meer."

Morgen würde die Frist ablaufen. Anton lief aufgeregt durch das Haus, in dem sie jetzt schon fast drei Jahre wohnten. Sie würden es vermieten, weil der Verkauf sich nicht lohnte. In diesem Stadtteil konnte man keine guten Preise erzielen. Es roch im Sommer nach Fischkonserven und Papier. Immer diese Geduld aufzubringen, kostete ihn den letzten Nerv. Ohne ein Glas Wein, um neun Uhr morgens, war das nicht zu schaffen. Am Abend gab er sich regelmäßig die Kante. Trudchen war das egal. Manchmal soff sie sogar mit ihm. Bei ihr hatte er Narrenfreiheit. Sie glaubte ihm jedes Wort und hieß alles gut was er tat.

Nach ihrem Urlaub war er nicht mehr bei Neela vorbeigefahren. Wozu auch. Die Verhandlung war ja ein paar Tage nach seiner Rückkehr, danach musste er nur noch warten. Alles lief perfekt und morgen war der große Tag. Neela würde nicht bezahlen können. Er hatte um sechzehn Uhr einen Termin bei seinem Anwalt, um alles nötige zu veranlassen. Alles lag schon vorbereitet auf seinem Schreibtisch. Er musste nur noch mit ihm besprechen, wie man die Versteigerung am schnellsten vorantrieb.

„Na, dann herzlichen Glückwunsch zum neuen Laden." Der Notar stand auf und schüttelte Neela die Hand. Er gönnte ihr von ganzem Herzen den bitternötigen Erfolg. Sie hatte in den letzten Jahren einiges ertragen müssen. Es schien wieder aufwärtszugehen mit ihr. Er freute sich ehrlich, das spürte Neela. Die Verkäuferin schloss sich der Gratulation an. Sie nahm Neela in ihrem Auto mit zurück und setzte sie bei ihrem kleinen Büro wieder ab.

„So", seufzte Neela. „Wäre das auch geschafft. Jetzt kann ich mich voll auf meinen Umbau konzentrieren." Morgen würde sie eine Immobilie verkaufen, die sie in Auftrag hatte, danach bis zum Umzug in das neue Geschäft ihr Büro schließen. Vor zwei Jahren noch hatte sie kurz daran gedacht aufzugeben. Nur der unerschütterliche Glaube an sich selbst hatte ihr die Kraft gegeben weiterzugehen.

Anton saß steif auf dem Stuhl vor seinem Anwalt und starrte ihn wie irre an. Nachdem er dessen Worte realisiert hatte, brüllte er ihn an und machte ihm niederträchtige Vorwürfe, weil der Prozess so lange gedauert hatte. Es wäre seine Schuld gewesen. Dass er selbst dafür die Verantwortung trug, kam nicht infrage. Seine vielen Lügen hatte er längst vergessen und sah sie nicht mehr. Die Realität verschob sich für ihn, wie so oft schon. Er hätte alles richtig gemacht, das Geld hätte ihm schließlich zugestanden. Nur auf sein Anraten hin hätte er nachgegeben. Jetzt war der Anwalt sauer und forderte Anton auf zu gehen.

Trudchen saß auf dem anderen Stuhl und begriff nicht was da gerade vor sich ging. Warum war ihr Anton auf einmal so aufbrausend und böse zu dem Anwalt? Was hatte er denn überhaupt zu Anton gesagt? Sie war lieber still, bevor sie was Falsches sagen würde. Irgendwie hatte sie verstanden, dass Anton Geld bekommen hatte. Aber woher, das hatte sie nicht genau mitbekommen. Wenn er sich beruhig hätte, dann müsste er ihr das genauer erklären.

Anton stand auf und raste aus der Kanzlei. Draußen zündete er sich eine Zigarette an und lief auf dem Parkplatz hin und her wie ein Tiger im Käfig. Trudchen traute sich immer noch nicht nachzufragen. Als sie im Auto saßen schlug Anton wie wild auf das Lenkrad ein und brüllte: „Scheiße, scheiße, scheiße." Er lehnte die Stirn an den oberen Bogen des Lenkrades und heulte wie ein irre gewordener Wolf mit Tollwut. So hatte sie ihn noch nie gesehen. Er machte ihr einen Moment lang richtig Angst. Mit halsbrecherischem Tempo fuhr er schweigend nach Hause. Anton brauchte dringend eine Flasche Wein. Erst danach beruhigte er sich ein wenig und erklärte dann seinem intelligenten Trudchen, was es mit dem Termin beim Anwalt auf sich hatte. Sie machte große Kuhaugen und sperrte den Mund auf.

„Wie geht das denn, Anton? Wo hat denn die böse Frau auf einmal so viel Geld her?"

Das war Anton allerdings auch schleierhaft. Es konnte nur so sein, dass sie endlich eine der beiden Immobilien in Süddeutschland verkauft hatte. Diese waren beide lastenfrei, das wusste er aus ihren Unterlagen. Sie waren quasi Neelas Gewinn. Aber so viel Glück konnte doch kein Mensch haben. Er würde der Sache auf den Grund gehen, gleich morgen. Heute wollte er weitersaufen, seinen Hass hinunterspülen, Pläne schmieden wie er sie doch noch plattmachen konnte. Anton gab nicht auf. Nicht König Anton. Der Nachname von Trudchen stand vor seinem Vornamen auf dem Schild draußen am Haus. So hatte er sich seine Karriere als König allerdings nicht vorgestellt.

Am nächsten Abend stand Anton wieder auf seinem Stammplatz und beobachtete das Streit-Haus. Es wurde erst um einundzwanzig Uhr dreißig dunkel, er musste sich gedulden. Der lange Tag war die Hölle gewesen. Ungehalten und schlecht gelaunt brachte er den Tag hinter sich, ohne was Vernünftiges damit anzufangen. Das Geld wäre morgen erst auf seinem Konto, das er eigens dafür eingerichtet hatte. Er müsste alles sofort abheben und das Konto wieder schließen, sonst kämen ihm noch die Sozialbehörden hinter seinen Betrug. In kleinen Beträgen würde Trudchen es auf ihr Konto einzahlen. So ein Fauxpas wie damals, bei der Nummer mit der Urkundenfälschung, würde ihm nicht zweimal passieren. Daraus hatte er gelernt. Wie gut, dass er sein Trudchen hatte, das dumme, naive Stück.

Was war das denn? Anton starrte wie gebannt auf die Bewegungen oben im Haus. Da liefen fremde Menschen hin und her und taten so, als ob die dort wohnen würden. Eine fremde Frau stand in der Küche. Jetzt ging sie auch noch an den Kühlschrank. Vor der Garage stand ein gelber Porsche, der dort auch nicht hingehörte. Er hatte ein Kennzeichen aus Süddeutschland. Bestimmt hatte Neela Besuch. Das war schon sehr merkwürdig. Er konnte Neela nirgendwo entdecken. Als das Licht gelöscht wurde zog er wieder ab. Trudchen würde schon warten. Sie konnte ihn heute nicht begleiten, sie hatte einen heftigen Kater.

In den nächsten Nächten wiederholte Anton seine Observationen noch mehrmals. Es dauerte eine ganze Weile, bis er begriffen hatte, dass hier was nicht stimmte. Heute Abend war er schon früh dran, um mit Trudchen im Bistro nebenan zu Abend zu essen. Sie saßen kaum richtig auf dem Stuhl, da erfuhren sie auch schon, dass das Haus nebenan verkauft sei. Anton konnte nicht glauben was er da hörte. Ein unachtsamer Bänker hatte versehentlich die Kredithaftentlassung an seine alte Adresse im Haus nebenan geschickt, sonst hätte er es schon längst gewusst.

Neela hatte natürlich diesen Brief erhalten. Sie konnte sich denken was er beinhalten würde. Mit größter Freude hatte sie ihn zerrissen und in den Müll geworfen. Sie wollte ihn nicht einmal lesen, so sicher war sie sich. Dieser Punkt ging an sie. Dieser Punkt machte sich gut auf ihrem Konto.

Anton sprang auf und ließ sein verdutztes Trudchen am Tisch zurück. Er raste um die Ecke, um an der Haustür seiner alten Wohnstätte zu klingeln. Ein sehr intellektuell aussehender Mann öffnete ihm die Tür und fragte nach was er wolle. Anton erklärte ihm kurz wer er sei, und dass dieses Haus, auch ihm gehört hätte, und er möchte ihm doch bitte mitteilen, wieviel er dafür bezahlt hatte.

„Also hören Sie, guter Mann", sagte der sehr intellektuell aussehende Mann. „Ich kenne Sie nicht. Dieses Haus hat einer Frau gehört. So stand es jedenfalls im Grundbuch. Und das ich Ihnen sagen würde was wir dafür bezahlt haben kommt überhaupt nicht infrage. Jetzt gehen Sie bitte wieder und verlassen unser Haus." Anton hatte eine fette Abfuhr kassiert. Wütend kehrte er zu Trudchen zurück. Aber zuerst *musste er sich einen Wein bestellen, bevor er ihr davon erzählte. Das wurde kein schöner Abend. So viel Hass schmerzte; so viel Hass tat weh.*

Neela konnte ihr Glück kaum fassen. Die Wohnung war ein echtes Schmuckstück geworden. Sie hatte all ihre Liebe in jedes Detail gelegt und sorgsam geplant. Sie ging durch die Wohnung und streichelte die einzelnen Gegenstände. Alle möglichen Wände hatte sie entfernen lassen. Die Wohnung sah viel größer aus als die vierundvierzig Quadratmeter, die sie tatsächlich hatte. Diele, Schlafzimmer mit Büro, exklusivstes Bad, Wohnzimmer mit Essplatz und Küche, Abstellraum. Alles da, was man so brauchte. Der Rundumbalkon und die großen Fenster schafften Freiheit nach draußen. Der Blick war einzigartig, die Ausstattung sensationell.

„Geschafft", sagte sie laut und ließ sich auf ihr weißes, altes Alcantara-Sofa plumpsen. Der Laden war eingerichtet und in Betrieb. Die Geschäfte liefen. Es sah so aus, als könnte ihr jetzt nichts mehr passieren. Anton wusste nicht, wo sie war, weil sie einen Nachsendeantrag bei der Post gestellt hatte. Selbst wenn er sie finden würde, käme er hier nicht an den Pförtnern vorbei. Der einzige Schwachpunkt blieb das Büro. Sie musste sich vorsehen. Dort konnte er sie jederzeit stellen. Es würde nicht lange dauern, bis er den neuen Laden entdecken würde. Schließlich hatte sie eine Webseite, auf der die neue Anschrift zu lesen war. Dass sie bald eine neue Klage von Anton am Hals hätte, wäre ihr nicht im Traum eingefallen. Vorerst war sie glücklich. Vorerst.

Gleich würde sie aus ihrem Laden kommen, es konnte nicht mehr lange dauern. Sie schloss immer um achtzehn Uhr ab und fuhr nach Hause. Dort kam er nicht an sie ran. Sie hatte sich eine Wohnung in einem Haus mit Bewachung rund um die Uhr gesucht. Das hatte er alles schon herausgefunden, als er ihr abends nachgefahren war. Sie schien sich ihrer Sache ganz schön sicher zu sein, so unbeschwert wie sie sich bewegte. Man sah ihr an, dass es ihr gut ging. „Nicht mehr lange", sagte Anton leise zu sich selbst und stieg aus seinem Auto aus. Er stellte sich neben den großen Zaun auf einen Platz, der im Schatten der Straßenlampe lag. Gut, dass es schon so früh dunkel wurde. Im selben Moment sah er sie zur Tür rauskommen und abschließen. Jetzt muss ich schnell sein und sie überraschen, dachte Anton. Er stand geduckt am Zaun und war auf dem Sprung wie ein Raubtier. Neela stand an der Fahrertür ihres Wagens und wollte aufschließen. Der steinalte Zwölfzylinder hatte noch keine Zentralverriegelung. In dem Augenblick, als sie den Schlüssel ins Schloss steckte, sprang Anton von hinten auf sie zu. Er drückte sie mit seinem Körper fest gegen das Fahrzeug.

„Na?", sagte er. „Was willst du jetzt machen? Vielleicht schreien? Das würde ich dir nicht empfehlen, ich habe ein Messer in der Hand. Ein falscher Atemzug und du bist tot. Mausetot."

Neelas Atem ging in rasendem Tempo, das Blut rauschte ihr in den Ohren, sie war wie gelähmt. Sie roch seinen alkoholisierten Atem an ihrem Ohr. „Ich ... ich habe ..." Neela hatte Mühe, unter seinem Körpergewicht zu sprechen. „Ich habe bei der Polizei und meinem Anwalt ein Schriftstück hinterlegt. In ... in dem steht, falls mir ... falls mir etwas passieren sollte, wer das dann ... dann gewesen ist. Du kannst ... au. Du kannst dort anrufen und nachfragen."

Anton lockerte ein klein wenig seinen Druck und flüsterte ihr ins Ohr: „Ich werde dich nicht umbringen, kleine Maus. Dabei hätte ich viel zu kurzen Spaß. Ich habe dir doch versprochen, dass ich dich vernichten werde, hast du das schon vergessen? Dabei werde ich mir viel, viel Zeit lassen. Ich will es genießen. Du wirst keine Ruhe mehr finden, solange ich lebe. Sieh dich vor. Ich weiß immer, wo du bist."

Er versetzte Neela noch einen Schlag an den Hinterkopf, sodass sie mit dem Kinn aufs Autodach knallte und verschwand ebenso schnell, wie er gekommen war. Neela stand noch einen Augenblick in dieser Haltung. Dann schloss sie ihren Wagen auf und sprang hinein. Es dauerte einen Augenblick bis sie mit zittrigen Händen endlich das Zündschloss gefunden hatte. Endlich zu Hause angekommen, setzte sie sich erst einmal hin und fing an zu weinen. Es fiel ihr wie Schuppen von den Augen: sie war ein Stalkingopfer. Er würde ihr alle Lebensqualität nehmen, und sie würde nie wissen, wann er wieder auftauchen würde, was er vorhatte. Und er würde sich alle Mühe geben, sich nicht erwischen zu lassen. Stalker sind schlau und irre zugleich. Er konnte sich bei der Vorstrafenliste keine Fehler mehr erlauben. Hier wegzuziehen würde auch keinen Sinn machen. Anton würde sie überall finden. Sie nahm sich vor die Ruhe zu bewahren und keine Angst zu zeigen. Etwas anderes blieb ihr nicht übrig. „Neela, bitte glaube an dich. Gib nicht auf", flüsterte sie zu sich selbst. „Das Gute wird siegen. Du schaffst das. Mein Gott, wo ist der Taliban wenn man ihn braucht?"

In dieser Nacht hatte Neela einen sehr, sehr merkwürdigen Traum. Sie konnte sich am Morgen noch an jedes einzelne Detail erinnern. Sie lief um ein kleines Haus herum an das ein Geräteschuppen angebaut war. Das Haus war sehr alt und ein wenig verfallen. In den Geräteschuppen führte eine alte Holztür aus rohen Dielen. Die Dielen waren mit dem typischen Z, also einem Riegel oben, einem Riegel unten und einem Riegel diagonal, vernagelt. Sie ging auf diese Tür zu und öffnete sie unter jammervollem Quietschen. Der Raum dahinter lag im Halbdunkel. Rechts an der Wand war ein Regal auf dem irgendwelche Sachen lagen. Gartengeräte und Werkzeuge standen im restlichen Raum an die Wände gelehnt. Der Boden war aus rohem Beton. In der Mitte des Raumes war im Fußboden ein schwarzes Loch, viereckig, ungefähr einmal einen Meter groß. Darunter war nichts zu sehen außer einer tiefen Schwärze. Sie schien endlos zu sein. Neela öffnete die Tür noch ein Stückchen weiter und erschrak fast zu Tode. Rechts am Regal stand ein wunderschöner Mann mit langen schwarzen Haaren und freiem Oberkörper. Er hatte eine lange Flinte an seinem Körper gelehnt, die er mit der einen Hand am Lauf festhielt. Neela bekam wegen des Schreckens keine Luft mehr, sie glaubte zu ersticken. Der schöne Mann stellte seine Flinte gegen das Regal und schritt durch den Raum, um einen Plastiksack vom Boden aufzunehmen. Es war so ein dicker Plastiksack wie man ihn von Düngemitteln her kennt. Der Sack war in der Mitte aufgeschnitten. Der schöne Mann trat mit dem Plastiksack in der Hand hinter Neela und stülpte ihn ihr sanft über den Kopf. Sie konnte sich nicht bewegen. Sie dachte: „jetzt bringt er mich um. Das sind deine letzten Sekunden." Sie verabschiedete sich von dieser Welt; wollte und konnte sich nicht mehr wehren. Sie spürte, wie der schöne Mann den Sack so festhielt, dass keine Luft mehr hineingelangen konnte. Plötzlich spürte Neela wie sie wieder frei durchatmen konnte. Atmen wurde immer besser. Neela konnte nicht verstehen, ihre Kräfte verließen sie. Sie sank zu Boden. Ihr Kopf hing über dem schwarzen Loch im Boden. Darunter nur endlose Tiefe. Der schöne Mann nahm ihr den Sack vom Kopf und legte sanft seine Hand in ihren Nacken. Er hob Neela langsam zu sich her und beugte sich zu ihr hinab. Dann küsste er sie ganz sanft.

Neela wurde wach. Ihr Gesicht war vollkommen nass. Sie brauchte eine ganze Weile, um zu begreifen, wo sie sich befand. Sie setzte sich im Bett auf und sah sich im Zimmer um. Der schöne Mann hatte ihr das Leben gerettet. Er war verschwunden. Hatte sie nicht den gleichen hübschen Mann im Zug damals gesehen, als sie ihr erstes Motorrad geholt hatte? Nein, das konnte unmöglich sein. So etwas gab es nicht. Sie musste sich täuschen.

Neela stand auf und ging in ihr elegantes Bad. Sie musste unbedingt in den Spiegel sehen, um sich davon zu überzeugen, dass sie noch da war. Der Traum war noch ganz nah. Erst viel später würde sie durch ihre neue Freundin erfahren, dass ihr Schutzengel sie besucht hatte. Ihre neue Freundin war das was man ein Medium nannte. Sie würde sie bald kennenlernen. Noch wusste sie davon nichts.

Anton war damit beschäftigt, eine neue Klage auf den Weg zu bringen. Er hatte eine Ewigkeit benötigt, um einen neuen Anwalt aufzutreiben. Der Notarvertrag vom Verkauf des Hauses lag ihm jetzt vor. Neela hatte ordentlich Reibach damit gemacht und sich eine Menge Geld in die Taschen gefüllt, dachte er. Was Anton allerdings mit seiner verschobenen Sichtweise nicht berücksichtigte, war Neelas Eigenkapital, welches sie ins Haus gesteckt hatte. Diese Summe bezog er einfach nicht mit ein. So hätten ihm vom Gewinn, seiner Meinung nach, seine vierzig Prozent Anteil zugestanden. Die wollte er jetzt haben. Er verheimlichte seinem neuen Anwalt wichtige Informationen und die Klage wurde vom Gericht tatsächlich angenommen.

Vier Wochen später hatte Neela das Schriftstück auf dem Schreibtisch liegen. Sie war baff. „Was will der denn jetzt noch?", fragte sie sich. „Kann er denn nicht rechnen?" Sie war mit ihren Kräften fast am Ende. Immer wieder musste sie den Schlüsseldienst zu ihrem Laden bemühen, weil Anton ihr das Schloss verklebt hatte. Immer wieder musste sie mit ihrem Auto in die Werkstatt, weil er es zerkratzt und die Reifen zerstochen hatte. Immer wieder musste sie die Polizei bemühen, die nur noch widerwillig und desinteressiert vorbeikam, um die Schäden aufzunehmen. Immer wieder verliefen diese Anzeigen im Sande. Auch die Kameras, die sie im Büro hatte installieren lassen, brachten nichts. Die Außenkamera hatte er sofort entdeckt und zerstört, die Alarmanlage mit Bauschaum ausgespritzt.

Neela war es leid. Gott sei Dank warf die Versicherung sie nicht raus. Das war ein großes Glück. Die finanziellen Schäden hielten sich durch die Vollkaskoversicherung in Grenzen, aber der Ärger war unbeschreiblich. Was sie allerdings verwunderte, war die Tatsache, dass er ihr körperlich nicht mehr zu nahe kam. Er fuhr zwar pausenlos an ihrem Laden vorbei und blickte auch schon einmal frech durchs Schaufenster, aber er kam ihr nicht zu nahe. Er spielte Katz und

Maus mit ihr. Das dumme Trudchen, das ihn auf seinen Streifzügen begleitete, merkte nicht, dass er Neela noch liebte und von ihr regelrecht besessen war. Sie merkte nichts von Antons Wahnvorstellungen.

Die Gerichtsverhandlung war ein einziges Desaster für Anton. Neela hatte Glück und ausnahmsweise mal einen Richter erwischt der durchblickte. Davon gab es nicht viele. Eine Menge davon hatte sie schon kennengelernt. Polizei, Staatsanwaltschaft, Richter und der Weiße Ring, das alles konnte sie vergessen. Sie waren der Mühe nicht wert sie aufzusuchen. Der Richter teilte Anton und dessen Anwalt mit, dass er alle Akten gesichtet hätte, die mit der Auseinandersetzung zwischen Neela und ihm zu tun hatten. Er teilte ihnen auch mit, dass er über den Inhalt alter Verträge unterrichtet sei. Er fragte Anton, ob es denn stimmen würde, dass er vor knapp zwei Jahren bereits an die zweihunderttausend Euro von Neela erhalten hätte. Anton, der mit immer roter werdendem Kopf und vor dem Bauch verschlossenen Armen Neela gegenübersaß, musste diese Frage mit „Ja" beantworten. Der Kopf von Antons Anwalt schnellte zu ihm herum. Er sah seinen Mandanten ganz verblüfft an und fragte ihn, ob das stimmen würde. Anton, der immer noch dasaß wie ein trotziges Kind, nickte nur knapp. Antons Anwalt bat um eine kurze Unterbrechung und ging mit seinem Mandanten hinaus. Als die beiden wieder zurückkamen, erklärte der Anwalt, dass er das Mandat niederlegte. Der Richter bedankte sich freundlich für diese Information und sagte zu Anton: „Ja, vielleicht macht es doch Sinn, wenn man im Leben die Grundregeln der Arithmetik versteht. Ein und eins sind immer noch zwei." Die Sitzung war geschlossen.

Trudchen sprang auf und lief auf ihren geliebten Anton zu. Sie streichelte ihm sanft den Rücken. „Du armer, armer Anton. Was dieeese böööse Frau dir alles antut."

Neela sah zu ihrem Anwalt hoch und sagte grinsend: „Na, die hat sie doch auch nicht mehr alle, oder? Eines Tages wird sie sich noch wundern."

Neela saß zu Hause an ihrem Schreibtisch und dachte über den Termin bei Gericht nach. Sie fand, dass Anton nicht mehr zurechnungsfähig sei und dringend in Therapie gehörte. Er war zwischenzeitlich schlimmer als eine tickende Zeitbombe. Nur noch eine Frage der Zeit, wann er ausrasten würde. Außerdem sah er ziemlich schlimm aus. Von dem einst so attraktiven Mann war nichts mehr übrig außer Verbitterung und Hass in einer bösen Fratze.

Das Haustelefon läutete. Es war erst sieben Uhr in der Früh. Neela war eben erst aufgestanden, um sich fürs Büro fertig zu machen. Ihre Nackenhaare stellten sich hoch.
„Oh nee", sagte sie in den Hörer. „Was ist denn jetzt schon wieder los?"
Ihr Körper war ein guter Informant. In der Vergangenheit hatte er mit seinen Signalen immer Recht behalten. Sie konnte sich darauf verlassen. Wenn sie morgens ins Büro fuhr und ihre Nackenhaare hochstanden, waren meistens wieder die Schlösser verklebt. Es stimmte immer.
Aber heute sollte der Ober Gau stattfinden. Der Portier sagte, sie solle bitte in die Tiefgarage kommen, mit ihrem Auto sei etwas geschehen. Zwei Minuten später stand Neela vor ihrem geliebten Sportwagen – oder besser gesagt dem, was davon übrig war. Das war eine Hinrichtung, ähnlich wie ein ritueller Mord. An ihrem Wagen war nichts mehr brauchbar. Alles, was man von außen erreichen konnte, war mit einem Glasschneider zerstört, sogar die Scheiben. Neela konnte nicht einmal mehr weinen. Als die Polizei kam, bat sie die beiden Beamten, einen Mann und eine dicke Frau, sie mögen doch bitte nach Fingerabdrücken Ausschau halten. Die dicke Frau fuhr Neela an, sie solle ihr nicht sagen, wie sie ihre Arbeit zu machen hätte. Alles klar, dachte Neela, sie gönnt dir das, weil sie nie im Leben so ein Auto fahren wird und nie im Leben in diesem Haus wohnen kann. Man kann die Polizei so was von vergessen. Die beiden entzückenden Beamten waren schon auf dem Weg zu ihrem bequemen

Auto, in dem sie es kuschelig warm hatten, da rief Neela sie noch mal zurück. Sie sagte zu der gönnerhaften Beamtin, dass sie im oberen Parkdeck noch eine Harley Davidson stehen hätte. Vermutlich hätte die auch etwas abbekommen. Widerwillig folgte ihr die dicke Beamtin mit ihrem desinteressierten Kollegen nach oben. Bingo. Das Motorrad war nur noch den Schrottpreis wert. Anton hatte sich richtig abgerackert. Auf dem Videofilm der Tiefgarage würde man später sehen können, wie Trudchen Schmiere stand und Anton sich zum Auto bückte. Leider konnte man keine Gesichter darauf zu erkennen. Für eine Überführung einer Täterschaft würde es nicht ausreichen. Klage abgewiesen. Hoch lebe die deutsche Gesetzgebung.

Neela ließ ihren alten Sportwagen reparieren und brachte ihn in eine geheizte Halle, um ihn dort zum Oldtimer heranreifen zu lassen, verschrottete ihr Motorrad für ein paar Euro und ging los, um sich ein neues, altes Auto- und eine Voodoo Puppe zu kaufen. Sie rammte der Puppe eine Stecknadel in den Kopf, verstaute sie unter einem Glas, damit die schlechte Energie nicht entweichen konnte und stellte alles draußen auf ihren Balkon. Erst danach konnte sie richtig weinen. Es fühlte sich allerdings ganz anders an als sonst. Diesmal waren die Tränen aus glühendem Zorn. „Und jetzt erst recht nicht, Anton, jetzt erst recht nicht", sagte sie.

Drei Monate später kam Neela morgens in ihren Laden und glaubte zuerst, sie hätte sich etwas von ihrer Tagescreme in die Augen geschmiert. Sie sah alles in Weiß. Nur noch Konturen; keine Gegenstände mehr. Sie begriff nicht was los war. Sie trat einen Schritt zurück und versuchte es noch einmal. Immer noch alles weiß. Neela wählte die Nummer der Polizei, die sie inzwischen rückwärts und auswendig kannte, und zitierte die Herrschaften vor Ort. Die nette Polizistin war wieder dabei. Die Einzige, die Neela in all den Jahren kennengelernt hatte, die über einen Happen Empathie verfügte. Die Einzige, die nicht neidvoll und ohne Enga-

gement ihre Arbeit verrichtete. Die Einzige, die nicht voller Graus an den zu schreibenden Bericht dachte. Eine Arbeit, die von Polizisten nicht geschätzt wurde.

Neela erinnerte sich an den jungen Mann der sich für ihr Ladengeschäft interessiert hatte. Er hatte es damals gerne kaufen wollen. Sie rief ihn an und fragte ihn, ob er immer noch daran Interesse hätte. Sie bekam ohne Zögern ein Ja. Neela hatte Glück, dass es außer ihrem Laden sonst kein Verkaufsangebot gab. Sie wurden sich sofort handelseinig und gingen zum Notar, um den Verkauf zu besiegeln.

„Jetzt schmeiße ich alles hin und werde Prinzessin", erzählte sie am Abend ihrer Freundin Rosa. „Ich habe genug Geld auf der hohen Kante und einen Arsch voll Immobilien, die mich ernähren, ich mache jetzt kurzerhand Schluss und eröffne mein Leben."

Acht Autos - das neue war auch schon wieder mehrmals zerkratzt - zwei Motorräder, neunzehnmal zerstochene Reifen, einundzwanzig verklebte Schlösser und zwei Vandalismus Schäden im Laden, begleitet von insgesamt vier Klagen, in denen Neela die Beklagte gewesen war, dank Anton. Die beiden Vergewaltigungen nicht mitgerechnet und von den Bedrohungen ganz zu schweigen. Das war die Bilanz der letzten elf Jahre. Irgendwann war es genug.

Rosa fragte sie, ob sie nicht doch lieber von hier wegziehen wollte. Das hätte doch alles keinen Sinn hier.

„Nein", antwortete Neela energisch und entschlossen. „Halte deine Freunde nah bei dir, aber deine Feinde noch näher. Ich weiß nicht mehr, wer das gesagt hat, Al Pacino oder Sun Tsu, ich weiß es nicht. Aber es sind kluge Männer. Sie verstehen mehr vom Leben als ich. Das werde ich jetzt ändern, du wirst sehen. Bald bin ich auch so ein Leichtigkeitsgeschöpf wie du. So ein wunderschöner Schmetterling, der Gott vertraut, weil der es ja gut mit dir meint und auf dessen Flügeln der Mann deines Herzens klebt, den du vor kurzem geheiratet hast. So ein glückliches Menschenkind. Na ja, vielleicht nicht gerade ein Schmetterling", korrigierte sich Neela, „aber wenigstens eine Motte. Und auch bitte ohne männlichen Aufkleber. Ich habe bis zum Rest meines Mottenlebens die Schnauze voll von Männern. Es geht ganz prima ohne. Bleib mir bloß weg damit."

Einen Tag, nachdem Neela ihren Laden übergeben hatte, rief der neue Besitzer bei ihr an und berichtete von einem Vorfall, der Neela einen Schauer über den Rücken trieb. Obwohl sie Anton einen Grundbuchauszug geschickt hatte, in dem er nachlesen konnte, dass sie ihren Laden verkauft hatte, war er in der vergangenen Nacht dort gewesen und hatte den Fensterrahmen aufgebohrt. Mit einem Schlauch hatte er wie schon damals den Inhalt von mehreren Feuerlöschern in den Raum geblasen. Also entweder konnte er keine Buchstaben mehr lesen, oder aber er war vollkommen verwirrt. Vielleicht hatte er seine Ratio so weit im Hass ersäuft, dass er nicht mehr klar denken konnte. Neela tat der Vorfall natürlich sehr leid, aber sie konnte nichts machen. Es war nicht mehr ihr Geschäft.
Anton war so nahe am Wahnsinn, dass ihm alles egal war. Seit einem Jahr schon hatte er ihr Auto nicht mehr gefunden. Sie musste irgendwo eine Garage gemietet haben. Wenn sie in der letzten Zeit abends nach Hause gefahren war, hatte sie immer darauf geachtet, dass ihr niemand folgte. Manchmal blieb sie auf einer geraden Strecke einfach stehen. Es war ihm nicht mehr gelungen sie bis nach Hause zu verfolgen. Dann war sie plötzlich ganz verschwunden. Sie hatte sogar ihren Laden verkauft. Anton hatte kaum noch Geduld. Dieser rasende Hass machte ihn kaum noch belastbar, er wurde schwach. Diese Nervosität nahm täglich mehr und mehr zu. In letzter Zeit hatte er häufig Kopfschmerzen.

Einige Monate waren vergangen; die Zeit hatte alle Bedeutung- allen Wert für Neela verloren. Bis zu diesem Tag. Die Pförtnerin hielt Neela, auf dem Weg in ihre Wohnung, freundlich an: „ich habe hier einen Zettel für Sie", sagte sie.

„Hier sucht Sie jemand. Sie möchten den Herrn bitte ganz dringend zurückrufen."

Als Neela die Vorwahlnummer der Kreisstadt sah, wurde ihr zuerst ganz mulmig. Dort wohnte schließlich Anton. Die Nummer war ihr aber nicht bekannt und sie war sich nicht so ganz sicher, ob sie dort anrufen sollte. Schließlich gewann ihre Neugierde. Sie erkannte die Stimme sofort. Es war der nette Harley Fahrer bei dem sie damals mit Anton, gewesen war, als sie anfingen an der Ostsee eine Immobilie zu suchen. Was wollte der nach so langer Zeit von ihr?

Er erzählte ihr, dass er mit Anton keinen Kontakt gepflegt hätte, weil er sich immer so unmöglich benahm. Er wüsste aber was Anton alles mit ihr angestellt habe. Woher, wollte er nicht sagen. Er wusste aber nicht, wo Neela abgeblieben sei, nachdem sie das Haus verkauft hatte. Durch Zufall hätte er den Artikel in der Zeitung gelesen, der kürzlich ein Foto von Neela gezeigt hatte. Darin ging es ums Wohnen am Meer. Neela hatte ein Interview gegeben. Deshalb habe er hier angerufen und sich nach ihr erkundigt. „Und siehe da, jetzt reden wir miteinander", sagte er. „Ich muss dir etwas erzählen", setzte er fort. „Anton liegt in der Kreisstadt in der Psychiatrie. Es geht ihm wohl sehr schlecht. Mitte Dezember bekam er die Diagnose, dass er einen Gehirntumor hat. Er wollte sich aber nicht operieren lassen, weil er so eine Angst davor hat. In der Silvesternacht muss er dann vollkommen ausgetickt sein. Seine Freundin hat ihn ins Krankenhaus bringen lassen. Danach wollte sie ihn aber nicht mehr haben und hat ihn in die Psychiatrie bringen lassen. Dort vegetiert er jetzt vor sich hin. Ich wollte dir das nur sagen, damit du dich vielleicht mal ein wenig entspannen kannst."

Neela bedankte sich von ganzem Herzen. Sie hatte die ganze Zeit nur still zugehört und keinen Ton gesagt. „Gib mir mal deine Telefonnummer", sagte das Harley-Urgestein am Ende. „Wir besuchen dich mal, wenn wir einen Ausflug machen." Neela gab ihm ihre Telefonnummer und ließ ihn wissen, dass sie sich sehr auf ihren Besuch freuen würde. Sie verabschiedete sich und legte auf. Neela musste sich setzten. Es war Ende April, die Motorradsaison würde bald losgehen und bestimmt würden sie sich bald sehen. Anton war nun schon seit mehr als fünf Monaten schwer krank. „Psychiatrie, meine Güte", sagte Neela leise. „Das hätte nicht so enden müssen, wenn du damit aufgehört hättest, als noch Zeit dazu war." Nach einer Stunde saß sie immer noch unverändert auf dem gleichen Platz. Sie hatte Mitleid mit Anton. Mitleid mit dem Mann, der ihr über so einen langen Zeitraum das Leben zur Hölle gemacht hatte. „Siehst du, Anton", sagte sie zu sich selbst, „abgerechnet wird am Schluss."

Am nächsten Abend klingelte das Telefon. Neela war gerade dabei, sich was zu essen zu machen. „Mist", sagte sie und stellte die Herdplatte ab. Sie nahm den Hörer ab und meldete sich. Der alte Motorrad-Freund war am anderen Ende. Fröhlich begrüßte sie ihn und wartete darauf, dass er ihr jetzt einen Terminvorschlag für ein Treffen machen würde. Aber er hatte eine ganz andere Nachricht für Neela. Anton war tot. Ihr Leben konnte neu beginnen.

„Nicht so viel Knoblauch", ermahnte Neela ihre Hände. „Das mag sie nicht, weil sonst der Gatte mault", ergänzte sie ihre eigene Anweisung. Kauzig, hatte Selma zu ihr gesagt. Sie würde kauzig werden, wenn sie an ihrem Leben nichts änderte. Selbstgespräche seien ein ganz eindeutiges Vorzeichen für die ersten Symptome dieser seltsamen Charaktereigenschaft die sie nur *noch* mehr zum Außenseiter degradieren würde. Nach diesen Worten hatte Neela lange überlegt, ob kauzig sein eine schlimme Sache sei. Sie kam zur Überzeugung, dass jede einzelne Eigenschaft, solange sie einen anderen Menschen in seiner Lebensqualität nicht beeinträchtigte, einfach nicht schlimm sein *könnte*. Bestenfalls seltsam, außergewöhnlich oder merkwürdig; vielleicht auch peinlich oder lächerlich. Aber damit konnte man durchaus leben und glücklich sein. Ein bisschen Andersartigkeit hat noch nie wirklich geschadet, konterte Neela auf Selmas Anspielungen übermütig. Gefühlt eine Millionen Mal hatte die liebe Schwester versucht sie an einen zuverlässigen Partner zu verschachern der ihre Schwester beschützen könnte. Sie sei noch zu jung, um der einsamen Einsiedelei zu frönen, dozierte Selma gespielt besorgt, Überzeugung versuchend. Außerdem, so rechtfertigte sie ihre Aktionen, wäre es doch viel schöner wenn man ab und an zu viert etwas unternehmen könnte; jetzt, wo ihre Tochter aus dem Hause sei. Ein Argument dass Neela gelten ließ. Ein Ehepaar mit einem Single im Schlepptau, das war keine wirklich runde Sache, das war irgendwie schräg und unausgewogen- irgendwie gesellschaftsunfähig. Neela erinnerte ihre Schwester an ihren ersten Ehemann, den Selma nicht kannte, weil sie damals noch nichts voneinander wussten. Neela sagte belustigt, dass der erste Gatte stolz den Namen Siegfried getragen habe, in Wirklichkeit aber eine feige Sau gewesen sei, worauf Selma zu argumentieren versuchte, dass es schließlich auch Ausnahmen gäbe, wie man an ihrem zweiten, wundervollen Ehemann unschwer feststellen könne.

Resignation durchreiste immer und immer wieder Neelas Gedanken, die sie vor Selma zu verbergen versuchte. Der heutige Ausflug in die Vergangenheit hatte es wirklich in sich gehabt. Wodurch ihre Rückreise ausgelöst wurde hätte sie nicht einmal genau sagen können. Manchmal genügte ein einziges, bedeutungsloses Wort das einen Funken auslöste, der ihr den Boden unter den Füßen entzog und sie zurückdrängte, in diese Hölle, die schon so lange hinter ihr lag. Oder eine Situation reichte aus, ein Bild. Zwei Menschen in einem Café, die sich – in verschiedene Richtungen starrend, nichts mehr zu sagen hatten. Oder ein Blick der Verabscheuung zeigte und Hohn, ein hämisches- ein spöttisches zu lautes Lachen vielleicht. Die Auslöser waren von unterschiedlichster Qualität, von unterschiedlicher Natur und sie kamen unangemeldet, ohne die geringste Vorwarnung. Neela war nicht Herr über ihren Emotions-Kompass. Grundlos konnte die Nadel plötzlich die Richtung in eine andere verändern. Eine wirkungsvolle Vorbereitung...? Unmöglich.

Eine dicke Träne, prall gefüllt mit tausenden von Fragen, plumpste in den fast fertigen Tscholent. Dann noch eine und noch eine und noch eine. Neela warf den Rührlöffel zornig in die Spüle, um eine Flasche Grauburgunder zu öffnen. „Warum ich?", fragte sie laut und wütend ins Zimmer, wissend, dass sie niemals eine Antwort erhalten würde.

Die Türklingel kündigte schrillend Selma an, die sich schon den ganzen Nachmittag auf den Eintopf freute. Wie immer an Wochenenden, wenn ihr Mann Nachtschicht hatte, besuchte sie Neela, um über Gott und die Welt und Neela und sich selbst und das Leben im Allgemeinen zu plaudern. Seit fünf Jahren, seit Anton gestorben war, ist das halbschwesterliche Leben heute wieder ungetrübt und nah. Seit fünf Jahren, seit diese Nähe wieder gelebt werden konnte, versuchte Selma ihre Schwester mit Nachdruck ins soziale Leben zurückzuzerren. Seit fünf Jahren machte sie immer die gleichen- sich wiederholenden Bemerkungen und klammheimlichen Verkuppelungsversuche, ohne damit etwas Weltbewegendes bei ihrer Schwester zu erreichen. Neelas Herz war aus Stein, in Bezug auf eine eventuelle Veränderung ihres, mit Ketten gesicherten Lebens, welches sich vorwiegend hinter den sicheren Mauern ihrer kleinen Wohnung abspielte. Insgesamt fast achtzehn Jahre konditionierter und höchst konsequenter, nahezu kompromissloser Rückzug in die selbsterschaffene Sicherheit einer schützenden Einsamkeit hinter den eigenen vier Wänden... die wirft man nicht mal so eben über Bord. Das musste Selma akzeptieren, ob sie nun wollte oder nicht. Daraus ist schließlich ein neues- ein ganz eigenartiges aber eigenständiges Leben in seiner ganz eigenen Form entstanden; vergleichbar mit einem Stockholmsyndrom, nur eben nicht auf einen Menschen- sondern auf eine Lebensform bezogen. Auch aus Einsiedelei lässt sich ein eigenständiges Glück formen, versuchte Neela Selma zu überzeigen. Nur Selma wollte das nicht für die Ewigkeit akzeptieren. Immer wieder startete sie neue Versuche ihrer Schwester das Leben schmackhaft zu machen. Mit allen Mitteln wollte sie Knoten auflösen, wo auch immer sich, ihrer Meinung nach, einer zeigte. Neela blieb unbeeindruckt und nur noch unbeweglicher. Eine Partnerschaft käme sowieso nicht mehr infrage. Sie würde nie mehr drauflegen sagte Neela jedes Mal wenn ihr Selma auf den Nerven herumtrampelte: weder Liebe noch Zeit noch Geld. Die Zeiten seien nun einmal endgültig vorbei und Geschichte. Sie hätte ohnehin immer viel zu viel geliefert und zu wenig eingefordert. Eine aufrichtige, tolerante und loyale, *akt*-freie Freundschaft gäbe es ohnehin nicht zwischen Mann und Frau, also verzichte sie lieber auf den ganzen- angeblich glückbringenden und seligmachenden Rest auch noch. Kompromisse seien das erste vermaledeite Zugeständnis für ein vorzeitiges Ende jeglichen Beziehungskrempels, vertrat Neela ihren verhärteten und festgefahrenen Standpunkt ihrer Schwester gegenüber. Neela versuchte ihrer Schwester klarzumachen, dass der Begriff „Kompromiss" dringend gegen Toleranz ausgetauscht werden müsse. Erst dann hätte man eine realistische Chance. Sie selbst hätte nur Schwein gehabt, mit ihrem jungen Mann der sie auf Händen trug, hielt sie Selma vor. Er sei ein absolut einmaliges Exemplar und gehöre hinter Glas ins Museum.

Mit *akt-frei,* meinte Neela den sexuellen Akt in einer Verbindung, welche nötig ist, um Körperflüssigkeiten an Ort und Stelle auszutauschen. Ihr aber käme nichts mehr ins Unterhaus, grinste sie zu ihren Erklärungen diabolisch. Mit Unterhaus bezeichnete sie ihre eigene Vagina, die durch eine einbruchsichere Stahltüre gesichert sei. Wenn die Gespräche der beiden Schwestern, ab und an, bei diesem speziellen Thema landeten, musste Selma sich eingestehen, dass ihr die Liebesbedürftigkeit ihres wundervollen, einzigartigen und jungen Mannes auch nicht immer in den Kram passte. Gesagt hätte sie das natürlich niemals, weil sie sonst Neela gegenüber hätte Verständnis zeigen müssen an einer Stelle, wo sie es ganz und gar nicht wollte. Außerdem kroch ein wenig Furch in ihr hoch wenn sie, bei diesem Thema angelangt, die pure Mordlust in den Augen ihrer Schwester erkennen konnte. Doch Selma war ein zäher, manchmal auch uneinsichtiger Brocken mit einer unumstößlich festen Meinung. Wenn sie sich erst einmal etwas in den Kopf gesetzt hatte, visierte sie das Ziel auch an und ließ nicht locker ihre Überzeugung nachhaltig zu platzieren. Zu gerne hätte sie den ultimativen, unbesiegbaren Glücksengel für ihre beschädigte, kaputtgemachte, menschenscheue und konsequent isolierte halbe Schwester gespielt. Diesen dahinvegetierenden Totalschaden, wie sie liebevoll ihre große Schwester bezeichnete, den wollte sie mit allen Mitteln wieder zum Laufen bringen.

„Beachtliche Leistung", überlegte Neela, kritisch über den Tisch hinweg zu Selma schielend. Wenn man bedachte, dass sie sonst kaum die Türklinke aus der Hand ins Schloss fallen ließ, und noch in dieser Bewegung ihren berühmten Standartsatz, klar und ohne zu nuscheln, mit sich wiederholender, nie endender Hingabe und Zuverlässigkeit zelebrierte:
"Wie hältst du das nur aus?", und heute saß sie, im Gegensatz zur liebgewordenen Gewohnheit schon fast zehn Minuten auf ihrem Stuhl am Esstisch, bevor ihr dieses Versäumnis selbst auffiel, und erst jetzt - es war ja noch nicht zu spät - endlich sagte:
"Wie hältst du das bloß aus?"
Der Tag war wieder gerettet; jedenfalls für Neela, die verlässliche Kontinuität bei bestimmten Dingen über alles schätzte. Alle Worte waren wieder an ihrem Platz. Nun kam sie an die Reihe. Schließlich hatte sie nun die Aufgabe dieses, mittlerweile liebgewonnene Ritual, ordnungsgemäß und ihrer frei erfundenen Tradition entsprechend, natürlich unter Wiederholung der immer gleichen Wortwahl, umgehend zu ergänzen:

"Du reitest ein totes Pferd, liebe Schwester", sagte Neela dann, als würde sie es zum ersten Mal tun und sei über diesen Satz selbst sehr erstaunt.

"Es geht mir gut, es fehlt mir an nichts und nein: ich bin nicht einsam und ich will es so; mache dir keine Sorgen um mich. Alles ist gut und im erträglich grünen Bereich." Neela leiert pflichtbewusst jene Worte, die Selma fürs Erste in Schach hielten.

"Ich würde verrückt werden", hörte sie daraufhin Selmas Antwort, eingeritzt wie eine unbewegliche Rille in einer Vinylplatte. Immer an der gleichen Stelle. Einstudiert und altbekannt und ohne große Zeitverschwendung, ohne eine Variante in Betracht zu ziehen und immer mit der gleichen Betonung ausgesprochen. Innerhalb dieses eingespielten Rituals kam Selma immer schnell und zuverlässig auf den Punkt der ihr am Herzen lag. Normalerweise amüsierte sich Neela über diese manifestierte Begrüßungszeremonie, heute jedoch war sie nicht in Stimmung ihr gewohntes Spiel weiter fortzusetzen und antwortete schroffer als beabsichtigt:

"Das wird man nicht ein zweites Mal, meine liebe Schwester. Verrückt meine ich, oder?" Es tat ihr auch sofort leid, aber heute hatte sie ausnahmsweise einmal etwas auf dem Herzen was sie unbedingt loswerden wollte und musste. Zunächst geschah nichts, weil Neelas Worte ihr Ziel noch nicht erreicht hatten. Ein stiller Augenblick verging lautlos, fast unbemerkt weil schon so oft, *ohne* Abweichungen wiederholt. Dann erschienen zwei kleine- nicht unbedingt zum Vorteil ihres immer noch hübschen Gesichtes, steile, kurze, ärgerliche Fakten zwischen Selmas Augenbrauen, die wortlos fragten, ob sie das jetzt eben wirklich so gemeint-, oder ob es sich eher um eine rhetorische Bemerkung gehandelt hätte. Selma reagierte etwas beleidigt. Sie sei ja wirklich vieles was man ihr nachsagen könnte, aber verrückt... das sei sie nun wirklich nicht.

Um ihren, ohnehin fragilen Hals aus selbstgelegter Schlinge zu ziehen, erkundigte Neela sich schleunigst nach ihrem Getränkewunsch: "Kaffee? Tee?, ein Gläschen Prosetscho oder lieber etwas anderes, etwas Antialkoholisches, liebe Schwester?"

"Kaffee! Was ist los mit dir?", lautete Selmas sparsame Antwort. Dabei machte sie ihren Rücken gerade und setzte kognitiv ihre Brille auf die gepuderte Nasenspitze, als gäbe es gleich Textliches zu lesen. Ein Signal dafür, dass sie voll und ganz aufmerksam war; bereit, um zwischen den Zeilen zuzuhören.

„Aber du weißt: bei mir gibt es nur stinknormalen Kaffee ohne Gedöns", sagte Neela mechanisch. In Gedanken war sie schon zur Tür hinaus. Das, worüber sie mit Selma eigentlich hatte reden wollen, erschien ihr nun peinlich und eitel.

Selma schoss geschärfte und forensische Blicke aus sorgsam geschminkten, großen Augen in Richtung ihrer Schwester, mitten in ihr Gesicht. Sie spürte ihre Abwesenheit förmlich auf der Haut. Neela war sehr seltsam drauf heute, stellte sie beunruhigt fest. Vermutlich hatte sie wieder einmal einen ihrer unwillkommenen, schwerverdaulichen Flashs, die sie jedes Mal um Längen und Monate zurückwarfen. Aber da war noch etwas anderes; etwas Neues was sie noch nicht kannte: Verlegenheit.

„Du nimmst das Leben viel zu schwer", sagte Selma vorsichtig und betrachtete Neela, ob sie überhaupt gehört hatte was sie zu ihr sagte. Sekundenlang geschah nichts, als blieben die Worte unterwegs, angehalten von einer unsichtbaren Wand, mitten im Raume hängen. Neela stand vor ihrer Kaffeemaschine und starrte auf ihre Hände. Dann, nach einer kurzen lauten Stille antwortete sie, als redete sie nur mit sich selbst:

„Ich sollte nicht so genau hinschauen Selma, nicht so tief. Details sind oft unerfreulich, wogegen Oberflächen entzücken können, verstehst du? Ich bemühe mich ja zur schmerzfreien Oberflächlichkeit, ich bemühe mich wirklich. Aber ich schätze, dass kriege ich nicht hin. Leider. Neuerdings kann ich überhaupt nicht mehr aufhören zu denken. Mein Bett könnte ich im Grunde auch verkaufen; ich schlafe kaum. Weißt du Selma... es waren Menschen die Mauern befahlen, aber Emotionen die sie wieder einrissen. Märchen muss ich mir schon selbst erzählen - meinem inneren Monster, um es zu besänftigen."

„Ich verstehe noch nicht was du meinst", sagte Selma etwas verunsichert, weil das Gespräch einen anderen Verlauf nahm als gewohnt.

„Nur ein prägnantes Beispiel", fuhr Neela auf ihre Hände blickend fort. So, als müsse sie ihrer Schwester eine geforderte Rechtfertigung abliefern.

„Erkläre du mir doch einmal mit deinen Worten den Unterschied zwischen dieser IS-Scheiße und Hilter, wenn du einen findest. Was bitteschön hat sich geändert, oder besser gefragt: wer? Ich weiß, liebe Selma, dass du dir wirklich wünschst, ich käme wieder zurück in dieses allgemeine- dieses soziale und weltliche Leben, dass du und so viele andere führen. Ich verstehe deinen Wunsch sogar. Ich weiß auch, dass du es nur gut mit mir meinst. Ganz sicher, das zweifle ich keine Sekunde an. Aber warum sollte ich dort hinausgehen wollen, in diese besudelte, hartherzige, grobe Welt voller Menschen die von Neid und Gier durchtränkt sind und ohne mit der Wimper zu zucken, wegen ein paar Euros oder einem falschen Blick, bereit sind für einen absurden Mord. Ich habe auch viel zu viel Angst, dass ich - bei dem was die Menschheit so als gutes, bürgerliches Leben bezeichnet, die Zeit und den Mut für eine eigene Meinung verliere und mich in der Reihe von angepassten Jasagern wiederfinde. Und vergiss bitte nicht, Selma: um ein Haar wäre ich in meiner eigenen Beziehung umgekommen. Also warum sollte ich wieder rausgehen wollen? Warum? Sag` es mir."

Selma sah ihre Schwester entsetzt an. So hatten sie noch nie über ihre Situation geredet. Normalerweise blieben sie beim Thema, quasi im allerengsten Umfeld- im Raum, einem kleinen Kreis um Neela herum. Sie blieben in Neelas Wohnung und ihrem Fernstudium, dass sie gerade absolvierte, um sich mit der Psychologie vertraut zu machen. Sicherer und vertrauter Boden wurde bislang noch nie verlassen, das war Gesetz; bis heute jedenfalls. Ihre Themen blieben immer die Gleichen, nur in verschiedene Facetten verschiedener Sichtweisen zerpflückt, aber in der unmittelbaren und sicheren Nähe ihrer beider Leben. Diesmal ging die große Schwester, wie Selma Neela liebevoll bezeichnete, in die Welt hinaus und bezog diese in ihr Dasein und ihre Überlegungen mit ein. Sie wurde politisch, was eine Diskussion auf einer völlig anderen Ebene auslösen konnte. Darauf war Selma nicht vorbereitet. Und wenn ihre heutige

Einschätzung in Bezug auf ihre Schwester stimmte, dann schlidderte diese mit einem Bein in eine handfeste, zuverlässige, nicht zu unterschätzende Depression hinein. Nach beinahe fünf Jahren geglaubter Erlösung und Besserung sämtlicher Lebensumstände Neelas, fing - wie sie heute sehen und hören konnte, anscheinend alles wieder von vorne an. Nach beinahe fünf Jahren geglaubter Erlösung schien sie in Wirklichkeit nicht einmal ein einziges, wirklich zuverlässiges Etappenziel erreicht zu haben, so wie es aussah. Die Vermutung, welcher Selma eine große Portion unwillkommene Gewissheit hinzufügte, brach ihr fast das Herz. Sie konnte nichts mehr für Neela tun. Sie brauchte professionelle Hilfe. Ein allerletztes Mal wagte Selma einen Vorstoß in eine Richtung für die sie sich schon unzählige, schroffe Körbe eingehandelt hatte. Fest im Glauben, dass es diesmal auch nicht anders sein würde als sonst, fragte sie ihre Schwester, ob sie nicht Lust hätte - zusammen mit ihr natürlich - einen kleinen Kurs zu machen, der die Seele streicheln und stärken sollte.

„Warum nicht", antwortete Neela zur großen Überraschung von Selma. „Warum nicht... Was habe ich schon zu verlieren. Das wird bestimmt lustig."

„Lustig?! Klar, das wird lustig", sagte Selma verwirrt. Sie fragte aus Verlegenheit der Überraschung heraus, wann es denn endlich etwas zu essen geben würde.

Selma wischte sich den Mund ab und rieb zufrieden ihren gut gefüllten Bauch. Niemand kochte einen so guten Tscholent wie Neela. In verschiedenen Familien aufgewachsen, hatten sie verschiedene Lebensarten die sich bis in den Kochtopf hinein auswirkten.

Vor zweiundzwanzig Jahren, als sie beide erstmals davon erfuhren, dass es eine Halbschwester gab, von der bislang niemand auch nur eine Silbe erwähnt hätte, arrangierten sie ihre erste Gegenüberstellung in einem guten Restaurant, um eventuell peinliche Pausen mit einem guten Essen zu überspielen. Kaum stand das - für Selmas Begriff erlesene Mahl auf dem vornehm gedeckten Tisch, machten sich erste gravierende Unterschiede auf den Weg, um von beiden gesehen und festgestellt zu werden. Das volle Besteck aus Neelas Empörung, wenn man sich - entgegen ihrer mittlerweile pathologischen Überzeugung was Nahrung anbelange, lebensgefährdend ungesund ernährte, traf Selma in Form von missbilligenden, bohrenden Blicken, mitten in ihren Teller und anschließend ins ohnehin eingeschüchterte, erschrockene Gewissen dieses außerordentlichen Momentes festgestellter Nahrungs-Differenzen. Ohne dickes, wasserabweisendes und geprüft schwerentflammbares, schützendes Fell war Selmas Appetit, damals, schlagartig perdue. Lustlos, ein wenig eingeschüchtert säbelte sie an ihrer knusprigen Schweinshaxe herum, um sie letztlich fast unberührt, unauffällig von sich zu schieben, während Neela einen Eimer voll Gemüseeintopf hinunterschlang.

Selma neigte damals zu einem ersten voreiligen Urteil dieser neuen Schwester gegenüber, indem sie sie für überkandidelt und militant hielt. Mit eventuellen Sympathien ihr gegenüber wollte sie vorerst noch sparsam haushalten. Und wenn Selma heute daran zurückdachte, musste sie immer noch laut lachen. Natürlich aß sie auch heute nicht koscher, wie Neela es tat. Aber immerhin übernahm sie einen großen

Teil der geschwisterlichen Ratschläge, in Bezug auf gesunde und regionale Ernährung, ohne schädliche Zusätze. Neelas angewandte Holzhammer-Methoden eindringlicher Schulungen nach Art des Hauses waren zwar eher ungeeignet, um Änderungen herbeizuführen, aber Selma glich dieses auffällige Defizit mit ihrer Sanftheit, ihrer Liebe- und Lichtmethode wieder aus. Das Ergebnis konnte sich sehen lassen. Das Ergebnis waren zwei gestandene Frauen auf einem gesunden Level mit einem Blick für Verantwortung und Lebensfreude auf der einen- und Tiefgang auf der anderen Seite. Die eine innen- die andere außen im Leben; beide auf solidem Boden stehend.

Während des Essens ließ Selma Neela nicht aus den Augen. Sie erschien ihr fahrig und zerrissen; irgendwie nicht ganz bei der Sache. Die ganze Zeit über baute sie sich einen Satz zusammen, mit dem sie ihre dünnhäutige Schwester zum Reden bringen könnte. So einfach war das nicht, das wusste sie aus anderen Situationen der Vergangenheit. Neela forderte immer mehr anspruchsvolle Inhalte in jeder Art ihres verbalen Austausches. Sie entwickelte eine regelrechte Obsession gegen Banalitäten, wurde schwierig im Umgang und immer weniger bereit sich überhaupt zu öffnen. Ihre Urteile wurden hart, vernichtend und unnachgiebig. Menschliche Schwächen und Vergehen, Lügen und Ungerechtigkeit, Mord und Heimtücke verursachten ihr körperlichen Schmerz mit begleitender Übelkeit bis hin zum sich Übergeben und zittern am ganzen Leib. Tierquälerei ließ ihren grollenden Hass von der Leine, der sie tagelang außer Gefecht setzte und nicht mehr schlafen ließ.

Allesamt gute und eindeutige Vorzeichen für eine, zumindest latent anwesende Depression. Keine guten Aussichten für bislang Erreichtes. Diese Entwicklung war keineswegs vielversprechend. Selma wagte einen zarten Versuch ein Gespräch in Gang zu setzen. Ihre Antennen waren auf Empfang für alles was zwischen den Worten von Neela zu lesen war. Ich sehe ihr winziges, fragiles Glück, dachte Selma, und ich belohne mich mit ein bisschen Hoffnung, dass sie mir nicht entgleitet, meine geliebte Halbschwester, die Gott mir so spät im Leben vor den Latz geknallt hat. Aber Menschen braucht sie nicht, diese Frau dort auf dem anderen Stuhl am Tisch, nur Publikum.

Beim genaueren Hinsehen jedoch fiel Selma ins Auge, dass tröpfchenweise Sehnsüchte in dieses, einzig für Neela wohltuend enggeschnittene und selbsterfundene Glück gelangt waren, und der, einzig *von* Neela *für* Neela kreierte Segen, mit sich häufenden, kleineren Unruhen flaviert wurde. Aus diesen, sich neuerdings entwickelnden kleinen aber sichtbaren Störungen, gedieh diese neue unübersehbare Unzufriedenheit, vermischt mit erstem Zweifel an ihrem eingeengten, beschränkten und einsamen Leben.

Es ist Zeit zu reden, beschloss Selma, weil es sich lohnt dagegen anzugehen. Wie kann ich sie zur Offenheit herausfordern? Welche Worte erreichen ihre Bereitschaft mit mir über alles zu reden, ohne dass sie ihre Seele dabei zerfetzen muss. Ein Gesicht soll sie behalten, grübelte Selma, aber den Blick muss sie verändern sonst sieht sie sich nicht. Alte Dämonen kann man nur dann abschütteln wenn man bereit ist zu vertrauen. Womöglich ist eine verspielte, leichtere Therapie nicht der Allerschlechteste was sie vorschlagen könnte. An ihrem plötzlichen und unerwarteten Zugeständnis wollte Selma eindeutig abgelesen haben, dass Neela diese winzigen neuen Sehnsüchte nicht nur mit sich herumtrug, sondern dass sie auch selbst davon wusste. In Ketten gelegt wachte sie mit Argusaugen darauf, dass niemand etwas von ihnen erfuhr, diesen geheimen Sehnsüchten. Aber Selma war schließlich nicht Niemand oder Jemand. Selma verfügte über nachweisbare genetische Anteile ihres Gegenübers, dort, auf dem anderen Stuhl am Tisch. Sie müsste schon eine Schauspielschule besuchen, um Geheimnisse vor ihr zu verbergen.

„Redest du nicht mehr mit mir, oder was ist los heute?", unterbrach Neela Selmas schwere Gedanken. So ganz wohl war ihr nicht in der Pelle, weil sie Selma, als schweigendes Gegenüber, erst zum zweiten Mal vor sich sah. An ihr erstes, langes, ernstes Schweigen erinnerte sie sich noch ganz genau. Es bedeutete bei Selma den Ernst einer Lage zu unterstreichen. Damals, kurz bevor sie ihren ersten Ehemann an die frische Luft befördert hatte, da saß die jüngere Schwester genauso grüblerisch still vor ihr.

„Nö...", log Selma gelassen. „Ich dachte nur darüber nach, wann der nächste Kurs stattfindet, damit ich es nicht versäume dich nachträglich anzumelden."

„Aber das Eine sage ich dir", bellte Neela, die sich nun doch ein wenig in die Enge getrieben fühlte über den Tisch: „wenn dort lauter psychedelische Esoterik-Hausfrauen sind, bin ich weg. Klar...?"

„Was sonst. Warum solltest du nicht schon vorher alles von seiner negativen Seite aus betrachten. Warum solltest du nicht schon vorher das Ende kennen, bevor du den Anfang überhaupt erst erlebt hast. Das kennen wir doch alles schon, nicht wahr? Wieso solltest ausgerechnet du sich einen Deut ändern wollen, große Schwester. Deine ewigen Schwarzmalereien in Bezug auf alle Menschen sind geradezu lächerlich, liebste Schwester. Ich bin immer auf deiner Seite, das weißt du, lieeebste Schwester. Aber du kannst sie nicht alle über einen einzigen großen, universellen Kamm scheren; es gibt auch Ausnahmen. Lasse die Liebe und das helle Licht wieder in dein Herz hinein, sonst gehst du eines Tages – an meinem fürsorglichen Arm eingehängt, in einer geschlossenen Nervenheilanstalt spazieren. Das kannst du unmöglich wollen, Neela. Ich melde dich Montag nach und Basta. Wage es nicht zu widersprechen. Ich bin meine Sorgen um dich wirklich ziemlich leid."

„Liebste Schwester, liebste Schwester, liebste bla, bla, bla", äffte Neela Selma beleidigt maulend nach. An ihrem Veto hatte sie dann eine Weile zu kauen, bis sie es endgültig artig hinunterschluckte und die Klappe hielt.

Kapitel 2: **Die Therapie**

„Liebes ich", sagte Neela feierlich gespielt und von ein paar seltsamen Verrenkungen begleitet, zu ihrem vertrauten Spiegelbild: „ich wünsche dir alles Gute zum ersten Therapiehihi-Tag. Und weil heute ein ganz besonderer Tag für uns beide ist - schließlich lebe ich noch - deshalb schminke ich dich zur Feier des Tages für die anderen therapiewilligen Teilnehmer; wer immer das auch sein mag. Du bist alt geworden, liebes Ich. Alt. Reichlich Falten zieren deine graue Seele. Und wenn Selma heute Nachmittag kommt, um uns abzuholen, wird sie uns loben... dich dort im Spiegel und mich. Sie wird uns loben für so viel guten Willen und Farbe im Gesicht."
Hüpfend, von einem Fuß auf den anderen, verließ Neela gut gelaunt das Bad. Auf ihren schwarzen Humor konnte sie sich immer verlassen. Bis heute hatte er sie nur ein einziges Mal im Stich gelassen. Aber das war eine ganz andere Geschichte und stand auf einem anderen Blatt. Dieses Blatt lag, gut abgeheftet und sicher vor fremden Blicken, in einer der untersten Schubladen ihres Herzens. Liebe, dieser abgestorbene und verstümmelte Krüppel. Liebe, Arm in Arm mit Vertrauen. Sie beide waren jederzeit fähig, Neelas gute Laune in den tiefsten Keller zu jagen.

Wie vermutet heimste Neela ein hübsches Kompliment ihrer Schwester ein. Sie schätzte es sehr, wenn Neela auf sich achtete und sich erlaubte eine Frau zu sein. Ein adrettes Bild gaben sie ab, die beiden ähnlichen, halben Schwestern. Kaum hatten sie den angenehm hellen Raum betreten, flogen gehässige Blicke in ihre Richtung die fragten: „was wollt ihr beiden Schnecken denn überhaupt hier?"

Die Therapeutin begrüßte hurtig alle anwesenden Teilnehmer teilnahmslos und begann sofort und ohne lange Erklärung mit ihrer einstudierten Arbeit. Neela hatte das Gefühl sie hatte es eilig zum Ende zu kommen. Ein vielsagender Blick landete mitten im Gesicht von Selma, die so tat, als sehe sie Neelas zweifelnden Blick überhaupt nicht. Ignoranz war ein recht probates Gegenmittel, sich nicht von Neela in etwas hineinziehen zu lassen.

„Nach innen lauschen, die Seele suchen, ihr Fragen stellen die nur sie, die Seele selbst beantworten kann", sprach die biegsame Therapeutin Namens Silvia mit sonorer Therapeutenstimme.

Selma hatte ihr Neela als Erfinderin des modernen Depressionismus vorgestellt, was sie allerdings nicht wahrgenommen oder verstanden hatte. Sie lächelte dümmlich humorlos und reichte Neela kurz die schlaffe Hand. Damit war sie schon bei ihr durchgerutscht, bevor sie auch nur einen persönlichen Satz sagen konnte, geschweige denn eine Frage stellen, warum sie, Neela, überhaupt an diesem Kurs teilnahm. Neela rollte mit den Augen und flüsterte zu Selma, dass sie sicherlich auch so eine Therapie-Roboterin sei, die ihr auswendig gelerntes Programm-Repertoire herunterleierte und sich im Endeffekt einen Scheißdreck, um ihre hilfesuchenden Kursteilnehmer kümmerte. Selma verteilte daraufhin eine Geste die eine verbale Zigarre ersetzen sollte.

„Lügen ist möglich" säuselte Silvia sonor, „immer und jederzeit. Nur, sich selbst zu belügen macht doch irgendwie keinen Sinn, nicht wahr? Das Lächeln der

Dämonen erinnert uns daran: Selbstbetrug führt zu nichts. Wir müssen uns stellen und mit Zuversicht die unbegründeten Ängste ausräumen."

Neela, die Selma schräg gegenüber auf dem Boden saß und im Schneidersitz zu ihr herüberschielte, klopfte mit ihrem Zeigefinger an ihre Stirn, um ihre Einschätzung kundzutun. Selma ließ sich nicht beirren. So gut es ging ignorierte sie ihre peinliche, ungezogene Schwester. Sie würde nachher ein paar Takte mit ihr kommunizieren müssen.

„Wir spielen jetzt so etwas wie Vertrauen", befahl Silvia etwas energischer ihre Kompetenz ausdrückend. „Dort in dem Kreis da", sagte sie und zeigte auf den unvollständigen Ring von Personen, in dem sich keiner von ihnen beiden befand. Selma und Neela waren zum Zuschauen verbannt. Neela atmete hörbar erleichtert aus; Selma schämte sich für ihre Schwester. Mit ihnen waren noch vier weitere Personen nun Zuschauer. Die andere Hälfte – also sechs Personen erhoben sich und warteten auf weitere Anweisungen der Roboter-Therapeutin.

„Stelle sich wer freiwillig in diesen kleinen Kreis den ihr bitte bildet hinein und vertraut, wenn möglich blind, womit ich natürlich geschlossene Augen und keine Erblindung meine." Im Glauben einen gelungenen Scherz ausgesprochen zu haben, kicherte Frau Silvia debil. Niemand sonst kicherte mit ihr. Bei so viel eingeforderter Konzentration blieb keine Zeit zum Kichern. Neela ahnte schon was gleich kommen würde. Die Nummer mit dem blinden Vertrauen hatte sie schon auf Phönix gesehen.

„Lass dich schubsen und fallen in alle Richtungen des nächstbesten Zufalls, des von göttlicher Energie vorbestimmten Weges", sagte Silvia zu einem Mann namens Holger, der sich unfreiwillig freiwillig gemeldet hatte, um seinen guten Willen vor den anderen und Frau Silvia zu demonstrieren, und weil sich außer ihm niemand anderes gemeldet hatte. Unsicher stand er nun in einem kleinen Kreis aus fünf Personen und glotzte aus einem verwaschenen grünen Shirt, wie ein angeschossen devotes Reh.

„Es wird dich erheben über alles, dieses Vertrauen", ermutigte die Roboter-Therapeutin den verzweifelten Holger. „Es ist ähnlich wie die ewige Sache mit dem Glauben an Gott", sagte sie mit verschwörerischer Stimme. „Auch hier ist alles nur eine Frage des Glaubens." Selma sah zu Neela und betete, dass sie nicht anfing zu lachen. Das fehlte noch.

„Wem es gelingt vorbehaltlos zu glauben und zu vertrauen", erklärte Silvia nachdrücklich und mit theologisch anmutender Intonierung, „der ist irgendwie befreit mit einem Mal." Rums macht es, und der Vertrauende lag der Länge nach auf dem gewienerten Parkettboden und jammerte herzzerreißend.

Ein Vogel war gegen die große Fensterscheibe geknallt und hatte sich vermutlich das filigrane Genick entzweit. Einen Augenblick der Unachtsamkeit, und schon ist das Schicksal eines Vertrauenden, der einen ungehinderten Weiterflug vermutete, schnell und für immer besiegelt. Zu dumm, dass sich die Fänger von Holger durch diesen Schlag gegen die Scheibe ablenken ließen. Synchron drehten sich fünf Personen nach der Fensterscheibe um, und beschlossen, nonverbal aber gemeinsam, dass ihnen das Schicksal vom armen, jammernden Holger, ausgerechnet in diesem Moment der Vertrauensprobe, völlig schnuppe war. Holger war für alle Zeiten verloren. So schnell würde man ihn wohl nicht mehr in der Mitte dieses Kreises vorfinden. Was allerdings für Neela noch weitaus schlimmer war als Holgers zukünftige Enttäuschung ins Leben, war die Tatsache, dass Frau Roboter-Therapeutin den Vorfall nahezu ungerührt überging. Wenn sie damit Professionalität ausdrücken wollte, hatte sie bei Neela voll ins Schwarz getroffen.

„Bau' es aus, lass` es zu, gib' dich hin, leierte die studierte Therapeutin entrückt und mit geschlossenen Augen gegen die hohe Decke ins Nichts blickend ihr auswendig gelerntes Repertoire herunter. Sie hatte dabei offensichtlich immer noch nicht mitbekommen, dass sowohl der gefiederte- wie der verwaschen grünbekleidete Vertrauende gerade vergeblich vertraut hatten.

„Ähm... Frau Silvia, könnten sie kurz... Also ich meine ja nur...ähm... Ich... ich glaube der Holger... der hat sich wehgetan", lenkte eine mit Empathie gesegnete, aufmerksame, schüchterne Teilnehmerin die therapeutische Unaufmerksamkeit auf Holgers deutlich schmerzverzogenes Antlitz. Frau Silvia wurde aus ihrer Routine ungerne herausgerissen. Die Freude darüber sah man ihr förmlich an. Mit *fühlen* meint man nicht *mitfühlen*, erkannte Neela tief berührt. Frau Silvia hatte dafür soeben einen eindeutigen Beweis abgeliefert. Neela würde sie entsprechend weiterempfehlen, Dank Rezensionsmöglichkeit.

Holger, so völlig aus dem Gleichgewicht des Vertrauens geraten, lag immer noch der Länge nach im kleinen Kreis und jammerte leise, ohne dass die - von sämtlicher emphatischen Fürsorge befreiten Therapie-Kuh namens Silvia, ihn auch nur eines Blickes gewürdigt hätte. Im Gegenteil: sie sah gezielt weg.

Ein Vogel. Ein kleiner argloser Vogel, nicht wissend was Misstrauen überhaupt bedeutet, vertraut dem trügerisch spiegelnden Bild einer Fensterscheibe die sich als Gaukler missbrauchen lässt, von der Sonne, vom Licht, den Naturgesetzen folgend, fliegt er in den sicheren und unausweichlichen Tod. Niemand hatte ihn gewarnt; auch seine Eltern nicht. Ein kleiner verunsicherter, grünverwaschener Holger, kaum fähig auf eigenen, wackligen Beinen stehend durchs Leben zu fliegen, der einer herzlosen, desinteressierten Therapeutin vertraut, holt sich hier den finalen Knall, welcher womöglich dazu in der Lage wäre, dass sich diese arme hilfesuchende Kreatur namens Holger vielleicht am nächstbesten Baum aufhängt. Das nennt man dann am Ende studierte Kompetenz; empfohlen vom flächendeckenden, oft fragwürdigen Weißen Ring, diesen machtlosen, oft unqualifizierten Möchtegern-Helfern. Was für eine ironische Ironie.

Neela stand als einzige der Anwesenden im Raume auf und reichte Holger helfend fest die Hand. Mit einer Kraft die man ihr nicht ansah und nicht zutraute, zog sie ihn vom Boden hoch.

„Steh´ auf und gehe nach Hause, lieber Freund", sagt sie zu laut für Frau Silvias Geschmack. Dabei stierte Neela Silvia mit abgrundtiefer Verachtung an. Selma erhob sich ebenfalls, sie wusste, dass sitzenzubleiben nicht mehr lohnte. Die Würfel waren gefallen. Holger war gefallen. Neelas Entscheidung war gefallen.

„Kolumbus hat sich auch geirrt, weiß man noch immer", lamentierte der verwirrte Holger im Wiederholungsmodus beim Verlassen des angenehm hellen

Raumes kopfschüttelnd - immer noch zerstreut Neelas rechte Hand haltend. Mit der anderen Hand massierte er unbeholfen seine schmerzende Kehrseite. Neela vermutete, dass er sogar auf den Kopf geknallt war. Holger sagte dann aber ganz klar zu ihr, dass ihn der Knall des Vogels gegen die Scheibe, quasi umgehauen hätte. Wie es aussah weigerte er sich der kalten Wahrheit ins geschulte Auge zu blicken. Holger wollte mit aller Macht die anderen- die vertrauenswürdigen Auffänger, denen man *blind* vertrauen sollte, vor aller Schuldzuweisung schützend bewahren. Der Glaube an das Gute im Menschen half ihm bei seiner sinnlosen Einschätzung.

„Ich empfehle dir in Zukunft leichtes und rutschfestes Schuhwerk zu tragen, lieber Holger", sagte Neela gutmütig, weil sie Mitleid mit dem Gestrauchelten hatte. „Auf Socken hat das Leben doch keinen Wert, wie man sieht. Nicht einmal der Natur und den eigenen Füßen sollte man trauen, lieber Freund."

Draußen, in dem hochmodernen Umkleideraum des nagelneuen Gebäudes, wartete Selma geduldig auf Neela. In den Kurs zurückzugehen hätte zum jetzigen Zeitpunkt keinen Sinn mehr. Sie kannte ihre Schwester nur zu gut; das gäbe Krach.

„Warum passieren mir solche Dinge immer nur mit dir", fragte Selma ohne Umschweife, ohne Einleitung und eine Spur zu vorwurfsvoll, als Neela den Raum betrat. „Kannst du mir eine plausible Erklärung dafür geben mit der ich leben könnte? Seit fast zwei Jahren komme ich in diesen Kurs und nie ist etwas Derartiges vorgekommen. Keine suizidgefährdeten Vögel die an irgendwelche Fensterscheiben knallen, und keine unaufmerksamen, gaffenden Auffänger denen

Menschen durch die Finger gleiten die ihnen blind vertrauten. Nichts. Nur heute… Nur mit dir."

Neela grinste. Dieser Vorfall schien sie zu amüsieren. Wenn sie ehrlich zu sich selbst gewesen wäre, dann hätte sie ihrer Schwester viel lieber eine Absage zu diesem Event erteilt. Aber diesmal wollte sie ihren guten Willen zeigen, und dass sie an sich arbeitete.

„Und das ganze Volk, die unendlichen Heerscharen jener", rezitierte Neela albern mit theatralisch ausgebreiteten Armen und mit verstellter Stimme, „wo zwischen den Synapsen nur leere Gänge vorzufinden sind, was will man von ihnen, diesen geistlosen Erdenbewohnern erwarten? Ihre Gefühle sind überschaubar und grobmaschig kühl bis desinteressiert, wie man an Frau Therapeutin unschwer erkennen konnte, nicht wahr? Und er…? Dieser arme, hilfesuchende verwaschene grünbekleidete Holger, dieser schwache Mensch, der sich zum Vertrauen verführen ließ, er war unfähig sich für die Wahrheit zu öffnen, dass wir gescheitert sind." Rotzfrech sah sie Selma an und baute sich vor ihr auf. „Nicht gerade sophisticated, oder wie man heutzutage neumodisch dazu sagt, liebe Schwester. Wenn du mich fragst, dann könnte die Frau Therapeutin ein Löffelchen Empathie gut gebrauchen. Ihre ist nämlich aus."

Selma starrte Neela verständnislos einen Augenblick mit offenem Mund an, bis dieser verbale Zug in ihren Gehirn-Bahnhof eingefahren war. Etwas verlegen kratzte sich in ihren prachtvollen Locken bis der Groschen fiel. Endlich lachte sie laut und unverschämt. Ihr Humor hatte sich wieder bei ihr eingefunden und das erste Entsetzen an die frische Luft befördert. Im Grunde war doch alles im Lot, nichts war passiert, was ihr persönlich hätte peinlich sein müssen, wenn sie mutig ehrlich wäre.

„Nicht zu fassen", schüttelte Selma den Kopf. „Wer so eine hyperkritische Schwester hat der braucht keine Abenteuer-Romane und keine teuren Adventure-Tours. Dazu reichen deine extrem niedrige Frustrationstoleranz und deine federleichte Explosivität völlig aus, um sich auch zu Hause wie in einer kriegerischen Gefahrenzone zu fühlen."

Das war wieder typisch für ihre Schwester, die solche Situationen wie einen scharfgestellten Magneten anzog. Selma betrachtete sie mit extra großen Staune-Augen, als sei sie selbst nur überraschtes Publikum und gehöre irgendwie nicht dazu. Neelas unverhohlen frecher Zurück-Blick ließ sie um Jahre jünger erscheinen als sie tatsächlich war, stellte Selma fest. Alleine dieser Moment- dieser Blick von ihr, war den Versuch ihr zu helfen neue Wege zu beschreiten schon wert ihn erlebt zu haben, auch wenn die ganze Geschichte darin endete, dass sie in Zukunft ohne Frau Silvia auskommen müsste, weil Neela – auch wenn sie es nicht gerne zugab – ihr irgendwie die Augen geöffnet hatte. Ihre Schwester schien dafür bestimmt zu sein, Wahrheiten ans grelle Licht zu zerren. Selma entschied: noch scheint nicht alles verloren zu sein, noch besteht Hoffnung. Abwarten!

Fröhlich lachend und scherzend verließen die beiden Schwestern einträchtig, Arm in Arm, das Studio ohne sich von Frau Silvia persönlich zu verabschieden. Vermutlich war die dafür sogar dankbar, sich nicht noch mit ihnen auseinandersetzen- oder sich rechtfertigen zu müssen. Die resolute Therapeutin zeigte mehr von sich als sie selbst sah, weil sie sich vor lauter Therapien womöglich selbst längst aus den Augen verloren hatte. Psychiatern sagt man auch nicht umsonst nach, dass sie selbst Eins an der Klatsche haben. Berufsrisiko, meinte Neela lapidar. Sie hatte die zuversichtliche und gutgläubige Selma - ohne es zu beabsichtigen - irgendwie ein wenig bekehrt, dass eine Therapie nur dann hilfreich sein konnte, wenn man nicht mehr dazu in der Lage war alleine den ersten Schritt zu tun, um ein eventuelles Trauma zu verlassen. Aber zuerst einmal müsse man ganz sicher sein, dass es sich überhaupt um ein Trauma handle. Entschied man sich dennoch für Hilfe von außen, müssten wirklich alle Bedingungen und alle Qualifikationen stimmen, sonst ginge der Schuss am Ende böse nach hinten los. Enttäuschungen lauern schließlich überall auf unrealistische Erwartungshaltungen, behauptete Neela. Jeder hatte Erwartungen, auch wenn viele Menschen dies vehement abstritten. Ein Genre- ein Gewerbe, erklärte Neela Selma mit Nachdruck, in dem sich allerhand Scharlatane herumtrieben die es ausschließlich auf Geld abgesehen hätten, nicht aber auf eine engagierte Hilfeleistung mit nachhaltigem Erfolg.

Im Grunde endete das gesamte Vorhaben umgekehrt. Nicht Selma half Neela ins Leben zurück, sondern Neela Selma in die reale Realität. Diese Kurse, sagte Neela schon in der Vergangenheit immer abwehrend zu ihrer Schwester, die immer wieder versuchte Neela dorthin mitzuziehen... diese Kurse mochten vielleicht schön und gut sein als sinnvolle Freizeitbeschäftigung und Unterstützung für allerlei Symptome wie zum Beispiel aufkommende Einsamkeit oder -

mangels Fantasie, eine hübsch adaptierte Langeweile, diese weitverbreitete Seuche. Aber helfen könne
man sich am Ende nur selbst. Medikamente seien auf
Dauer auch keine Lösung, weil Abhängigkeit und
Nebenwirkungen überall lauerten. Als nette, profane
Beschäftigungstherapie bezeichnete die nüchtern
sachliche Schwester diese kostspieligen Veranstaltungen, nach denen man sehr gerne, gemeinsam mit
anderen Teilnehmern, in irgendeinem netten Bistro
einkehrte und einen ebenso netten Prosecco oder
einen köstlichen Kaffee trank, welcher letztlich mehr
bewerkstelligte als das ganze teure Therapie-Gedöns
selbst. Es sei die Gemeinschaft, das Zugehörigkeits-
gefühl, das Gefühl wahrgenommen und vielleicht
sogar geliebt zu werden, welches letztendlich so gute
Heilungserfolge erzielen würde, nicht die Therapie.
Mit einem guten Buch, referierte Neela ihre Ansichten weiter, könne man zu Hause vermutlich mehr
erreichen, wenn die Faulheit nicht im Wege stünde.
Denn kein noch so professioneller Therapeut könnte
etwas bewirken, behauptete Neela, wenn ein be-
schädigtes Herz oder ein Verstand die Dinge anders
sehen oder wahrnehmen wollte, weil die Angst vor
Einsamkeit und Ausgrenzung den Blick verstellte.
Sichtweisen zu verändern, dass sei ein sehr langer
Prozess der sich aus schlechten Erfahrungen nährt.
Erst dann, wenn man am eigenen Leib schmerzvolle
Irrtümer erfahren musste, sei man bereit an ungesunden Umständen und falschen Sichtweisen etwas
zu verändern. Die Realität sei weit unkomplizierter
als gewiefte, geschäftstüchtige Therapeuten es ihren
Patienten weismachen wollten. Ein Mensch könne
noch so dumm und verblendet sein, irgendwann hat

jeder einen lichten Moment der Erkenntnis. Wer dann aber immer noch auf seine alten Verhaltens- muster und Sichtweisen bestünde, den müsse man solange vor eine Wand laufen lassen, bis derjenige bemerken würde, dass sich dort eine Wand befindet. Alles in allem nenne man das – zusammengefasst – dann: *Leben,* wie leben eben ist; *Leben*, so wie ein individuelles, facettenreiches Leben nun mal sei.

Selma hatte Neela sehr aufmerksam zugehört was sie, zum x-ten Mal bezüglich ihrer Ansichten, zum Besten gab. Aber heute schwang in Neelas ausführli- cher Darlegungen eine gewisse Milde fast Zärtlich- keit mit, die sie so von ihrer Schwester, im Umgang mit Menschen, überhaupt nicht kannte. Sie dachte an die plötzlich weichen werdenden Gesichtszüge ihrer Schwester, als sie dem armen Holger geholfen hatte wieder aufzustehen. Ihr Herz für Menschen mit Defi- ziten trat immer weiter in den Vordergrund, stellte Selma fest, denn diesen Blick, den kannte sie bei Nee- la nur im Zusammenhang mit Tieren, die sie über alles liebte. War das vielleicht deshalb so, weil sie selbst, auf ihre Weise, auch solche Defizite in sich trug und sich solidarisierte, grübelte Selma. Und gab es überhaupt Menschen ohne Defizite? Wie sah es in ihr selbst aus? Hatte sie auch welche, dort oben auf Wolke sieben, die sie sich so versiert schönredete? Oder gab es auf dieser feinen rosa Wolke ebenso atmosphärische Störungen wie dort unten auf der gemeinen Erde, wo Menschen wie Neela hausten? Darüber hatte sie noch nie nachgedacht, denn bis- lang fühlte sie in sich keine erwähnenswerten oder störenden Defizite. Dennoch...: nach diesem Vorfall von eben, gab sie ihrer Schwester ein Stück weit sogar Recht. Der Begriff „Schöndenker-Kolonie", den Neela so gerne benutzte, um sie zu necken, den würde sie sich noch einmal bei Gelegenheit zu Gemüte führen müssen, weil ihr heute selbst, ein unwillkommenes Licht aufgegangen war.

„Keine Logik wird sich einfinden, wenn dem Patienten die Angst nicht von der Seite weichen will, Selma. Das braucht Zeit. Viel, viel Zeit", erklärte Neela abschließend. Sie wollte das Thema beenden, als sie in Selmas feuchte Augen blickte. Was war los mit ihr?

Im Auto wurde Neela plötzlich ganz still und ernst. Es tat ihr leid, dass sie Selma ihrer fluffigen Illusion beraubt hatte, ihr nachhaltig helfen zu können. Die ganze Aktion war gut gemeint und längst – nach so vielen Jahren vergeblicher Überredenskünste – überfällig. Als hätte sie lange vorher geahnt dass es schief ginge, las Neela noch nicht einmal den Aufnahme-Vertrag den Selma ihr mitgebracht hatte. Neela ging es nicht um diese achtzig Euro monatlichen Beitrag, es ging ihr um die Sache als solches. In diesen Kursen wurde Heilung in vielerlei Hinsicht versprochen, die nie und nimmer eintreten würde. Nicht selten machte man mit dieser Hoffnung Geschäfte, wie sich immer wieder bestätigte Eine ganze Branche lebte ausgesprochen gut davon. Vertrauen lernt man nicht, in dem man sich in die Arme von fremden Menschen fallen lässt, die *das* tun was man von ihnen erwartet, weil sie von anderen Kursteilnehmern beobachtet und von einer leitenden Person angewiesen werden. Man lernt Vertrauen draußen... im Leben, an der Front, auf freier Wildbahn und überall dort, wo Menschen sich aufeinander verlassen müssen. Dort, wo man auf Menschen in grenzwertigen Situationen angewiesen ist, dort beweist es sich ob man vertrauen kann. Für Neelas Geschmack konnten diese Kurse großen Schaden anrichten, weil die hilfesuchenden Teilnehmer ein unsolides Vertrauen lernen sollten, welches man nicht immer- und schon gar nicht überall anwenden konnte oder sollte. Diese Kurse vernebeln den Blick für jegliche harte Realität und Gefahren, den allgegenwärtigen Betrug und die weitverbreitete Unaufrichtigkeit sowie Täuschungen denen man ausgesetzt war, wenn man nicht mit offenen Augen durchs Leben schritt. Neela ging sogar so weit zu sagen, dass es besser wäre gesundes Misstrauen zu schulen, weil man letztendlich damit das ein- oder andere Desaster vermeiden könnte.

Wie viele Abende sie darüber schon diskutiert hatten, das ging tatsächlich auf keine Kuhhaut. Selma hielt Neela für unbelehrbar und verschlossen, Neela hielt Selma für naiv und betriebsblind in Bezug auf die Realität. Sie kamen bisher auf keinen akzeptablen Nenner bei diesem Therapie-Thema. So gesehen war der heutige Nachmittag ein wahrhaft bereinigender Erfolg, wenn auch in einer anderen Art als beabsichtigt.

„Was ist los", fragte Selma mit einem kurzen Seitenblick auf ihre Schwester. „Du hast doch etwas auf dem Herzen. Raus damit."

Neela sah zu ihr hinüber. Sie kämpfte mit den Tränen, was sie eigentlich nicht beabsichtigt hatte, um die Fröhlichkeit des Augenblicks nicht zu zerstören. Da war es wieder, dieses dumpfe Gefühl der Machtlosigkeit und des Zweifels. Unangemeldet und ganz plötzlich stand es in der Tür zu ihrem Herzen. Ohne Grund traf dieser Schmerz sie völlig unvorbereitet und nahm ihr für den Moment die Luft zum Atmen. Dieser Ausflug hatte ihre bittere Vergangenheit leider etwas näher unter die Haut geschoben, anstatt sie zu besänftigen und auf einen endgültigen Abschied für immer zu hoffen. Neela ahnte warum alles so und nicht besser verlaufen war. Alleine die Frage nach dem *Warum* sie so eine Therapie überhaupt machen sollte, reichte schon aus, um alles wieder an die dünne Oberfläche ihrer Seele zu spülen. Somit war genau das perfekte Gegenteil von dem eingetroffen, was Selma und sie selbst sich erhofft hatten. Wie sollte sie ihrer Schwester das bloß verklickern? Und hatte sie Selma nicht gerade eben verletzt? Sie alleine war schuld daran, dass Selma feuchte Augen hatte, weil sie mit ihrer Wahrheit wieder einmal so skrupellos hantierte und rücksichtslos, ja unsensibel gewesen war. Zu spät...

„In dieser Therapie - egal welcher jetzt, mal abgesehen von dieser Frau Silvia - auch nicht währenddessen, vorher oder mittendrin", begann Neela ihre Gedanken vorsichtig zu formulieren, „aber niemals danach, liebe Schwester, weil es ein danach nicht geben wird wie du siehst, ist es möglich, meine eigene Vergangenheit an einen stillen Platz der Ewigkeit zu verfrachten, wo sie unbemerkt verbleiben kann ohne mich am alltäglichen Leben zu stören oder zu behindern. Danach, sobald ich diesen Kurs-Raum verlasse, Selma, bin ich nämlich wieder auf mich alleine gestellt. Auf mich kleinen, dickköpfigen Menschen mit allen seinen Emotionen die ich nicht steuern kann, verstehst du? Ich bin kein handelsüblicher Automat

den man nach Gutdünken auf Lebensfreude pro-
grammieren kann. Geschehnisse haben Gedanken
und Gefühle besetzt und geben ihren Sieg einfach
nicht mehr frei, auch wenn ich mich noch so sehr
bemühe. Wenigstens haben meine Träume sich ein
wenig beruhigt. Das ist für meine Situation schon
eine ganze Menge an Erfolg, findest du nicht? Und
den berühmten Steine-Bauch zu haben, liebe Selma,
alleine schon beim Gedanken daran weiß ich, dass
eine Verhinderung dieses Gefühls einfach nicht möglich ist. Er kommt oder er kommt nicht. Das müsstest
du wissen, als empathischer Mensch der du bist. Oft
genügt eine kleine simple Geste, welche der düsteren
Erinnerung auf die Beine hilft. Das wird vermutlich
niemals vorbeigehen. Hier mache ich mir nichts vor,
und deshalb habe ich für mich einen Weg gefunden
mich damit zu arrangieren, in dem ich es einfach
akzeptiere und mich mit diesen Steinen und den
Klößen im Hals, auf *meine* Weise versöhne. Mein
eigenes Rezept als Gegenmittel – du kannst mir ab-
nehmen, dass ich wirklich schon alles ausprobiert
habe, liebe Schwester, mein Rezept lautet: zulassen!
Jawohl. Zulassen muss ich es, sonst werde ich nämlich verrückt; sonst verliere ich den Verstand. Was
bleibt mir anderes übrig, wenn sich dieses Vertrauen
einfach nicht mehr einstellen will, was? Nun sag`
schon. Wenn ich jetzt mal ganz offen zu dir sein darf,
liebe Selma, dann wird es sogar noch schlimmer als
in der Zeit direkt nach Antons Tod. Damals domi-
nierte die Erleichterung einfach alles. Es war ein
Gefühl der Trunkenheit, als wäre ich vierundzwanzig
Stunden, tage- wochen- und monatelang besoffen
vor Glück. Wenn ich mich daran zurückerinnere

glaube ich fest, dass ich damals tatsächlich ein bisschen den Verstand verloren hatte. Monatelang ging das so, dass ich - so unbeschwert und von so viel Glück sturzbetrunken, bedenkenlos durchs Leben gekullert bin. Nachdenken war damals für mich kein Thema mehr; ich genoss meinen neuen Geburtstag wegen Antons Tod in vollen Zügen. Bis ich vor diesem dämlichen Tunnel stand, der bei uns im Ort den einen Teil der Gemeinde mit dem anderen verbindet. Als fiele die Hölle auf mich herab, war mit einem Schlag auf einmal alles wieder da. Das schöne Glück und diese vermisste, fremdgewordene Freiheit waren mit einem Handstreich- mit einem einzigen Tunnel am Arsch. Ein imaginärer Daumen drückte mir seine Botschaften in den Hals. In meinen Gedanken hörte ich das laute, hämische, spöttische, bedrohliche und schmutzige Lachen des verstorbenen Teufels von dem ich doch eigentlich erlöst war. Komm schon, feixte er mir zu. Komm schon. Stelle dich nicht so an und gehe durch diesen verdammten Tunnel, damit ich dich am Ende erwarten kann, um dich zu vernichten. Ich erinnere mich genau an dieses Erlebnis, Selma. Als wäre ich eingefroren, stand ich vor diesem Tunnel; du kennst ihn auch. Ich war nicht dazu in der Lage wegzulaufen, als hielte mich eine unsichtbare Hand an Ort und Stelle. Keine Ahnung wie lange ich damals dort stand, liebe Schwester, aber es war lange. Zu lange."

„Bist du dann doch noch durch diesen bedrohlichen Tunnel hindurchgegangen?", unterbrach Selma vorsichtig Neelas plötzliches Geständnis. Sie war schockiert von diesem schlagartigen Wandel. Noch vor einer Minute hatte sie laut gelacht.

„Nein. Bin ich nicht. Ich habe wahrhaft kläglich versagt und stand wieder genau dort wo ich war, *bevor* Anton das Zeitliche segnete. Am Anfang. Dort wo ich zum ersten Mal die pure, glasklare Angst gespürt hatte, als ich mich in diesen schmalen Schrank vor Anton verkroch. Alles was ich mir an Zuversicht erarbeitet hatte war mit einem Handstreich futsch. Weg und aus die Maus. Der ganze Rotz an Ängsten war so präsent wie nie zuvor. Damals, wäre der richtige Zeitpunkt eine vernünftige Therapie zu machen gewesen, nicht heute, Selma. Weil ich mich nun einmal kenne und weiß, dass ich mich für so etwas nicht öffnen kann, habe ich es eben gelassen und den Dämonen großzügig die Tür geöffnet. Außerdem hat mir dieser ekelige Kerl vom Weißen Ring die kleinste Erwägung gehörig versaut, mit seiner schmierigen, anzüglichen Art mit mir zu reden. Heute kannst du über seine unangemessenen Umgangsformen in der Presse lesen. Zum kotzen, das alles. Aber wenn Du dich erinnerst, Selma, dann war es genau die Zeit, als du dich von Christoph getrennt hattest. Wir hatten wegen eines dummen, völlig überflüssigen Streits keinen Kontakt mehr; ich war ganz alleine und ohne Ansprache. Wem sollte ich denn noch vertrauen... wem? Ganz alleine und von diesen desinteressierten Versagern wie Polizei, Gericht und Staatsanwaltschaften hoffnungslos verlassen, verraten und verkauft, habe ich angefangen, um Menschen einen großen Bogen zu schlagen. Sie, diese Sesselfurzer, tun nur dann etwas wenn du längst tot in der Ecke liegst. Vorher hätten sie keine Handhabe, solange du keine Beweise liefern könntest, sagten sie beinahe schon schadenfroh und spöttisch, von ihrem vergilbten Neid schon ganz verschmiert auf ihren vertrockneten Staatsdiener-Seelen. Du musst deinen Fall schon selber lösen; das Gesetz will es so, Schwester. Das von Menschen gemachte Gesetz will es so."

Selma nickte und wischte sich eine kleine Träne aus dem Augenwinkel. Am liebsten hätte sie angehalten, wäre ausgestiegen und hätte ihre Schwester in den Arm genommen. Von diesem Tunnel-Erlebnis hatte sie ihr bislang noch nichts erzählt. Dieses Geständnis war ebenso überwältigend wie beängstigend und neu für sie. Einiges aus der Vergangenheit und Gegenwart wurde nun klarer. Sichtweisen, und vorschnelle Beurteilungen ihrerseits, schoben sich nun auf einen anderen Platz von wo aus sie deutlicher und besser verstanden werden konnten. Selma sah ein, dass sie diverse Korrekturen vornehmen musste. Es tat ihr leid, dass sie Neela früher einmal als nichttherapierbar und stur bezeichnet hatte. Diese Äußerung war im Nachhinein ungerecht du viel zu banal, um auf die ältere Schwester tatsächlich zuzutreffen. Manchmal, dachte Selma... manchmal muss man jemanden ein Leben lang kennen, um festzustellen dass man nichts von ihm weiß. Nichts.

Mit klugen Sprüchen, Empfehlungen und dezenten Manipulationen würde sie in Zukunft etwas vorsichtiger umgehen, nahm Selma sich vor. Ihr unverzeihlicher Fehler einer unüberlegten Vorverurteilung, sinnierte sie schuldbewusst und sehr nachdenklich, machte offenbar selbst vor dem eigenen Fleisch und Blut nicht halt. Heute war wirklich ein besonderer Tag. Neela unterbrach Selmas Gedanken.

„Lass` mich einfach so wie ich bin, liebe Schwester. Stecke die Krücken, die du für mich vorgesehen hast wieder ein und höre auf damit dir meinen Kopf zu zerbrechen. Ich liebe Zeit, weil sie vorübergeht und nicht umkehren kann. Sie hat große heilende Pflaster für mich im Gepäck; ich bediene mich so gut ich kann. Versprochen! Und nun ist es an der Zeit für dich Selma, zu verstehen: ewig ist ein großes Wort. Wir sollten dieses Wort vielleicht gemeinsam aus unseren Gesprächen verbannen und abwarten was das Leben noch an uns zu verschwenden hat. Ganz sicher wird der vielgepriesene Wandel der Zeiten etwas in meinem Leben wieder glattbügeln was ich vergeigt habe. Nichts ist ewig außer dem Tod selbst; auch mein Zustand nicht. Meine Zuversicht auf Besserung ist ungetrübt und nach wie vor grenzenlos, besorgte Schwester und Beraterin. Aber ich möchte sie nicht immer zu einem allgegenwärtigen Thema machen, verstehst Du. Es genügt, wenn ich mich mit meinem Außenseiterdasein alleine auf meinem gemütlichen Sofa beschäftige. Wenn ich meine Wohnung verlasse und mit dir zu irgendeiner unsinnigen, nutzlosen Therapie gehe, möchte ich mich wenigstens ausgiebig amüsieren, so absurd wie es auch klingen mag in deinen Ohren. Wie wäre es jetzt mit einem richtig schönen, ultragroßen, ultraungesunden, kalorienbeschwerten, dicken, fetten Eisbecher mit extra viel Sahne und Schockostreuseln? Ich lade dich ein, geliebte Nervensäge.", schlug Neela vor, um zu vermeiden in einem langen, nichts bringenden, analytischen Gespräch, auf welches Selma jederzeit so erpicht war, unzählige Lösungen von einer Seite zur anderen zu wälzen. Neela machte sich die einzig wirklich große Schwäche ihrer Schwester zu Nutze: ihre pathologische, unheilbare, unstillbare Sahneeis-

Abhängigkeit, die sie – ähnlich wie jede andere handelsübliche Sucht – fest im Würgegriff der menschlicher Schwächen hatte.

Auf dem Nachhauseweg war es dann wieder so weit. Kaum hatte sie Selma aus ihren Armen entlassen und verabschiedet, kroch dieser altbekannte Kloß im Hals die Speiseröhre entlang nach oben. Als hätte diese verfluchte, verfickte Dünnhäutigkeit, wie Neela ihre ungeliebte, brandneue Neigung zur Heulsuse bezeichnete, nur darauf gelauert, dass sich der Vorhang hob und sie ihren Auftritt hatte. Solange sie mit Selma herumalberte oder stritt, war ihre Welt – zumindest an der Oberfläche – offensichtlich in bester Ordnung. War die willkommene Zerstreuung vorbei, krochen die Dämonen aus ihren dunklen Löchern. Neela wusste um den Auslöser den sie heute für diesen latenten Schmerz und die mittlerweile kullernden Tränen verantwortlich machen konnte. Es war Holger, der verwaschen grünbekleidete gestrauchelte Kursteilnehmer, der völlig geschockt und überrascht dort unten auf dem blankgewienerten Parkett herumlag und die Welt nicht mehr verstand. Wieso, wird er überlegt haben, wieso hat man mich fallen lassen, wird er sich gefragt haben, um anschließend bitter zu erfahren, dass eine winzige Ablenkung dazu beigetragen hatte ihn aus den Augen- und der übernommenen Verantwortung zu verlieren. Der vermutlich beißende Schmerz an seinem Steißbein wird ihn noch lange daran erinnern, dass Vertrauen nicht als Depot dienlich ist und man es schon gar nicht leichtfertig verschenken darf; auch nicht auf Anweisung. Es lässt sich nicht aufbewahren, dieses launische

Vertrauen. Und es lässt sich schon gar nicht an einem sicheren Platz horten, weil es dafür keinen zugewiesenen, festen Platz gibt. Die Menschen wechseln, aber die Räume bleiben immer die gleichen. Man kann dieses fragile Vertrauen nicht zu sich nehmen wie eine heilsame Pille. Man sollte stattdessen seine Sinne- seinen Instinkt exakt schärfen und immer einen Schritt weiter in die Zukunft hinein denken, weil so, auf diese Art des Umgangs, mit diesem Vertrauen dem man nicht trauen kann, der eigene Bauch eine gute und echte Chance hätte zu Wort zu kommen. Unabhängig vom jeweilig einzelnen Intellekt lässt sich diese erprobte Methode sehr verlässlich anwenden. Neela schwor zwar auf diese Hypothese, aber versagte im nächsten Moment. Immer wieder versagte ihr Instinkt nur um Haaresbreite und scheiterte letztlich an ihrer verlorengegangenen Bereitschaft, doch noch an das Gute im Menschen zu glauben. Diese gelebte und konditionierte Konsequenz stellte sich als ungeeignet heraus, um die letzte Lücke zu schließen und sich in wohliger Sicherheit zu wähnen, weil sich einschleichende Vorurteile ihren Blick auf wichtige Feinheiten verstellten. Sie war an einem Punkt angekommen, wo Vertrauen ausverkauft- und nicht mehr lieferbar geworden war. Das betraf jeden, sogar die eigene Halbschwester. Dieses ständig fallende Beil machte vor nichts und niemandem mehr Halt. Neela war an einem Punkt angekommen, wo ihre immer krasser werdenden Vorurteile generell *alle* Menschen abstempelte, die keinen Funken Empathie sehen ließen. *Sie* waren diejenigen die Neelas vernichtendem Rad, als erste in die Speichen fielen. Sie waren diejenigen die keine Chance hatten Neela für sich zu gewinnen; nicht einmal mehr für einen bedeutungslosen verbalen Austausch. Neela fragte sich, was *sie* an Holgers Stelle getan hätte, um einem Desaster wie diesem vorzubeugen. Hätte ihr Misstrauen diesen Sturz verhindern können? Dabei fiel ihr auf, dass sie selbst es war, die zwischenzeitlich so offensichtlich aus einer allgemeinen Akzeptanz herausgeglitten war, dass man sie erst gar nicht auserwählt hätte, um in diesem Kreise mit fremden Menschen den Vertrauenden zu spielen. Die Energie die von ihr ausging reichte aus um sie ins Abseits zu stellen, von wo aus man, sie niemals ausgewählt hätte teilzunehmen. Diese Silvia vermied jeglichen Augenkontakt mit ihr. Das war Neela gleich am Anfang, bei der ersten Gegenüberstellung schon aufgefallen. Diese Therapeutin war unter ihren prüfenden Blicken regelrecht verunsichert geschrumpft. Neelas Blick-Prüfung war längst zu einer Art Routine geworden, die sie mittlerweile kognitiv vollzog. Wie begegnen mir andere Menschen, war stets ihre erste Frage an Kopf und Bauch, noch bevor man sich die Hand gereicht- oder ein Wort gewechselt hatte. Diese antrainierte Methode einer Täuschung- einem Irrtum vorzubeugen, funktionierte nur bedingt, wusste Neela. Im Alltag begegneten ihr zu viele routinierte Schauspieler, die ihre Rollen derart verinnerlicht hatten, dass sie selbst ihre facettenreichen Masken nicht mehr von ihrer wahren Identität unterscheiden konnten. Die Übergänge sich selbst zu belügen- sich selbst etwas vorzumachen und wer anderer zu sein als man in Wirklichkeit ist, sie sind fließend und weich und bleiben oft unbemerkt vom Betroffenen selbst. Jene, die ihre Authentizität völlig

abgelegt hatten, jene waren besonders schlecht ein-
zuschätzen, weil diese Oberflächlichkeit eine stabile
Makulatur um sie herum bildete, die sich kaum noch
von außen durchdringen ließ. Die Gutmensch-Profis
jedoch, die waren für Neelas Empfinden die gefähr-
lichsten von allen jenen, die zu täuschen versuchten.
Das sagte Neela auch bei jeder sich bietenden Gelegenheit jedem der es nicht hören wollte. Ohne Rücksicht zeigte sie mit dem Finger auf diese selbstge-
rechten Schöntuer und klagte sie schonungslos an.
Gegen dieses Gutmenschen-Getue hatte sie eine regelrechte Obsession entwickelt die ihre Aggression,
mit zuverlässiger Sicherheit, laut und deutlich einen
weitgreifenden Platz verschaffte. Wirkliche Helfer,
behauptete sie... wirkliche Helfer helfen leise und
machen nicht so ein Tamtam, damit man sie auch
wirklich sieht, wenn sie so selbstlos und aufopfernd
ihre Gesichter in irgendwelche Kameras halten oder
bei Facebook nervige Gruppen bilden, um sich selbst
zu beweihräuchern. Sie glauben und lobpreisen
scheinheilig für andere, nicht für sich selbst. Gut-
menschen sind nichts wert, entschied Neela.
Ihre Gedanken kehrten wieder zu Holger zurück, der
für heute auskömmlich ausreichte ihren unkontrol-
lierten Tränenfluss verursacht zu haben. An Holgers
Stelle, überlegte Neela- nein wusste sie: an Holgers
Stelle hätte sie ihren Körper vorsorglich statisch so
fest angespannt, um einen eventuellen Sturz entsprechend abzufangen, weil sie, Neela, ohnehin keinem der blind vertrauenden, verführbaren Kursteilnehmer im Kreis der verantwortlichen Fänger vertraut hätte, so extrem misstrauisch wie sie geworden
war. Mit diesen lädierten Menschen dort, in diesem

fragilen Kreise, verhielt es sich ähnlich wie mit dem Wetter...: man konnte ihm nicht trauen, auch wenn mit schönen Worten freundliche Prognosen ausgesprochen wurden, die uns in Sicherheit wiegen sollten den Regenschirm zu Hause zu lassen. Und was diese Therapeutin dort von sich gab, das waren doch keine Neuigkeiten. Es ist nur simple wiedergekäute Wortware, zu finden in jedem Lebens Ratgeber.

Sie, diese vertrauenden anderen Teilnehmer, waren allesamt Fremde. Warum sollte man ihnen einen leichtfertigen Vorschuss überreichen? Immerhin waren sie allesamt in diesem Kurs anwesend, um eigene Defizite aufzufangen und loszuwerden. Sie waren allesamt leicht verführbar, gestand Neela ihnen milde zu. Sie waren allesamt angeschlagene, beschädigte und selbstzentrierte, gescheiterte, lebensunfähige Ich-Menschen; wie sollte man ihnen überhaupt vertrauen *dürfen?* Ein kleiner Windhauch und sie fielen um, wie man sah. Ein kleiner Windhauch und übernommene, schwer zu tragende Verantwortung schwebte davon wie ein verlorengegangener Engelsflügel der von einer Wolke hinabstürzt, um in unsanfter Realität zu landen. Der gesunde Menschenverstand müsste doch eine kleine, faire Warnung aussprechen, versuchte Neela ihr verlorengegangenes Vertrauen zu beschönigen. Und ohne es zu wissen zeigte diese Silvia, diese Ober-Vertrauensperson, wie die reale Realität tatsächlich aussah: vertraue niemandem außer dir selbst. Vorausgesetzt du kannst dir vertrauen, weil du dich selbst ein bisschen kennst und dich nicht verleugnest, indem du wer anderes- wer besseres sein willst aber nicht bist.

Kapitel 3: **Letzte Chance**

Wie eine handfeste Streiterei sah das aus. Als würden zwei Kontrahenten im nächsten Augenblick aufeinander losgehen, um sich gegenseitig schrecklich weh zu tun. Neela hatte sich hitzig in Rage geredet und nahm ihre Hände zu Hilfe, um Selma klarzumachen, dass sie nichts falsch gemacht hätte.

Gespräche dieser Art mit einer anderen Person als Selma zu führen, das blieb – mangels Vertrauen - bis zum heutigen Tage völlig ausgeschlossen, geradezu absurd. Wahrheiten... ihre glasklaren, harten Wahrheiten waren für den Rest der Menschheit weder von Belang, noch leicht erträglich. Vermutlich hätte sich sogar ein hochbezahlter Therapeut nach der fünften Stunde ermüdet und gelangweilt von ihr abgewandt, um unauffällig zu gähnen. Neela lief, ohne auch nur die kleinste Variante in Erwägung zu ziehen, fleißig in ihrem luxuriösen, klinisch reinen und aufgeräumten Designer-Hamsterrad geradeaus; die Augen analytisch auf die Umwelt und andere Menschen gerichtet, und über das war sie sah und hörte, auf der Stelle zutiefst, für jeden sichtbar empört.

„Ich bin eben für dieses sunny side up-Leben nicht vorgesehen", biss Neela nach Selma und machte mit beiden Händen eine Geste, als wolle sie Gewichte heben die ihr schon beim puren Anblick über den Kopf wuchsen. „Und wer sagt denn, dass ich ohne Lebenspartner nicht komplett bin? Zum alleine sein braucht man nicht zwingend einen Kerl, Selma. Alleine alleine sein ist viel unkomplizierter." Um sich selbst zu bestätigen schlug sie anschließend mit der Faust – fester als beabsichtigt - auf den großen Esstisch in Selmas Wintergarten. Selma zwinkerte erschrocken mit den Augen, blieb aber ruhig sitzen. Sie kannte ihre Pappenheimer und wusste, dass sie Neela sich austoben lassen müsste. Der Sturm würde sich gleich legen. Nur noch ein paar Worte, dann wäre es wieder still und man könnte eine vernünftige Analyse anstellen, welche vielleicht etwas zutage brachte was ihr bis heute entgangen war.

Den ausgelatschten Vorwurf ihrer kleinen Schwester, dass sie in einem Loch feststeckte, in dem sie die dort vorherrschende Dunkelheit als völlig normal empfände, den wollte Neela nicht mehr auf sich sitzen lassen. Selma hielt Neela zum wiederholten Male vor, dass sie alle anderen Menschen die in einer gesellschaftlich normalen Partnerschaft lebten, für *nicht* normal hielt. Sie selbst aber sei so tief abgeglitten in ihrem sturen Rückzug, dass sie sich mittlerweile tatsächlich ernsthaft einbildete, nur sie ganz alleine sei bei klarem Verstand; dass nur sie alleine, auf der großen weiten Welt noch ganz dicht sei, weil sie diesen einen lodernden Herd aller Konflikte so konsequent umschiffte, indem sie sich eine ein-Frau-Diaspora erfunden hätte. Schrullig und kauzig sei sie geworden und festgefahren wie ein altersschwacher Bus in der Wüste Gobi.

Jetzt hatte sie - quasi auf Knien rutschend - einen letzten, finalen irrationalen Vorstoß ins gesellschaftliche Leben zurückzukehren unternommen, und nun war es der Frau Schwester auch nicht recht. Wie sie es machte, machte sie es nicht recht.

„Endstation Wahnsinn", provozierte Selma Neela gelassen, was ihr einen messerscharfen Blick der geständigen Schwester einbrachte. Nachdem was sie ihr heute gebeichtet hatte wollte sie es auf die Spitze treiben und Neela aus der Reserve locken, um die tatsächliche Motivation zu erforschen, die sie dazu getrieben hatte einen solch absurden Ausflug zu unternehmen. Das war nicht ihre Schwester, die da so klammheimlich auf Reisen ging, ohne vorher Bescheid zu sagen. Ein bisschen verärgert darüber, dass sie in dieses wahnwitzige Vorhaben nicht eingeweiht worden war, zeigte Selma sich in einer für ihre Verhältnisse ungewöhnlich ernsten und abwartenden Haltung. Sie knipste Liebe und Licht – ihr stets griffbereites Handwerkszeug für alle Fälle und Notlagen - für einen Moment lang aus und rückte ihrer aufgeregten Schwester emotional auf die Pelle. Was sie angestellt hatte war kindisch und unsensibel, fand sie. So verhielten sich unreife oder hilflose Menschen, aber doch nicht Neela, die selbsternannte zölibatäre, hyperkritische Rationalistin, die bis vor fünf Jahren noch nicht einmal an Gott glaubte. Oder war sie neuerdings hinter einem Wunder her...

Es gab sie. Es gab sie wirklich und wahrhaftig, diese eine- diese einzige, einzigartige, große und schmerzhafte Liebe in Neelas hektischem Leben. Sie, diese große und einzigartige Liebe bestand aus Fleisch und Blut und lehrte an der technischen Universität in Berlin den Studenten das Bauwesen. Mehr wusste sie nicht mehr, weil der Kontakt über Jahre abgebrochen war. Neela wusste nur aus dem gegoogelten Firmen-Impressum, dass Jacobs Vater noch lebte und nicht im Traume daran dachte seinem Sohn die Firma zu überlassen. Diese ein-Jahr-kurze aber intensive Affäre lag gute fünfundzwanzig Jahre zurück. Was davon übrig geblieben war glich einem zerfledderten, in alle Himmelsrichtungen zerstreuten Scherbenhaufen aus gebrochenen und gedemütigten, blutleeren Herzensstückchen, sowohl auf Neelas wie auch auf der Seite von Jacob, der lebenslänglich rückradlos seinem Vater ohne Makel gefallen musste. Jenes abgenutzte Klischee der „Liebe auf den ersten Blick" fand damals, als Neela und Jacob sich bei einem gemeinsamen Projekt kennengelernt hatten, durchaus seine Daseinsberechtigung. Es hatte sie beide erwischt und sie saßen mit ihren Gefühlen in der gnadenlosen Falle einer Gesellschaft die Anstand von Menschen wie ihnen erwartete. Beinahe schon ein bisschen kitschig, sagte Neela damals, melancholisch zu Jacob. Er war und ist bis zum heutigen Tage kein Freund großer Worte. An Stelle einer Zustimmung legte er den Mund auf ihren und amüsierte sich über ihre kindlich philosophischen Sichtweisen.

Damals, nach einem heftigen Disput über die Notwendigkeit zu üppiger geplanter und kostenverursachender Nutzflächen im Nassraumbereich des Projektes während eines Jour-fix, waren sie sich so heftig an die Köpfe geraten, dass eine fruchtbare künftige Zusammenarbeit zu scheitern drohte. Jeder beharrte auf seinen Standpunkt. Keiner der beiden wollte auch nur ein winziges Stückchen davon abrücken. Schon da war es keine Sache fachlicher Fakten mehr; es ging ums Prinzip wer von beiden gewinnt. Eine Einigung fand sich erst in der Mittagspause, wo das Gespräch merkwürdig schnell ins Private glitt. Auf Neelas Frage: „Wie viele Kinder haben Sie denn?", antwortete Jacob geistesabwesend artig: „Zwei."

„Wie alt?", wollte Neela - eigentlich nur um freundlich zu sein - wissen.

„Zwillinge", antwortete Jacob noch abwesender.

Sie sahen sich in die Augen, verstanden und lachten. Jacob hatte ihr nicht wirklich zugehört. Seine Augen waren auf Erkundungsreise in den ihren.

Jacob war damals gerade, so gut wie taufrisch verheiratet, und erst vor zwei Jahren Vater von männlichen Zwillingen geworden. Der wohlerzogene, erfolgreiche Sohn aus gutem Hause war in die berühmte ausweglose Baby-Falle getappt, gestand er schon nach dem ersten Gespräch unter vier Augen. Aus Anstand und Vaters gesellschaftlichen Erwartungen heraus heiratete er folgsam eine Frau die er nicht liebte. Ein besseres k.o.-Kriterium für eine unglückliche Ehe konnte man nun wirklich nicht auftreiben. Eine Steigerung dieser unglückseligen Umstände wäre nur noch mit einer Zwangsehe zu übertreffen gewesen. Der Unterschied war sehr gering. Jacob, der sich bis über die Haarspitzen mit Arbeit sedierte, kam gehorsam jener Verantwortung nach, die man von allen Seiten - primär vom despotischen Über-Vater, dem Ruhm und Ehre über alles Menschliche ging, von ihm erwartete. Jacob ernährte die junge Familie ohne sich zu beklagen oder eine Alternative in Erwägung zu ziehen. In seinen Kreisen waren, sowohl uneheliche Kinder ebenso wie eine Scheidung, ein handfester Skandal der zur Unterschicht gehörte. Er fand sich mit seinem Schicksal ab und schob jeden weiteren Gedanken über sein eigenes Leben weit von sich. Damit ließ es sich ertragen, was er so wunderbar verbockt hatte.

Die heimliche Affäre zwischen Neela und ihm war somit von Anfang an zum Scheitern verurteilt, was sie beide damals jedoch nicht daran hinderte, sich so oft wie möglich zu sehen und zu lieben.

Allerdings meinte es die göttliche Energie schon damals nicht gut mit Neela. Zu beider Entsetzen wurden sie - nach fast einem Jahr etwas unvorsichtig geworden - erwischt und lebenslänglich zu Herzensleid und Verzicht verurteilt. Die Trennung, welche auf Befehl seines erzürnten Vaters, dem man dieses Vergehen seines Sohnes heimlich zugetragen hatte, vollzog man noch am gleichen Tage des heimtückischen Verrates. Ein schockierter und überstürzter Abschied unter Tränen, auf die Schnelle improvisiert und auf einem nicht einsehbaren Waldparkplatz vollzogen, der in den Monaten zuvor als zuverlässiger Treffpunkt gedient hatte, machte den liebevollen Gefühlen füreinander, ein für alle Mal den Gar aus. Diese Tragödie war für beide Seiten betäubend schmerzhaft bis tödlich aber nicht ohne Versprechen. Jacob sagte damals zu Neela, dass er seine Frau verlassen würde sobald die Kinder ihr Abitur hätten. Das sei seine Pflicht, meinte er. Sie sei der Moral geschuldet, nicht seiner Frau. Damit hatte er - ohne darauf zu achten was er da tat - einen Zeitpunkt festgelegt den Neela niemals wieder vergaß. Diesen, über Jahre hinwegziehenden Kalender stets vor Augen, richtete das Schicksal es tatsächlich so ein, dass Neela zu diesem Zeitpunkt frei und ohne Bindung dastand. Vor vier Jahren, im Sommer jenes brisanten Jahres, als diese Karenzzeit sich dem Ende zuneigte, schrieb Neela an Jacob eine Nachricht und bat um ein Treffen. Jacob gab sich zwar höchst erfreut von ihr zu hören, machte ihr aber klar, dass er noch nicht wegkönne, weil seine Söhne - lang und dumm seien sie leider geraten - unbedingt seine starke, führende Hand benötigten damit etwas Gescheites aus ihnen werden würde. Um seine Aussage glaubhaft zu machen, erzählte Jacob Neela vom Scheitern des einen Sohnes, der, trotz endloser Unterstützung durch Nachhilfelehrer, sein Abitur nicht bestanden hatte. Wenn beide einen Studienplatz hätten, orakelte er verlegen durchs Telefon, dann müsse er etwas unternehmen und sich über alles Mögliche einmal Gedanken machen an seinem Leben etwas zu verändern, weil er und seine Frau, sich rein gar nichts mehr zu sagen hätten. Jacob blieb trotzdem unverbindlich. Jacob blieb immer unverbindlich. Und Neela, die hervorragend die Blinde Kuh spielte, wollte das noch immer nicht wahrhaben. Liebe erzeugt Verständnis; daran lässt sich nicht rütteln. Man telefonierte noch einige Male, sogar mit einer sich abzeichnenden, pünktlichen Regelmäßigkeit, aber dann brach dieser Kontakt wieder ab, weil es zu nichts geführt hätte, außer die alten Sehnsüchten erneut aufrecht- und am pochenden Leben zu halten. Alleine Jacobs Stimme zu hören genügte Neela sich über ihre Gefühle klar zu werden: sie liebte diesen Mann noch immer. Mehr als alles andere auf der Welt.

Jetzt hatte sie fast zwei Jahrzehnte auf ihn gewartet, jetzt kam es auf ein paar Jahre hin- oder her auch nicht mehr an. Neela wartete...

Zwei Jahre später erhielt Neela einen typisch sparsamen Geburtstagsglückwunsch auf ihr mobiles Telefon. So, wie sie es von Jacob - den Mann weniger Worte gewohnt war. Hocherfreut und wirklich überrascht verstand sie diesen Glückwunsch miss und glaubte darin eine zaghafte Annäherung- eine kommende Veränderung herauslesen zu können. Ein Irrtum, wie sich bald herausstellen sollte. Die Rechtfertigung Jacobs, dass er warten müsse bis die Kinder mit dem Studium fertig seien, hätten Neelas Augen eigentlich weit öffnen müssen, wenn schon ihr Verstand nicht verstehen wollte. Alles blieb wie es war. Kein Jacob, keine Veränderung, keine gemeinsame Zukunft. Nichts. Neela – noch immer mit jeder Faser ihres Herzens in Jacob verliebt - entschuldigte seine Entschuldigung damit, dass er letztendlich doch große Angst vor seinem mächtigen Übervater hätte und dass er, um seine Reputation nicht weniger bangte als um sein üppiges Erbe, brach den Kontakt zum wiederholten Male ab, ohne ihm ernsthaft zu zürnen. Wieder vergingen viele Monate voll stiller Hoffnung auf ein plötzliches Happy End.

Neela, und mit ihrem spontanen Geständnis hatte sie eben Selma völlig aus der Fassung gebracht, setzte sich vor ein paar Wochen kurzerhand in ihren Wagen und fuhr nach Berlin. Was hatte sie schon zu verlieren was sie nicht längst verloren hatte? Sie setzte sich als Gasthörerin in Jacobs Vorlesung und verhielt sich unauffällig. Außer dass ihr Herz an einer Stelle klopfte, wo es unmöglich sein konnte, ging es ihr gut. Die innere Aufregung sah man ihr nicht an; niemand der anwesenden Studenten nahm von ihrer Anwesenheit Notiz. Auch Jacob nicht, der sie nicht einmal bemerkt hatte. Neela beobachtete seinen Vortag und war erschüttert über seine Körpersprache und die Blickrichtung seiner Augen. Hätte man Jacob durch einen Roboter in Menschengestalt ersetzt, es wäre niemandem im Saal aufgefallen, so emotionslos spulte er sein Programm herunter. Und alt war er geworden. Konservativ war er schon immer, aber nun war er auch noch alt und grau in den Haaren und seiner Haltung. Einzig seine Stimme hatte wohl die frühere Wärme konserviert die Neela in Erinnerung hatte. Sie war angespannt wie er auf ihren unangemeldeten Besuch reagieren würde. Ein wenig schwand ihr Mut und machte Platz für erste Zweifel, ob dieses spontane Unternehmen nicht zu einem großen Fehler werden könnte, der den Zauber kleinster Hoffnungen für alle Zeiten mit sich riss. Neelas Steine-Bauch meldete sich zu Wort.

Die Vorlesung war zu Ende, der Saal leerte sich. Die jungen Menschen - mit denen Neela nicht einen Tag lang hätte tauschen wollen, selbst dann nicht, wenn man ihr zwanzig Lebensjahre geschenkt hätte - sie hatten es sehr eilig hinaus ins Leben zu strömen. Schwatzend und diskutierend beachtete niemand diesen Gast der dort saß und mit starrem Blick das Rednerpult fixierte.

Neela blieb sitzen und sah Jacob zu wie er die Tafel abwischte und anschließend, nachdem das erledigt war, seine Sachen in die immer noch gleiche, alte, abgenutzte Aktentasche packte. Sie gehörte einmal seinem Vater; er hielt sie in Ehren. Neela räusperte sich. Jacob hörte es nicht. Sie räusperte sich ein zweites- drittes und viertes Mal ohne Erfolg. Jacob schien taub für alles was außerhalb seiner gewohnten, gleichbleibenden Geräuschkulisse stattfand.

„Guten Tag Jacob", sagte sie laut mit zittriger Stimme. Mitten in seiner Bewegung gefror der Angesprochene in seiner Bewegung ein. Im Zeitlupentempo hob er seinen klugen Kopf und sah blinzelnd in ihre Richtung, als blende ihn ein grelles Licht. Neelas Herz hämmerte von innen gegen ihre Brust und wollte ihm entgegenstürmen. Sie atmete nicht mehr, hielt die Luft an. Erst nach einem zaghaften Lächeln, das sich auf seinem sinnlichen Männermund blicken ließ, wagte sie einen ersten Atemzug der Erleichterung. Dieser Augenblick fühlte sich an als bliebe die Zeit stehen, als stülpte sich ein gigantischer Glas-Dom über diesen Raum- das ganze Haus, um den größtmöglichen Schutz zu garantieren und diesen Wimpernschlag für immer zu konservieren, weil es der letzte seiner Art werden sollte, was Neela in diesem Augenblick noch nicht ahnen konnte. Jetzt bloß nicht losheulen, konzentrierte sie sich mit aller Selbstbeherrschung die sie aufbringen konnte. Bloß nicht losheulen. Verunsichert blieb sie auf ihrem Platz sitzen. Ihre Beine fühlten sich taub an und verloren. Sie traute ihnen Schritte nicht zu.

Während Jacob den langen Weg entlang auf sie zukam, beobachtete Neela die Veränderungen in seinem Gesicht. Je kürzer die Strecke der Distanz zwischen ihnen wurde, umso fröhlicher wurde seine Miene. Neela stand auf und stellte sich neben die Sitzreihe, um ihn mit offenen Armen zu erwarten. Aber irgendetwas stimmte nicht, fühlte sich nicht rund an. Zeit zu lügen, dachte sie und verbeugte sich vor ihm in einer gespielten Posse, um ihre schreckliche Angst zu verbergen, er könne sie zurückweisen.

„Tritt ein und verschönere meine bescheidenes Leben", zitierte sie theatralisch. Sie lachte - wie immer. Neela nahm ihn dann doch noch in den Arm - wie

117

immer, und sie kicherte mädchenhaft - wie immer. Aber die Schwingung die von ihm ausging überwältigte sie. Sie litt, weil sie fühlte was sie fühlte. Sie wollte es nicht wahrhaben was sie da spürte; wollte ihren gespielten Zauber möglichst lange aufrechterhalten. Er zeigte ihr, dass ihre Zweifel berechtigt waren, ohne es zu wissen dass er es tat.

Ganz kurz nur überlegte Neela, ob sie ihre geplante Unverfrorenheit jetzt schon von der Leine lassen sollte oder ob sie ihm vorher noch einen köstlichen Kaffee mit viel Sahne, als Henkerstrunk sozusagen, gönnen müsste. Ihre Entscheidung fiel auf die Schonfrist; ging aber nicht auf. Zu lange kannten sie sich, als das er ihr nicht ansähe, wenn im Gebüsch etwas in Unordnung geraten war. Ein Wunder, dass er so schnell reagierte. Er ließ Neela annehmen dass etwas auf ihrer Seele brannte; sie fühlte sich ganz seltsam ertappt und wurde unsicher.

„Wollen wir?", fragte er zärtlich in ihre Augen blickend. Eine zweite Berührung kam für ihn in diesen Räumen nicht infrage. Diese eine hätte er erklären können, falls er später gefragt würde. Aber eine Zweite… die hätte Anlass zu Spekulationen gegeben die er sich nicht leisten wollte.

Schweigend nickte Neela mit dem Kopf, obwohl sie nicht wusste wohin er mit ihr gehen wollte. Ihr Steine-Bauch meldete sich zu Wort und schon rollte die erste Träne über ihr blasses Gesicht.

„Es sind meine Tränen", dachte Jacob. „Was ist sie doch für ein Spiegel, mein Gott."

Warum sollte ich aus seinem Sinn gewesen sein, fragte sich Neela im gleichen Moment, nur um sich zu beruhigen. Warum sollte ich das? Nur weil er mich nicht mehr gesehen hatte? Es hatte sich doch nichts verändert nur verschoben. Oder? Ein Tuch lag über ihrem Zauber, man musste es nur mit Macht dort wegreißen und alles was so schön war würde erscheinen. Sie wusste, dass sie sich selbst belog. Die Zeit dazwischen hatte viel mehr Macht als sie je für möglich gehalten hätte. Die alte Liebe war vielleicht noch da, aber sie war ein kraftloser, altgewordener Krüppel ohne Hoffnung auf kommende Leidenschaft. Sie würde niemals wieder eigenständig laufen können, diese jahrelang verwahrte, erkrankte Liebe. Niemals.

In einem gut besuchten Bistro um die Ecke tranken sie zusammen einen Kaffee und unterhielten sich. Zunächst noch ein wenig unverbindlich und etwas fremd geworden, aber dann schloss Jacob das rostige Schloss seiner Verschwiegenheit auf und öffnete sich ein wenig. Nun erzählte jeder von ihnen ein wenig aus seinem eigenen jüngsten Leben.
Jacob stellte keinerlei Fragen wegen Neelas plötzlichem Überraschungsbesuch; er wusste ganz genau warum sie diesen Weg auf sich genommen hatte. Neela registrierte die ermüdete Liebe in seinen Augen und sie sah seine Trauer und die vollkommene Resignation, welche sich skrupellos den ersten Rang verschaffte. Von Jacob war nicht mehr viel übriggeblieben. Ihre Frage, die mit ihr zusammen nach Berlin gereist war, die brauchte sie nicht zu stellen; seine Augen waren die Antwort: „ich kann nicht", sagten sie laut und deutlich. „Ich kann nicht."
Als hätte das Universum Mitleid mit Neela und wollte ihren Schmerz und die Enttäuschung in Milde bet-

ten, machte Jacob einen großen Fehler, der ihr den Abschied für immer sehr erleichterte. Er sagte zu ihr, dass er sich deshalb nicht zu ihr bekennen könnte, weil er dann noch mehr Verantwortung zu tragen hätte als es ohnehin schon der Fall sei. Damit hatte er Neela auf indirekte und sehr dumme Weise erklärt, dass er sie nicht so hochkarätig und selbstständig einschätzte, selbst die Verantwortung für sich und ihr Leben zu übernehmen. Er verglich sie mit seiner Frau zu Hause, die ihm alle Verantwortung überlassen hatte. Diese billige Ausrede hatte sie nicht verdient, erkannte Neela, wieder in der Realität angekommen. Das war mehr als unfair, zumal *sie* diejenige gewesen war, die in dieser jahrelangen, aussichtslosen Geschichte in wirklich jeder Hinsicht zugezahlt hatte. Sie war die Verliererin, wusste sie und wusste er. Es bestand kein Anlass so mit ihr zu reden. Und es bestand schon gar kein Anlass sie mit seiner Frau, die noch nie im Leben etwas außer im Haushalt gearbeitet hatte, indirekt zu vergleichen. Sie spielte doch in einer völlig anderen Liga; wie konnte er so etwas auch nur annehmen? Mein Haus, mein Testament, mein Vater, mein Geld... das hätte der Wahrheitsfindung gedient, aber nicht so eine lapidare und unbegründet billige Ausrede.

Neela sah Jacob lange schweigend in die Augen. Sie stand auf, legte eine Hand zärtlich auf seine Schulter und griff nach ihrer Handtasche.

„Aber wir könnten doch...", setzte Jacob zu einem bestandlosen Satz an.

„Was, Jacob? Was? Sag´ jetzt bitte nicht dass wir Freunde bleiben könnten. Das wäre wirklich zu billig. So etwas hast du nicht nötig, Jacob."

„Nein, das meine ich nicht, versuchte er sich zu erklären. „Wir könnten doch wieder..."
„Wieder dort weitermachen, wo wir einstmals aufgehört haben?" Neela unterbrach ihn, um zu verhindern, dass Jacob etwas sagen würde was er schnell bereuen könnte. „Lass` gut sein Jacob. Lass` gut sein." Neela fühlte sich wie in einem Vakuum. Ganz ruhig geworden hörte sie nur noch ihre eigene Stimme dumpf in den Ohren rauschen. „Ich wünsche dir noch ein schönes Leben. Wir werden uns nicht mehr begegnen, Jacob, weil du längst tot bist."
Ohne ein weiteres Abschiedswort und ohne sich noch einmal zu ihm umzudrehen verließ sie das kleine Bistro, holte ihren Wagen, der direkt vor dem Haupteingang der Fakultät stand und fuhr nach Hause. Wenigstens hatte sie nun eine endgültige Klarheit erreicht. Wenigstens konnte sie sich keinen Vorwurf machen es nicht versucht zu haben. Wenigstens war sie nicht drauf und dran daran zu zerbrechen. Jacob hatte keine Macht mehr über ihre Gefühle. Jacob wurde mit jedem Kilometer den sie fuhr, Geschichte.

„Es ist mir egal was du von meiner Aktion hältst, Selma. Ich habe das für mich gebraucht, um zu wissen dass alles ein *endgültiges* Endgültig ist. Überlege einmal, wie viele Jahre dieses Versprechen von Jacob schon mein Leben beeinflusst. Es musste etwas Verbindliches her, egal was. Ich würde es jederzeit wieder tun, Selma. Jederzeit. Außerdem möchte ich mir nicht ständig den Kopf über gestern zerbrechen, weil mir sonst die Kraft für ein Morgen flöten geht."
„Und jetzt geht es dir und deinem desillusionierten morgigen Morgen besser?", fragte Selma spitz. Sie

konnte sich nicht vorstellen, dass man wahre Liebe so einfach abwischen konnte als sei nichts gewesen. Dafür war sie viel zu sehr Romantikerin; eine Eigenschaft die Neela so völlig abging.

„Du kannst mir gerne weiter vernünftige Fragen stellen, liebe Schwester, aber unterschwellige Vorhaltungen bringen nichts. Es war meine Entscheidung mir das anzutun, um ein Buch zuzuschlagen das längst ausgelesen ist."

„Nicht seinetwegen, sondern deinetwegen bist du nach Berlin? Im ernst jetzt?" Selma, die sich ein Leben ohne eine gemeinsam gelebte Liebe- ohne harmonische Partnerschaft, ohne die Anwesenheit eines Mannes im Hause überhaupt nicht vorstellen konnte, gehörte in gewisser Weise auch zu jenen Menschen, die es als störend empfanden eine Single-Frau in einem Kreise von lauter Paaren zu wissen. Offen gab sie das zwar nicht zu, aber Neela konnte sie nicht täuschen. Ihr latent ausgestoßenes Dasein machte selbst vor der engsten Verwandtschaft, welche als krümeliger Rest noch übriggeblieben war, nicht halt. Alles, was es an Festen zu feiern gab, fand grundsätzlich ohne die Anwesenheit der großen Halbschwester- der alleine lebenden Cousine oder Tante statt. Diese Gewohnheit hatte sich wortlos überall wie selbstverständlich eingebürgert- war manifestiert, ohne dass sich jemand große Gedanken darüber gemacht hätte. Eine gesellschaftliche Selbstverständlichkeit war erschaffen worden, über die niemand mehr auch nur eine Silbe verlor. Neela existierte nicht auf Einladungslisten und nicht auf Veranstaltungen, wo man – ab einem gewissen Alter – meistens nur Paare antreffen konnte. Single zu sein war und ist, gleichzusetzen mit Aussatz oder Freiwild, zur Jagd oder zur Ausgliederung freigegeben. Artgenossinnen wollten sie unter allen Umständen aus ihrem Gehege heraushalten. So überließ man Neela wortlos ihrer selbsterschaffenen Diaspora mit dem schwergewichtigen Argument: jeder soll so leben wie er nach seiner Fasson leben will.

Die beiden halben Schwestern, wie sich gerne nannten, trafen sich grundsätzlich nur noch alleine, um zu reden und über verschiedene Sichtweisen ausgiebig zu philosophieren. Den Versuch eine dritte oder vierte Freundin miteinzubeziehen, den zog man nach einem störenden Zwischenfall nicht mehr in Erwägung. Eifersüchteleien lassen sich nur schwer bis überhaupt nicht überbrücken. Die Spielregeln standen fest und das war gut so.
Neela sah ein, dass sie für den beliebten und gern getanzten Don`t worry Boogie nicht annähernd geeignet war und fand sich damit ab, ohne etwas zu vermissen. „Wollen" und „können" würde weiterhin miteinander in ihr kollidieren und sich, in ihrem speziellen Leben, weitläufig aus dem Wege gehen. Die Beschädigungen in ihr waren zu groß und nachhaltig, musste sie zugeben. Anton hatte ganze Arbeit geleistet, mit seinem gut ausgeklügelten Stalker-Programm. Und trotzdem...: Neela entschied für sich, dass alles gut war wie es war, und vertrat überzeugt die Meinung, dass mehr als drei Personen eine Gruppe seien. Gruppen mochte sie nicht. Veränderungen und erzwungene Dinge bergen Untiefen und unkalkulierbare Tücken in sich, sagte sie aus tiefster, unabänderlicher, sturer Überzeugung. Wozu also ein

völlig unnötiges Risiko eingehen und unnötig vielen Menschen vertrauen? Wozu?

Als könnte Selma Neelas Gedanken lesen sagte sie: „Irgendwie jammerschade, dass wir nie etwas zu viert unternehmen können. Nichts würde ich mir mehr wünschen, als dass du wieder ins normale Leben zurückkehrtest und wir eine komplette Familie - bestehend aus *zwei* glücklichen Paaren sein könnten. Die Betonung liegt auf zwei, hörst du?"

Selma meinte das genauso wie sie es sagte. Neelas Lebensart wurde zwar gezwungenermaßen von ihr wort- jedoch nicht kritiklos akzeptiert und schon gar nicht als ein *für immer* angesehen. Ein *für immer* gab es für Selma, die wie ein fröhlicher Schmetterling durch Leben tanzte und Sorgen einfach solange ignorierte bis sie von selbst verschwanden, ganz einfach nicht. Selma war sich ihrer Sache sicher, dass eines Tages das furchtbar dicke Eis brechen würde und ihre große Schwester wieder schwimmen könnte, mit jenem Strom der sich soziales, lebendiges Leben nannte. Ihre Wunsch-Visionen gingen so weit, dass sie innerlich felsenfest davon überzeugt war, dass Jacob eines Tages auf der Matte stehen würde und an Neelas Türe um Einlass bäte, weil er seinen Lebens-Fehler endlich eigesehen hätte. Von dieser fixen Idee ließ sie sich einfach nicht abbringen. Als könnte sie Jacob alleine durch ihre Gedanken her zitieren, fing sie bei jedem Treffen mit ihrer bockigen Schwester an, von ihm zu reden. Selma stellte ihn als guten Menschen dar, obwohl sie ihn überhaupt nicht kannte. Er hätte sich seiner Verantwortung gestellt und auf die große Liebe verzichtet, sagte sie. Das sei im Grunde doch großartig. Neela warf ihr eine gewisse

Besessenheit vor, weil sie immer und immer wieder auf dieses Thema zu sprechen kam. Jede Gelegenheit, um auf diesen leidigen Punkt zu sprechen zu kommen war Selma recht. Neela hingegen bezeichnete Jacob als rückradlosen Spießer, der ohne seinen Beruf ein kümmerliches Nichts sei. Harte Worte, gegen die Selma nur schwer argumentieren konnte.

Heute wollte Selma ihre Schwester gezielt in die Enge treiben, um über eventuelle Zukunftspläne etwas in Erfahrung zu bringen. Sie glaubte, dass Neela eine letzte Chance verpassen würde, wenn sich nicht bald etwas ändern würde. Ängste, sie emotional zu verlieren schwangen in ihrer neugierigen Fragerei ganz deutlich mit. Dafür liebte Neela ihre fröhliche Halbschwester über alles, auch wenn sie ihr mit ihren Manipulationsversuchen ab und an gehörig auf die Nerven ging. Sie wusste worauf das hinauslief.

„Hättest du nicht doch vielleicht wieder Lust es noch einmal zu versuchen wieder etwas zu arbeiten?", fragte Selma scheinheilig, geschickt vom Kern der angepeilten eigentlichen Frage ablenkend. Dabei, und das hätte Selma eigentlich wissen müssen, war der direkte Weg in Neelas Herz, immer der ergiebigste. Umwege schätzte sie überhaupt nicht. Bemerkte sie diese Art und Weise, fing sie mit diabolischer Freude an ihr Gegenüber gehörig auf den Arm zu nehmen oder sogar zu belügen.

„So wie es heute den Anschein macht, hast du dieses vernichtende Burnout doch ganz gut überstanden", bohrte Selma weiter.

„Mitgefühl behindert mich bei meiner Arbeit, liebe Schwester. Leute kaufen sich Häuser und Wohnungen die Sie umbringen werden. Sie sind fixiert auf einen bestimmten Status und lassen sich nicht vom Gegenteil überzeugen ihre Zukunft eine Nummer kleiner zu planen. Meine fürsorglichen Bemühungen diese Menschen zu beschützen, sind mehr als kläglich gescheitert, Selma. Wenn ich nur daran denke was für abenteuerliche Finanzierungen auf meinem Schreibtisch lagen, wird mir heute noch speiübel. Aber warum fragst du? Du weißt doch, dass es nicht mehr geht; selbst dann nicht wenn ich es wollte. Aber mal Hand aufs Herz, Schwester. Geht es nicht eigentlich wieder um Jacob?" Selma machte es nichts mehr aus, dass Neela ihre Absichten sofort erkannte. Sie machte ihren Rücken gerade und legte eine Priese Provokation in ihren sonst so liebevollen Blick. Ehe sie sich versah hing ihre Schwester über den Tisch gebeugt und zischte:

„Selma...! Soll ich mich vielleicht in diese Serengeti männersuchender, blutrünstiger, reifer Weibchen begeben, läufig und bereit jeden zu töten der ihnen in die Quere kommt? Soll ich mich ihren spitzen Ellbogen und ihren manikürten Fingernägeln ausliefern und um vakante Objekte wetteifern die ich nicht begehre? Sollen ihre bitterbösen Blicke mir das Gesicht zerkratzen bis zur Unkenntlichkeit? Oder was soll ich...? Nun sag´ schon...was?"

„Ich trinke noch ein Glas Wein", unterbrach Selma Neelas emotionalen, feurigen Kurztrip. Hoffentlich hat sie keinen Erfolg, sagten ihre Augen; mit was sollte sie sonst nachziehen, verriet ihr errötetes Gesicht. Hemingway hat sich erschossen, hätte sie jetzt gerne sinn- und zusammenhanglos dazwischen gerufen, nur um ihre Schwester aus diesem berechtigten Argumentationsfluss wieder herauszubringen, Aber sie wollte ihren Instinkt nicht verraten, dass sie gerade eine Niederlage erlitt, weil in einigen Punkten Neela unbestritten die Wahrheit sagte, wie sie zugeben musste. Gesagt war leichter als getan. So langsam ging ihr ein Licht auf, dass es immerhin auch eine Frage des Alters war, warum es mit dem Fortschritt an Jahren immer schwerer wurde zu vertrauen, auch wenn man nicht so eine drastische Leidensgeschichte wie Neela auf dem Buckel hatte.

„Sich selbst etwas vorzumachen...", redete Neela temperamentvoll weiter, ohne zu bemerken was Selma im Schilde geführt hatte mit ihrem unsachlichen Einwand noch Wein trinken zu wollen, den sie sich selbst nachschütten könnte. „Sich selbst etwas vorzumachen", wiederholte sie etwas irritiert, „kann ganz lustig sein und sedierende Auswirkungen haben, ganz klar. Das leuchtet mir ein. Aber ich machte mir nichts vor, Frau Schwester, hörst du? Ich nicht. An diesem Tisch, hier oben in diesem zeitlos hässlichen Hochhaus, war ich schon immer der Antichrist unter zahlreichen, erleuchteten Venusfallen, die sich als Gäste hier einfanden. Manche von ihnen bezeichneten sich sogar als Freundin, was sich aber nicht selten als Mogelpackung erwies, wie du weißt. Obendrein war ich auch noch immer das Antiweib mit Ambitionen zur unmodernen, ungebetenen Meinung. Aber wenn ich nach Hause komme, Selma, dann will ich nicht dass dort jemand ist; keine Kollision, keine Verhandlungen, keine Worte die nicht gehört werden wollen. Jedenfalls von mir nicht, weil mir meine Einsamkeit von Tag zu Tag mehr zusagt. Ich will keinen Mucks hören. Weder von einem Mann noch von einer angeblichen Freundin. So ist es; das findet kein Verständnis unter der Frau hier oben, also mir höchst persönlich. Und unter den Frauen die um meinen Tisch sitzen und aufregende Neuigkeiten meines stillen Leides einfordern, will ich auch nicht mehr sitzen. Selbst unter ihnen bin ich eine Außenseiterin, weil ich nicht mehr an eine harmonisch funktionierende Beziehung glaube. Nicht mehr in meinem Alter, Selma. Und auch nicht mehr mit diesem feigen, verschissenen Jacob."

„Meine Güte Neela. Warum sollten wir nicht wertfrei über Jacob oder einen anderen Mann reden können? Du musst mich auch verstehen; ich will nur dein Bestes. Im Alter alleine zu sein ist doch auch nicht Sinn und Zweck des Lebens." Selma versuchte erst gar nicht mehr zu leugnen worum es ihr eigentlich ging. Dieses moderne, freie und unabhängige Leben Neelas sagte ihr nicht annähernd zu. Es machte ihr eine Art von Angst, die sie eigentlich nicht wirklich in Worte fassen konnte. Sicherheit und gesellschaftliche Grundformen sollte man - ihrer Ansicht nach, nicht so leichtfertig vom Tisch fegen. Eine feste Lebensbeziehung hatte in Selmas Sichtweise nur Vorteile. So, oder so ähnlich, ging es vielen anderen Leuten aus ihrem gemeinsamen Bekanntenkreis auch, deshalb mied man Neela, war Selmas Überzeugung.

„Entschuldigung", nuschelte Neela und tauchte in die Untiefen ihrer Handtasche, um nach dem Handy zu suchen. Es klingelte, und es grenzte an Hexerei, dachte Neela, als sie erkannte wer sie da anrief. Zornig bestrich sie Selma mit Blicken und bellte etwas ins Telefon, was Selma vor lauter Schrecken nicht verstand, so geschockt war sie von den Funken die aus den Augen der Schwester zu ihr herübersprühten.

Irgendetwas von: nicht mehr drauflegen wollen, verstand sie. Einen Zusammenhang konnte sie allerdings nicht ableiten. Plötzlich nahm Neela ihr steinaltes, altmodisches Mobiltelefon und warf es mit hemmungsloser Wut gegen die historische Wand.

„Alles in Ordnung?", fragte Selma ein wenig verblüfft.

„Ja, ja... alles in bester Ordnung wie du siehst. Es ist völlig normal, dass bei mir autonom fliegende Telefone durch die Lüfte schwirren. Was soll diese blöde Frage? Was glaubst du...? Ich probiere meine Treffsicherheit aus oder was?"

„Nun rege dich ab, ich frage ja nur. Wer oder was hat dich denn so in Rage gebracht?"

„Na wer schon", biss Neela erhitzt in Selmas Worte. „Hier ist jemand mit einem IQ von über hundertsechzig ziemlich schwer von Begriff."

„Oh...!"

„Was oh...? Jetzt tu nicht so unschuldig und scheinheilig. Vermutlich gehst du dem Universum mit deinen lästigen Wünschen so auf den himmlischen Wecker, dass die Angestellten dort oben im Himmel vor dir kapituliert haben. *Du* hast mir doch diesen Feigling an den Hals gewünscht, nicht wahr? Gib `s zu." Selma grinst übers gut geschminkte Gesicht und heuchelt scheinheilige Reue. Innerlich könnte sie vor Freude in die Luft springen, dass Jacob sich nicht so einfach geschlagen gab. Vielleicht würde sich ihr Wunsch ja doch noch erfüllen.

„Hab´ sowieso ein neues Telefon gebraucht", maulte Neela ihre Kaffeetasse an. Damit war das Thema erledigt, dachte sie. Aber Selma nutzte gnadenlos ihre Chance weiter zu bohren und Neela in die emotionale Zange zu nehmen.

„Du bist schon eine sehr seltsame Pflanze", nahm Selma Anlauf und klammerte sich mit forensischem Blick an ihrer Schwester fest.

„Pah...!", beffte Neela über den Tisch zurück. „Wer hat mich denn so gemacht, wenn nicht ich selbst? Sieh mal aus allen Fenstern hinaus auf die Straßen. Die vorbeilaufenden Paare dort auf den Straßen, die sich hübsch selten etwas zu sagen haben, siehst du sie nicht? Ihre Welt ist gähnend leer. Aber nähert man sich ihnen, bringt man die Weibchen gegen sich auf, ohne den Hauch einer Chance sich zu erklären, dass man eigentlich nur nette Menschen kennenlernen möchte, um sich mit ihnen zu unterhalten. Was ist an mir so falsch, dass man mir Dinge unterstellt die es nicht gibt? Was? Wieso bin ich eine seltsame Pflanze, Selma? Ich bin die einzige normale Person in meinem mikroskopisch kleinen Bekanntenkreis."

„Du solltest beten, damit du endlich ein wenig zur inneren Ruhe findest."

„Quatsch! Völliger Quatsch, Selma. Ich sollte mir viel lieber wieder selbst über den Weg trauen. Solange ich mich aber selbst behandle wie einen Flüchtling mit siebzehn Pässen, solange kann ich keinen Fuß vor den anderen setzen ohne zu befürchten, dass hinter jedem dritten Baum dieser wieder auferstandene, bösartige Soziopath aus meiner beschissenen Vergangenheit steht und mir ans Leder will. Ich kriege die Vergangenheit einfach nicht aus meinem Kopf und meinen Befürchtungen. Bedanke dich dafür bei unserer facettenarmen, desinteressierten, unfähigen Exekutive, liebe Selma, nicht bei mir. Trotzdem...: die Leute dort draußen, die lehnen mich auch ab, obwohl sie weder mich- noch meine Hintergründe oder

Lebensumstände kennen. Und du wirst es nicht für möglich halten, liebste Schwester: es sind die Frauen, die gegen mich aufgebracht sind, weil sie so dumm sind zu glauben ich sei eine Art bedrohliche Konkurrenz die ihnen ihren Spielgefährten abspenstig machen will. So sieht es nämlich aus, liebstee Schwester. Ganz genauso wie ich es hier beschreibe. Ich habe keine Chance, verstehst du? Auch keine letzte oder allerletzte, wie du mir so schön weismachen möchtest. Außerdem ist beten gefährlich; man weiß nie wohin es führt."

„Wie bitte?"

„Na denke doch nur an mein letztes Gebet, Selma. Lieber Gott hilf mir, hatte ich gesagt und Schwupps, wurde aus meinem Stalker ein Leichnam."

„Fühlst du dich schuldig, oder was soll das jetzt? Ich verstehe nicht ganz was du meinst."

„In gewisser Weise schon, aber irgendwie auch nicht. Ach ich weiß nicht was ich fühlen soll. Schuldig... nicht schuldig und dann doch wieder ein bisschen. Es ist kompliziert. Aber sieh´ dich doch um, Selma. So viele Menschen sind emotional unberührbar. Das macht mich fertig, echt jetzt; das macht mich wirklich fertig. Nicht ich bin verkehrt, glaube mir. Was willst du bloß immer von mir...? In der Fahrrinne fischen? Du weißt, dass dies nicht von Erfolg gekrönt ist, also wozu? Lass´ gut sein. Finde dich einfach mit mir ab. Ich tue es ja auch. Es bringt uns überhaupt nicht weiter, wenn du mir vorwirfst mit meinem konsequenten Rückzug aus dieser heimtückischen Welt eine fatalistische Entscheidung getroffen zu haben. Und wenn es so wäre, liebste Schwester, dann wäre es ebenso und Punkt, Aus, Amen. "

Eine halbe Stunde später machte Neela sich auf ihren geliebten Joggingweg, um ihren Kopf zu entleeren. Ihre hart erarbeitete innere Seelenruhe hing in filigranen Fetzen an ihr herab. So aufgewühlt war sie schon lange nicht mehr, und sie stellte sich verärgert die Frage nach der Ursache ihres lädierten Befindens: war es das emotionale Gespräch mit Selma oder der wirklich unerwartete Anruf von Jacob? Mit ihrem Besuch in Berlin hatte sie mit Tinte nach dem Teufel geworfen, davon war sie nun überzeugt. Das war ein verheerender, naiver, unverzeihlicher Fehler ihrerseits. Wie konnte sie nur so dumm gewesen sein zu hoffen. Hoffnung kam noch vor Vertrauen auf Platz Eins untauglicher, naiver Neigungen. Jacob lag mit seiner oberflächlichen Einschätzung, um Haaresbreite neben der wahren Wahrheit. Wie er auf die absurde Idee kommen konnte, eine feine, unverbindliche, bequeme Affäre fortzusetzen sei ein gangbarer Weg, das würde sie in hundert kalten Wintern nicht nachvollziehen können. Offensichtlich war er noch unsensibler als sie ihn in ihren Erinnerungen bewahrt hatte. Seinem moralischen Standpunkt zufolge hätte sie sich durch sein - ihr fremd gewordenes Bett wälzen müssen, um bei ihm eine neue Chance zu bekommen, die es in der Realität niemals geben würde. War dies tatsächlich die Essenz, die Jacob aus ihrem Besuch in Berlin herausgefiltert hatte? War er denn so simpel im Wesen? Menschen ändern sich nicht, blieb ihr als bittere Erkenntnis in den Säumen ihrer Gedanken hängen.

„Menschen ändern sich nicht", wiederholte sie laut und starrte auf den kleinen Fußweg, der rechts abbiegend in Richtung Tunnel führte. Bis heute hatte Neela diese gefürchtete Abkürzung nicht mehr durchschritten. Alle Versuche es zu tun waren kläglich und jämmerlich gescheitert. In Gedanken versunken und an Formulierungen einer Rechtfertigung für Selma festgebissen, hatte sie nicht bemerkt wie weit sie auf dem Laufweg schon gekommen war. Nun stand sie da, an einer Stelle an der sie schon so oft- so unzählige Male gestanden hatte, mit dem Herzen in der Hand und allen Mut zusammenkratzend aber dennoch scheiternd, weil die Bilder immer noch ihre Macht ausübten und ihre Schritte einfroren. Die Sonne hing in den Bäumen und wollte bereits auf die andere Seite der Welt hinabsteigen. Ein Trugbild ist dieses milde Licht, dachte Neela, eine absichtliche, heimtückische teuflische Täuschung befürchtend. Und ihr Herz hämmerte, aus dem Takt geraten, hinter ihren Ohren und verursachte ein unangenehmes Rauschen das sich so leicht nicht abstellen ließ. Hätte sie die Ratschläge ihrer Schwester befolgt, stünde sie jetzt nicht alleine hier, so voller Panik in der malträtierten Seele. Hätte sie die Ratschläge ihrer Schwester befolgt, stünde sie jetzt neben einem lieben Menschen der ihr Schutz böte und Mut machen würde vorwärts zu gehen. Für ihre ersparten Konventionen musste sie einen verdammt hohen Preis bezahlen, wurde ihr in diesem peinlichen Augenblick des Versagens voll und ganz bewusst. Das Frauenbild einer Heldin lag vor ihr auf dem staubigen Boden des Weges und lächelte ihr hämisch spottend zu. Du Versagerin, schien es zu rufen. Du feige, dumme Versagerin. Hast du geglaubt, wenn du dein Inneres gegen das Äußere auflehnen würdest, dann seist du befreit von der Antastbarkeit deiner Seele und Ängste verschwänden? Hast du wirklich geglaubt ich lasse dich so ohne weiteres einfach unbelastet - munter wie ein Fisch im Wasser, einfach weiterleben?

Neela atmete wie eine untrainierte Marathonläuferin auf dem Wege der Scheiternden. Die Enttäuschung nahm ihr den Atem; ihre Gedanken onanierten stinkenden Ausfluss aus Abscheu und Wut über sich selbst. Ein Hund bellte seinen Unmut über die Leine heraus und brachte Neela zurück ins Hier und Jetzt. Eine Frau kam auf sie zu und schenkte ihr einen zweifelhaften Blick ihrer unbegründeten Abneigung. Mit tränennassem, blassen Gesicht machte sie auf dem Absatz kehrt und raste wie eine Wilde nach Hause. Sie wollte Schmerz in der Luge spüren, damit ihre Seele nicht zu Wort kommen könnte. Schon wieder eine letzte Chance verpasst, dachte sie.

„Heute war nicht mein Tag", sagte sie laut und vorwurfsvoll beim Betreten ihrer kleinen Diele in den schweigenden Spiegel, der sie so vorwurfsvoll ansah. Neela starrte zornig zurück und fauchte, weiter ausholend als beabsichtigt und verallgemeinernd alles miteinbeziehend was ihr das Leben so zerdrückte, in ihr eigenes, erhitztes, blasses Gesicht:

„Nach dem Stalking, nach diesem behördlich unterstützten Nichtleben, kopfüber in die beschissene Neidgesellschaft, was? Jetzt hast du den Salat, du dummes, feiges Frauenzimmer. Du elende, schwächliche Versagerin. Ich will so weit gehen um zu sagen: es hat sich nicht viel geändert. Früher brannten Häuser heute Autos. Hörst du...? Früher mussten Menschen weg und heute? Heute werden sie von dieser Gesellschaft dort draußen einfach kaltgestellt, was

auch nicht viel besser ist als zu sterben in diesem
lautlosen Krieg der sich Nächstenliebe nennt. Ich will
nicht darüber nachdenken, es schmerzt mich auf der
kalten Haut... hier oben bei den Außenseiterinnen.
Hier oben bei den Singles die niemand will."
In steile Falten ihre Stirn gelegt, beobachte Neela ihr
böses, zynisches Lächeln dort im Spiegel. Das Lächeln einer Frau so voller Wut über sich selbst.
„Ich hoffe du stirbst", sagte sie bevor sie weinte und
laut zu beten anfing:
„Voll der Gnaden lieber Gott...: bitte mache aus meinen Schwächen, nicht mehr in dieses soziale Leben
zurückzuwollen, eine außergewöhnliche Begabung
und lasse mich weiterhin meinen Nutzen daraus
ziehen. Lass mich mein investigatives Leben fortfüh-
ren, lieber Gott. Weil sonst, im Alter, im ruhenden
Stand das Leben kaum noch Sinn liegt, wenn man es
nicht mit einer Studie füllt. Nur so kann es gehen, nur
so kann ich überleben, nur so kann ich Glück wieder
finden, es aufsaugen und zulassen. Die Welt wahrzunehmen wie sie ist, so bedauernswert und kaputt,
dient mir als feinkörniges Schleifband, um meine
Sinne zu schärfen. Dafür will ich dir danken, lieber
Gott. Danke."

Kapitel 4: **Es geht so...**

Fast drei volle, herbstliche Wochen waren seitdem letzten Treffen vergangen, in denen jeder seinem eigenen Leben nachging und vom anderen nichts hörte und nichts wollte. Telefonfreie Zeiten erwiesen sich, aus gesammelten Erfahrungen gemeinsamer Vergangenheit heraus, als harmlose, friedfertige Zeit ohne besondere Vorkommnisse, die keine Kontaktaufnahme erforderlich gemacht hätten. Selma lebte ihr Familienleben mit herkömmlichen, alltäglichen und gewohnten Aufgaben die jeder, mit Familie um sich herum, zu erfüllen hatte. Und Neela, die malträtierte – im wahrsten Sinne des Wortes - *laufend* ihren Körper, um wenigstens von außen, wie sie sagte, fit zu bleiben. Sie hatte es sich in den Kopf gesetzt so lange zu laufen, bis sie endlich erleben würde wie es sich anfühlte vor die berühmte Wand zu laufen, mit deren Zusammenprall man dann die vielgepriesenen, euphorischen Glücksgefühle als Belohnung in Empfang nehmen dürfte. Läufer der Marathonklasse schwärmten von diesem Moment, wo laufen in fliegen übergeht und man nur noch Glück empfindet. Für Neela war laufen eine Art der Kompensation vieler Lebens-Dinge gleichzeitig. Jeder Schritt und jeder Schweißtropfen eine willkommene Erleichterung. Allerdings machten ihre Füße nach vierzehn Kilometern diese Tortur nicht mehr mit und das angestrebte Gefühl blieb bis heute aus. Ihr angefangenes Psychologie-Fernstudium erwies sich als regelrechter Krimi in Bezug auf die vielseitige menschliche Psyche. Zuerst wollte sie das Handtuch werfen, weil sie überzeugt davon war, niemals im Leben den

Inhalt dieses Berges an Büchern zu begreifen. Neela hielt ihre eigene Idee für völlig absurd. Doch von Seite zu Seite- von Buch zu Buch stieg ihr Interesse an diesem Lehrstoff, der ihre inneren Lichter entflammte und unfassbare Erkenntnisse in sie hineinspülte. Dieses anstrengende, spannende und informative Unterfangen fesselte ihre Stunden an unzählige, dicke Bücher die sich in der kleinen Stube mittlerweile gefährlich hoch stapelten. Neela war besessen mehr zu lesen und alles im Alltag auszuprobieren. Mit Menschen würde sie auf keinen Fall arbeiten wollen, wusste sie schon nach den ersten Lehr-Kapiteln die sie vollständig verinnerlicht hatte. Aber mit sich selbst, und vielleicht noch mit Selma neue Erkenntnissen auf den Grund zu gehen, dass würde ihr Erfüllung verschaffen. Menschen, sagte Neela, seien ein schäbiges und undankbares Arbeitsmaterial. Auf die neugierige Frage von Selma, *warum* sie das überhaupt tat, wo sie doch wusste wie es um sie stand, antwortete sie lapidar...: „um mich selbst einmal wirklich kennenzulernen." Damit war dieses Thema erschöpft. Neela wich weiteren Fragen aus, Selma bohrte nicht weiter.

Heute war mit Selma ein Treffen im Städtchen vereinbart. Der Herbst trug die ersten Blätter zärtlich vor sich her und präsentierte sich von seiner mildesten Schokoladenseite. Noch einmal mit einer leichten Decke über den Knien draußen sitzen wollten sie. Noch einmal mit dem offenen Wagen den Wind in den Haaren wühlen lassen. Noch einmal die Gesichter in die blasse Sonne halten und das Leben von seinen schönen Seiten ausschöpfen. Ein letztes Mal vielleicht, bevor die Sonne ihre wärmende Kraft verlor. Außerdem hatte Selma Lust auf eine ausgiebige Einkaufstour und auf alles was glitzerte und glänzte und ihre Schönheit unterstrich. Selma verkörperte den ewigen Mädchentyp vollendet. Sie liebte alles Weibliche und Feminine und kleidete sich entsprechend. Neela genoss es mit ihr durch die Stadt zu schweben und dabei genau zu beobachten wie ihrer Schwester die Blicke der Passanten folgten. Es brachte ihr wahrhaftig höllische Freude die neuesten Erkenntnisse ihres Studiums an vorbeilaufenden Menschen auszuprobieren. Unterschiedlichste Emotionen, in den teilweise geringschätzigen Blicken gaffender Menschen, konnte man so deutlich an ihren Gesichtern ablesen wie in einem offenen Buch. Von Bewunderung bis Spott und Neid öffnete sich das gesamte Repertoire in verschiedensten Schattierungen vor Neelas neugierigen und amüsierten Augen. Nachdem sie diese Bücher beinahe aufgefressen hatte, erlebte sie die Welt quasi neu; mit einer anderen Sichtweise, aus einem anderen Blickwinkel den sie so nicht kannte.

„Ich hole dich ab, trällerte Selma ein wenig überdreht ins Telefon. Neela wusste, wenn sie das Auto als Fortbewegungsmittel dabei hatte, dann würden sie die Geschäfte in der Kreisstadt entern. Ein kleines Seelenpflästerchen könnte auch ihr nicht schaden, entschied sie, und steckte vorsichtshalber genügend Geld in die Tasche. Selma hatte es ihr ausgetrieben immer nur schwarze Klamotten zu tragen und wie ein Grufti mit schwarzen Augen und schwarzen Fingernägeln daherzukommen. Den Anfang ihrer optischen Umstellung würde sie so schnell nicht verges-

sen, als Selma mit hochgezogen lauter, schriller Mäd-
chenstimme, mitten in einem gut besuchten Mode-
Geschäft - nachdem sich Neela wieder einmal für
ihre Lieblingsfarbe schwarz entschieden hatte, zu ihr
herüber plärrte, dass sie ja überhaupt nicht wüsste,
dass schon wieder jemand verstorben sei. Warum sie
denn, um Himmels Willen nix gesagt hätte, sie würde
doch auch gerne mal wieder tief trauen. Ja, wer isses
denn *dieeesmal,* fragte sie und riss theatralisch die
ohnehin großen Augen auf, um Neela mit Blicken
aufzuspießen. Jeder, der gerade halbwegs in ihrer
Nähe stand drehte sich nach Neela um, und bestrich
sie mit strafenden Blicken, weil sie so unerhört gewesen war ihrer Begleiterin - die offensichtlich auch
noch ihre Schwester zu sein schien, wie man an der
großen Ähnlichkeit unschwer feststellen konnte -
einen Trauerfall einfach vorzuenthalten. Skandalös.
So elegant und perfekt zurechtgemacht wie Selma
konsequent durchs Leben schwebte, so egal war es
ihr sich einmal gepflegt zu blamieren, wenn es um
die Bekehrung ihrer schwarzen Schwester ging.

Neelas letzte Tage waren von einer unergründlich
lähmenden Schwermut geprägt, dass sie selbst schon
von sich annahm, in eine handfeste Depression hin-
abzugleiten. Nach dem jüngsten Erlebnis vor diesem
verhassten Tunnel ging es ihr tagelang ziemlich
schlecht. Wie erwartet hatte sich in der darauffol-
genden Nacht der böse, altbekannte Albtraum einge-
schlichen, den sie schon so oft und immer wieder
geträumt hatte. Das Dumme an diesem unwillkommenen Traum war jedoch die Tatsache, dass es im
Grunde kein Traum- sondern die Verarbeitung einer

erlebten Situation gewesen war, die ihr ganzen Leben und das gesamte lebensnotwendige Vertrauen in Schutt und Asche zerschlagen hatte. Bilder, die sie einfach nicht mehr aus ihrem Kopf bekam, gaukelten in etlichen Nächten - verkleidet als sich wiederholende Albträume daher, so als wollten sie Neelas empfindliches, schwer angeschlagenes Unterbewusstsein schikanieren und in erzwungene, demütige Bewegungslosigkeit fesseln.

Damals, als Anton noch lebte und Neelas Existenz tatsächlich wirkungsvoll gefährlich bedrohte, fing sie an den abendlichen Alkohol wieder wegzustellen und die vernachlässigten Laufschuhe wieder anzuziehen. Die bittere Erkenntnis, dass man sich Ängste nicht einfach wegsaufen konnte, rettete vermutlich ihre restliche noch verbliebene Abwehrkraft, um seine Bedrohungen von außen weiterhin zu ertragen. Durch die Tiefgarage gehend, benutzte Neela als rettenden Ein- und Ausgang die, für normale Garagen-Nutzer gesperrte, hintere Lieferanteneinfahrt, um von Anton, der verlässlich auf der anderen- der eigentlichen Einfahrtsseite auf seinem Beobachtungs-Stammplatz bereits auf sie lauerte, nicht gesehen zu werden. Dieser Trick funktionierte perfekt. In ihrer Wohnung stand meistens ein Fenster offen oder lief der Fernseher, damit Anton annehmen musste sie sei tatsächlich zu Hause. Um nicht verrückt zu werden *musste* Neela laufen. Lange, weit und schnell musste sie laufen. Laufen bis an jenen Punkt, wo sich ihre Ängste von ihr ablösten und in den Himmel hinaufstiegen. Laufen, bis sie sich in kleine Partikel auflöste, um dann selbst dorthin abzuheben, wo Zeit keine Rolle mehr spielte und wo sie nicht mehr zusehen musste, wie die Welt hilflos in sich zerfiel. Erschöpft und mit Dopamin bis obenhin vollgepumpt, fand sie auf diese Art und Weise endlich ein wenig Ruhe und inneren Frieden, um die langen Nächte halbwegs traumlos zu überstehen.

Eines Tages – dieses Erlebnis würde Neela nie wieder vergessen können - hatte Anton seine tägliche Observierungs-Tour, aus welchem Grunde auch immer, ein wenig verspätet angetreten, weil ihn vermutlich etwas Unvorhergesehenes aufgehalten hatte. Seine anfängliche Verärgerung über diese Verzögerung sollte sich an diesem Abend als Glücksfall herausstellen. Auf dem Weg zu seinem Stammplatz vor dem Haus in dem sich Neelas Wohnung befand, sah er zufällig, wie sie aus der rückwärtigen Seite der großen Tiefgarage in Richtung des großen Hotels auf der anderen Seite lief. Er sah Neela zu, wie sie mit schnellen routinierten Schritten in Richtung des kleinen Wäldchens dahinjoggte und ein Licht ging ihm auf, ein ganzer verschissener Kronleuchter. Dieses Miststück hatte ihm die ganze Zeit ihre Anwesenheit in ihrer Wohnung nur vorgespielt. Sie war keineswegs durch seine gewollt offensichtliche Bespitzelung verängstigt und eingeschüchtert zu Hause, und sie saß nicht bewegungslos auf ihrem Sofa festgetackert. Ganz und gar nicht, wie er gekränkt erkennen musste. Sie lief in aller Gemütsruhe, so wie es den Anschein machte, allabendlich ihre Runden ohne sich um seine kontrollierende und bedrohliche Anwesenheit zu scheren. Jene Evidenz, mit der er seinen fatalen Irrtum erkannte, löste ohnmächtige Wut und unbändigen Hass in seinem maroden Gedärm aus. Das machte ihn für einen winzigen Augenblick lang lahm und bewegungslos. Anton stellte seinen Wagen ungesehen auf einen anderen Parkplatz und legte sich rauchend hinter dem öffentlichen Toilettenhaus geduldig auf die Lauer. Von hier aus hatte er die hintere Ein- und Ausfahrt der Tiefgarage genauestens im Blick, ohne dass er gesehen werden konnte. Anton war voller Zuversicht. Sie konnte ja nicht ewig dort in dem Wäldchen herumlaufen.

Seine Geduld wurde noch am gleichen Abend belohnt, die Sachlage geklärt und konnte nun schnellstens bereinigt und wieder ins Lot gerückt werden. Ein paar Tage später hatte er ihre Laufstrecke bereits ausgekundschaftet indem er, als Spaziergänger unter einer Kapuze getarnt, verschiedene Positionen ausprobierte von wo aus er sie am besten stellen konnte. Der Tunnel, den sie leichtfertig auf ihrem Rückweg passierte, schien optimal für seinen perfiden Plan geeignet. Wie es aussah folgte sie einem bestimmten und festen Ablauf, so dass er sich schon nach wenigen Tagen auf ihren Rhythmus verlassen konnte. Neela würde ihm quasi genau in die Arme laufen, verließe sie den Tunnel auf der anderen Seite. Bequem und ungesehen könnte er, ungestört gemütlich an die Wand gelehnt, dort geduldig auf sie warten. Sein Plan stand fest. Orgiastische Vorfreude schenkte ihm derart viel entfesselte Kraft und Energie, dass sein versautes Leben plötzlich wieder einen wirklichen Sinn hatte. Eine Woche später war es dann soweit. Seine Kalkulation- seine Planung erwies sich als stabil und sicher. Anton bezog seinen Posten hinter der Tunnelwand und wartete, nachdem er sich vorher überzeugt hatte, dass sie auch an diesem Tage laufen würde. Alles lief wie am Schnürchen; fast zu gut, um wahr zu sein. Mit nur ein paar großen, weit ausholenden Schritten, lief Anton hinter ihr und griff, ohne zu zögern, beherzt nach ihrem Hals, um sie auf den Boden hinunter zu ziehen. Neela hatte nicht einmal die Zeit um überrascht zu sein, so schnell war Antons perfider Angriff damals.

Diesen bildschönen Vorabend, diesen befriedigenden Moment in dem er Neela vor sich, hilflos und völlig verblüfft nach Atem ringend, bewegungslos auf dem Boden gepresst liegen sah, den hatte er mit seinen Augen – diesen bösen schwarzen Murmeln, sorgfältig fotografiert und sich en Detail lückenlos eingeprägt, damit er diesen Moment später, an allen neuen, wundervoll kommenden Tagen, Wochen und Monaten, noch einmal erleben und in vollen Zügen ausgiebig genießen konnte. Anton stand noch oft an diesem Platz und genoss eine Art perversen Orgasmus. Noch Tage danach stand er, geduldig wartend an diesem erquicklichen Platz, der ihm so eine himmlische Genugtuung verschafft hatte. Leider kam Neela nie wieder durch diesen Tunnel gelaufen. Und im Nachhinein bereute er es wirklich sie nicht umgebracht zu haben.

Neela war von Antons Angriff so sehr verblüfft, dass sie keinen einzigen Ton zu einem sinnlosen Hilferuf herausgebracht hätte. Lediglich ihre überrascht aufgerissene Augen schrien laut nach niemals kommendem Beistand. Ihre Füße klebten an Ort und Stelle; sie war nicht mehr fähig einen Schritt zu machen. Zuerst dachte sie dass es jemand Fremdes sei der ihr da aufgelauert hatte. Dann aber erkannte sie alles an ihm. Alles. Atem, Bewegung und das bedrohliche

Knurren aus seinem verzerrten Mund. Die Haut an seinem Arm und den Geruch seiner Kleider. Am Hals packte er Neela im Würgegriff und zog sie ganz nah an sich heran, um wie ein Hund an ihr zu schnuppern. Enttäuscht stellte er fest, dass sie nicht - wie erwartet - nach Angst roch. Miststück, dachte er verärgert. Sie würde sich eher umbringen lassen als Ängste und Schwächen zuzugeben. Vielleicht wollte sie auch dass er einen Fehler machte. Das wollte sie. Er sollte einen Fehler machen und ins Gefängnis verschwinden, ganz sicher. So beherrscht und kalt dachte sie, seine geliebte, beschissene Neela, die ihn nicht hatte heiraten und bedienen wollen, und die noch immer nicht verzweifelt klein bei gab.

Diesen unvergesslichen Satz, den Anton ihr damals so bedrohlich leise ins Ohr geflüstert hatte, den würde Neela nie mehr im Leben vergessen können. Dieser Satz hatte sich zwischen ihren Synapsen eingraviert wie ein Evangelium. Und an Tagen wie den letzten, konnte dieser eine Satz - der ihr noch immer ab und an quälende Albträume verursachte, der ihre Erinnerung so heiß und lebendig am Leben hielt, ihr das tägliche Leben in eine abscheulich antriebslose, bitterschmeckende Lähmung hinabstoßen. Ein Gefühl als stünde sie in gärendem Schlamm der ihre Füße umschloss. Dieser eine Satz hatte noch immer die Wucht einer tödlichen Wasserstoffbombe die alles vernichten konnte was ein Leben nur ausmacht. Anton hatte damals zu ihr gesagt, dass er sie *nicht* töten würde, weil er sonst nichts mehr zum Spielen hätte. Leise, für sie fast unhörbar, fügte er noch den Gedanken an: er könne aber auch anders.

Damit war eine Zukunft besiegelt die wie ein unausweichlicher Baum vor ihr stand. Die Hölle.

Neela sah hinter der Scheibe des kleinen Cabrios das fröhliche Gesicht ihrer Schwester. Ein Anblick der für vieles entschädigt, dachte sie voller Dankbarkeit für alles, was sie an Dreck im Leben schon überstanden hatte. Selma winkte über das offene Dach ihres Autos, als sie sie am Eingang des Hauses warten sah. Es sind die Dauer der Zeit und ein hohes Maß an Empathie, die Selma eine Art kurzgeschlossene, direkte Verbindung zu ihrer Halbschwester Neela ermöglichten. Sie gehörte zu dem winzig kleinen Kreis jener Menschen, welche Neelas wohl behütete Komfortzone betreten durften; das wusste Selma und bedauerte im selben Moment, dass nur wenige Personen Zutritt zu ihrer halben und doch so vollständigen Schwester hatten. Alleine deshalb, weil sie sich so gut erkannten, wusste Selma von weitem, dass Neela sich wieder mit ihrer Vergangenheit auseinandergesetzt hatte. Vermutlich wieder dieser üble, unheilige Traum. Ihre Körperhaltung war dann eine andere, eine resignierte. Selma machte ihr niemals einen Vorwurf, dass sie nichts mehr dagegen unternahm, weil sie in Zeiten ausgiebiger, ausführlicher Gespräche begriffen hatte, dass Neela letztlich nicht darum bat von einem Traum der Vergangenheit ständig heimgesucht zu werden. Sie kamen und gingen, diese Träume, wie es ihnen passte. Sie ließen sich einfach nicht in Schach halten; auch nicht von einem gewieften Therapeuten.
Umso herzlicher fiel Selmas Begrüßungsumarmung heute aus. Ihr fragender, wortloser Blick, ob sie wie-

der schlimm geträumt hatte, war ein fester Bestandteil solcher Begegnungen, solch fester Rituale. Neela
nickte an Stelle einer Antwort nur ganz kurz, und die
nonverbale einstudierte Unterhaltung war beendet.
Mit diesem Schatten auf der Seele würde Neela leben
müssen; wozu dann immer wieder darüber reden. In
Selmas Nähe waren Jetzt und Hier auch Jetzt und
Hier und nichts anderes. Sie besaß die Fähigkeit aus
einem Moment - und sei er noch so schäbig und unerfreulich, einen positiven Teil des Lebens zu filtern.
Ihr ungebrochener und unantastbarer, fast ein wenig
entrückter Optimismus, ihre Wesens- und Lebensart
waren jedenfalls hochgradig ansteckend und inspi-
rierend, wenn man sich darauf einließ. Nach einigen
gescheiterten, zaghaften und unbeholfenen Anläufen
hatte Neela sich tatsächlich auf Selmas Lebensfreu-
de-Autobahn eingereiht und gab Gas, solange sie
gemeinsam und zusammen ihre Zeit verbrachten.
Zwar traute Neela allzu optimistischen Einschätzun-
gen ihrerseits noch immer nicht über den Weg, aber
öffnen konnte sie sich mittlerweile ganz eindeutig.
Zumindest für jene Dinge, welchen gegenüber sie
sich zu öffnen bereit war, denn hier machte Neela
bedeutende Unterschiede. Vor Dingen die simple
Banalität signalisierte, rauschte immer noch der innere Rollladen mit Getöse, Lärm und deutlichen
Worten hinab und sperrte alles Äußerliche konsequent und zuverlässig aus. Neelas Wachsamkeit und
die daraus resultierende Fähigkeit alles genau zu
beobachten, wuchsen mit jedem Tag gelebter Kon-
templation, die sie so hingebungsvoll zelebrierte wie
einen festen, konditionierten Glauben an Gott. Auch
wenn Selma es verstand wie keine andere, so verriet

146

sie doch durch allzu fröhliches Getue und unerschüt-
terlichen Optimismus ihre eigene Empfindsamkeit,
die sie dadurch zu verbergen glaubte. Geh' raus, riet
sie Neela, geh' raus und gebe der Zeit wieder die
Stunden zurück. Höre auf damit deine eigene Beerdi-
gung zu leben und wache auf für das was man glücklich leben nennt. Selma meinte es wahrhaftig gut mit
der halben Schwester, aber sie hat keine Ahnung wie
sehr sie sich irrte.

Neela war weit mehr in ihrer Mitte als sie selbst, weil
sie doch niemand mehr auf ihren Wegen beirren
konnte, so autark und konsequent alleine wie sie
lebte. Es gab diese Ablenkung, wo man so viel Liebe
an andere Menschen verschenkte, bei ihr doch nicht
mehr. An ihrer Seite herrschte, nicht zu übersehen,
diese gähnende Leere, die sie jeden Tag nach Her-
zenslust verschwenden konnte, was auch - wie Neela
Selma zu überzeugen versuchte, erkennbare und
nachweisliche Vorteile innehatte. Die Freiheiten die
sich Neela nahm, waren in einer Partnerschaft nicht
lebensfähig, dachte man nur an ihren perversen
Knoblauchkonsum, der ab und an wahrhaft übers
Ziel hinausschoss. Hinzu kam, dass Neela sich mehr
und mehr an ihre zurückgezogene Lebensart gewöhnt hatte. Stück für Stück und Jahr für Jahr fand
sie mehr Gefallen an dieser rücksichtslosen Art den
Tag und die Nacht zu gestalten. Schleichend wandel-
te sich richtig in falsch und umgekehrt. Normalität
rutschte in „unzumutbar" ab und warf düstere Schatten über Schritte die sie täglich alleine ging. Konfor-
mität und alles was Gelebtes schmückte, Dinge, so
banal wie ein Haus bauen- einen Baum pflanzen und
ein Kind zu bekommen, waren zwischenzeitlich zur

regelrechten Bedrohung für Neela geworden, weil es aus ihr eine Außenseiterin formte und in die abseitig dunklen Ecken degradierte, wo die profane, bürgerliche Gesellschaft sie haben wollte. Singlefrauen ja, aber in dem Alter...? Da kann doch etwas nicht stimmen mit dieser merkwürdigen Frau. Warum will sie denn keiner haben, so schäbig sieht sie doch nicht aus. Dies alles war nichts weiter als die Essenz probater und allgemein banaler, empathieloser Sichtweisen die Neela ihren Außenseiter-Platz zuwiesen. Daran ließ sich einfach nicht rütteln, wie sie oft genug erfahren hatte. Abgesoffen in einem gesellschaftlich ausgrenzenden, unmoralischen, unaufrichtigen Dilemma, spürte Neela nicht mehr was man für gewöhnlich als Mitgefühl titulieren könnte, wenn es um gescheiterte Beziehungen ging. Kalt ist es um- und in ihrem Herzen geworden wenn es um Menschen als Paare ging; klirrend eisig ging es um Männer.

Das war ihr persönlicher- auf sie zugeschnittener Alltag den sie - mehr oder weniger freiwillig, erwählt hatte. Nun konnte sie daran zugrunde gehen oder gefallen an ihm finden. Neela hatte sich für letzteres entschieden, aber applaudieren musste sie sich schon selbst.

„Du siehst aus wie Jonas, der vom großen Fisch ausgespuckt wurde", begann Selma einen ersten zaghaften Dialog, nachdem sie bis zur Autobahnausfahrt rücksichtsvoll und abwartend geschwiegen hatte. Sie kannte ihre Schweine am Gang, wie sie gerne albern stichelte. In Momenten wie diesen ließ sie Neela erst zu sich kommen. Das war gut so; ein bewährtes Rezept ihren Mund zum Reden zu animieren.

„Besten Dank auch", grinste Neela etwas gezwungen. „Ich hatte vorhin eine unverhoffte Begegnung mit meinem Spiegelbild. Ich schieße mich Deiner Meinung an, was schlägst du vor?"

„Als erstes ein doppelstöckiges Eis mit viel Sahne zur Stärkung für das was da noch kommen mag. Wie fändest du das? Zumutbar oder eher nicht?"

„Einverstanden. Kein Veto." Neela setzte sich etwas tiefer in den Autositz und genoss schweigend, in sich gekehrt die Fahrt in dem offenen, kleinen Wagen.

Die Farbe ihrer Tage schien sich nicht zu verbessern, im Gegenteil. Mehr und mehr legte sich ein schlammiges, schweres Grau über die vergehenden Stunden. Freilich trug sie selbst dazu bei, indem sie viel Aufmerksamkeit auf schlimme Tages- oder Nachtgeschehnisse legte, aber sie war wie gefesselt von der wachsenden Rohigkeit der Menschen, von der offensichtlichen Brutalität und allgegenwärtigen, unfassbaren Empathielosigkeit mit der man miteinander und untereinander umging. Als nähme sie Medizin zu sich, welche den Kopfschmerz vertreibt, so wirkte Gesehenes gegen den Drang in die Welt hinauszugehen und so zu tun als sei dort draußen alles in bester Ordnung. Von Tag zu Tag, von Ereignis zu Ereignis schwand das kümmerliche Überbleibsel an restlichem Vertrauen, welches sich so tapfer über die eigene Vergangenheit hinweggerettet hatte. Natürlich wollte Neela sich informieren und auf dem Laufenden sein, was Weltgeschehnisse anbelangte. Dazu musste sie die Nachrichten anschauen oder Zeitungen lesen und auf sich wirken lassen. Ungeheuerliches mutete man den Menschen und sich gegenseitig zu. Untereinander zeigte sich vermehrt ein Verhalten, welches Neela nicht mehr verstehen *wollte*, weil - wie sie sagte, sie dann irgendwann den Verstand verlöre, so machtlos wie man zusehen musste, während in jedem Moment die Welt ein wenig mehr verreckt und vor die Hunde geht.

Mit forensischer Genauigkeit wollte sie all diese Dinge- diese Perversionen und Vergehen betrachten und verbuchen und als Warnung in Erinnerung behalten. Vierzehn- und siebzehnjährige gefühllose, dumpfe Monster, die mit dem Messer hantierten und Leben gefährdeten, sie bildeten nur einen kleinen Teil vom großen Unverständlichen, welches diese neue digitalisierte Welt zu bieten hatte. Narzisstisch gekränkte Individuen wurden herangezogen von gleichgültigen Müttern. Brandgefährlich waren diese unkalkulierbaren Kreaturen in ihrer Wesensart. Gefühle und Mitleid blieben ihnen fern und fremd. Junge Fantasien voller Sadismen, ausgelöst durch ungesunde, blutige Spiele, leicht zugänglich für jedermann, verkauft von gewissenlosen Geschäftemachern, trugen nicht gerade zur Verbesserung dieser schrecklichen, ausgekühlten Entwicklung bei. Niemand schien das zu interessieren. Aber...: wenn irgendwelche Missgeburten Autos der Premiumklasse anzündeten, um ihren gelben Neid üppig zu füttern, dann beklagte sich die Oberschicht lauthals und tatenlos. Die Versicherungen beglichen doch den Schaden; was soll man sich um den Rest der Welt auch noch kümmern. Neid muss man sich hart verdienen oder erben. Außerdem: Keine Beweise zu haben, *wer* ein Täter sein könnte, diente noch immer und jederzeit als gutes Alibi für wollüstiges Desinteresse seitens der Exekutive, die eine gepflegte Ruhe während der Dienstzeit sehr zu schätzen weiß. Diese Sorte beklagenswerter Wohlstands-Opfer, die lebt weit unter ihren emotionalen Möglichkeiten die das Leben ihnen gerne nachwerfen würde, wenn sie doch Zeit für einen einzigen genauen Blick hätten. Hinschauen will bis heute niemand. Keine Seele. Vor allem nicht eine von jenen, die erblindet nach Ruhm und Ehre streben. Man wird nicht erleben wie sie die Arme ausbreiten und bereit sind zu empfangen. Nicht gestern, nicht heute und nicht morgen. Gefühle stehen vor dem größten Bankrott den die Welt je erlebt hat. Ein Sohn der seine Eltern des Erbes wegen abschlachtet, dem widmet man wenige Tage mit reißerischen Schlagzeilen, um Quoten zu erzielen, bevor er in einer banalen Vergessenheit des alltäglichen Alltags wieder verschwindet. Nichts berührt uns mehr was so weit weg scheint. Das Schicksal eines Vaters der pleitegeht, weil sein Sohn - dieser verblödete Dummkopf, im Knast gelandet ist, ist bestenfalls ein lapidares „Pech" und kopfschütteln wert, mehr nicht. Dass er eine Dummheit begangen hat, *weil* er seinem Vater beweisen wollte - wenn auch auf fragwürdiger Art und Weise - *auch* groß und bemerkenswert zu sein, dass interessiert keine Laus, nicht einmal den Vater selbst, der nach allerhand Vorwürfen, Schuldzuweisungen und Selbstmitleid Ausschau hält.

Und dann wäre da noch diese Misere mit den Flüchtlingen die man, als alte Hure bewährt, vor jeden Karren spannt, um vom eigentlichen Problem unserer Zeit abzulenken. Als Krönung dieser verfaulten Epoche, der wir nicht entkommen können, stolpern wir an allen Ecken über die Gut-Menschen-Seuche, die nur dann bevorzugt Gutes tut, wenn zufällig ein Kamera-Team oder ein Zeitungsreporter in der Nähe ist. Lobpreisend und Gott - mitsamt seinem nie vorhandenen, leiblichen Sohn - lautstark bebetend, vertun sie sich aufdringlich und unübersehbar in sozialen Netzwerken. Sie muten uns ihre Heucheleien zu während eine andere- eine abgefakte Gruppe von Möchtegernprominenten, uns mit ihren neuesten Interims-Partnern langweilen. Es ist zum kotzen.

Intensiv betrachtet, ohne den Schutz einer gesunden Interessenlosigkeit, würde man an stinkendem und posttraumatischem Stress zugrunde gehen, könnte man diese Jauche nicht gekonnt ausblenden. Trauma und Depressionen blieben dann gewiss nicht aus, wenn man mit Herz und Verstand und empathischem Gefühl, dargebotenes Elend mit wirklichem Interesse konsumierte. Am Ende, wenn man die Kurve nicht mehr bekäme und *mit-litt*, fände man sich, irre geworden und bipolar völlig aus der Spur mutiert an irgendeiner Klippe stehend, die mit ihrer tödlichen Tiefe verlockende Lieder sänge. Wer spätestens dann nicht einen Schritt weiter dächte – dass morgen schon alles vorbei sein könnte was heute noch brauchbar und gut ist, weil ein falscher Schritt das eigene Ende bedeuten- und man selbst ein Flüchtling werden könnte, weil nicht ein Krieg- nicht ein tollwütiger Machthaber sondern nur ein verschmähter Ex-Partner dir nach dem Leben und deiner Existenz trachtet, der hat seine eigene Zukunft mit Gewissheit verschissen und verschwindet unbeweint in der wohlbekannten, alles heilenden Vergessenheit. Solange sich Eitelkeit und Gier nicht domestizieren lassen, solange wird immer Krieg sein, beginnend in der allerkleinsten, oft unbeachteten Zelle unserer Gesellschaft: der Ehe.

Neela spürte auch wenn sie nicht hinsah, dass Selma immer wieder den Kopf nach ihr drehte, um sie anzuschauen. Ihre kurzen Blicke bohrten Löcher in Neelas Schläfen, die noch mehr den Kopf zur Seite drehte damit Selma ihre Tränen nicht sehen sollte. Sie war noch nicht soweit gute Laune vorzugaukeln. Einen Moment noch, dann würde es schon gehen. Neela beschloss...: heute würde ein guter Tag. Egal was war und egal was noch kommen würde, er würde gut, weil sie es so wollte. Sie erinnerte sich an ein chinesisches Sprichwort das sie einmal gelesen hatte. Jemand behauptete darin, dass es nicht 365 Tage im Jahr regnen könne. Dagegen war nichts einzuwenden. Es stimmte, das sah sie ein. Es stimmte.

„Wie geht es dir", fragte Selma in den Augenblick hinein. Ihr Instinkt hatte den richtigen Moment erschnuppert. Sie erhielt Schwingungen die sie sich selbst nicht erklären konnte.

„Es geht so...", antwortete Neela nichts- und vielsagend. Diese Antwort bedeutete, dass sie jetzt noch nicht darüber reden wollt, aber gleich.

Im, von beiden bevorzugten City-Parkhaus der Innenstadt angekommen, stellte Selma ihren Wagen auf einen Parkplatz für Frauen mit Kinderwagen. Sie wusste, dass Neela diese Art von Rücksichtslosigkeit nicht schätzte, aber sie tat es trotzdem immer wieder. Neela gab klein bei und feuerte nur einen kritischen, vernichtenden Blick in ihre Richtung.

„Du kannst doch nicht immer alles so eng sehen", rechtfertigte sich die halbe Schwester, keine Spur von Schuldbewusstsein im Blick. „Keine Sau ist hier, um das zu kontrollieren. Also was soll's?"

"Du kannst doch nicht, liebe Selma", fauchte Neela plötzlich aufgebracht, „so sollte kein Satz von einem vernunftbegabten Menschen dieser fragilen Zeit beginnen. Enttäusche mich nicht, liebe Schwester. Sage das nie wieder. Nie... hörst du? Sieh' dich doch mal um: wenn du die Welt verstanden- und begriffen hast wie bedeutungslos wir normalen Normalos sind, dann kannst du *alles*, weil es einfach nicht ins Gewicht fällt was du tust. Wenn es dir nicht gelingt ein Volk zu beherrschen oder ein Volk zu ermorden, wird man nicht lange von dir Notsitz nehmen, nicht wahr? Das alles ertrage ich nicht mehr, verstehe das doch bitte. Für einen Totschlag gibt es, mit Unterstützung einer geschickt dreisten Verteidigung, gerade mal vier Jahre Gefängnis oder Sicherungspsychiatrie; wenn überhaupt. Einfach lächerlich, wenn du mich fragst. Nicht umsonst waren spürbare Bestrafungen die einzigen die sich nachhaltig bewährten. Ich bin für die Todesstrafe und ich stehe dazu, egal was du von mir denkst. Todesstrafe, jawohl! Du hast richtig gehört. Und so bedeutungslose, banale Regeln zu missachten, wie eine Reservierung für Frauen mit Kinderwagen könnte zu einem folgeschweren Flügelschlag ausarten, der einen ganzem, kompletten, verfickten, blutigen Racheakt ins Rollen bringt, der womöglich in einem jahrelangen, völlig unsinnigen Krieg endet."

„Was, um Himmels Willen...", setzte Selma dazwischen, weil sie, völlig verblüfft von Neelas aufgebrachter Überreaktion, die eben noch heile Welt nicht mehr verstand.

„Sei still. Ich bin noch nicht fertig, Selma." Neelas Augen sprühten vor temperamentvollem, angriffslustigem Feuer. „Ich wollte dir nur noch erklären, dass deine beschissene Gleichgültigkeit in Bezug auf einen beschissenen, reglementierten Frauenparkplatz, einen handfesten und echten Zwischenfall auslösen *könnte*, wenn uns jetzt eine gewaltbereite, durchgeknallte Frau – von mir aus auch ein Mann, beobachten würde, die oder der, rein zufällig ein hübsch gewetztes Messer bei sich tragen würde, und der oder die, keinerlei Verständnis für dich und deine beschissene Regelmissachtung hätte. Ein dummes Wort gäbe das andere und schon wäre ein kerniges, unkalkulierbares Chaos in Gange, jederzeit bereit hemmungslos zu eskalieren, verstehst du? Mehr wollte ich dir nicht erklären, Selma. Und das wollte ich eigentlich schon lange tun; ich habe dich bislang nur geschont. Aber heute passt es. Heute passt es ausgesprochen gut, weil ich noch ein bisschen scheiße drauf bin. Und wenn du nun bitte so freundlich sein könntest deinen Wagen woanders hinzustellen, dann wäre ich dir wirklich zu seeehr großem Dank verpflichtet." Neela stieg aus und sagte brummig, dass sie vorne am Ausgang auf sie warten würde. Damit war für sie das Thema endgültig besprochen.
Strahlend wie die aufgehende Sonne umarmte Selma ihre wartende Schwester. Das war typisch.
„Na, meine kleine Furie...? Haben wir uns wieder etwas eingefangen? Können wir dann jetzt in Ruhe ein köstliches Eis verdrücken gehen, oder bist du immer noch bewaffnet?"
Das war Selma wie sie war. Ausgleichend, friedensstiftend, die Mitte suchend und in friedlicher Balance

im Nullkommanix jeden Disput beilegend, während Neela immer noch erhitzt grollte.

„Ja, maulte sie beleidigt. „Und Dankeschön dafür, dass du deinen Wagen woanders hingestellt hast. Es war mir schon lange ein Bedürfnis deswegen einmal auszurasten. Heute passte es gerade gut."

„Ach Schwesterchen", sagte Selma lächelnd und legte liebevoll den Arm um Neelas Schultern: „man kann heutzutage froh sein seine Kinder ohne Vorstrafe durch die Grundschule zu schleusen. Bis diese heutige, gefürchtete Stress- und gewaltbereite Dumpfbacken-Generation vollständig ausgestorben ist, und die nachfolgende gemeinsam Jesus lobpreisen- und sich in Integration üben wird, vergehen noch viele Wasser, um die Wolken zu nähren. Das werden wir nicht mehr erleben, weil wir dann selbst Bestandteil einer Wolke sind. Jede Zeit hat ihren Krieg, hat meine Mutter immer gesagt. Sie hat mir – im Gegensatz zu deiner Mutter, beigebracht, dass ein Leben in der Defensive gar nicht mal so schlecht- und auf jeden Fall nicht so nervenaufreibend ist wie deines."

„Du meinst: jedem das seine, oder was? Koste es was es wolle, Hauptsache ich. Also nix da, von wegen ein Teil des großen Ganzen und so. Nix da, von wegen Rücksicht und Nächstenliebe und bla, bla. Na schön. Ich frage mich allerdings wie du die Sache sehen würdest wenn ausgerechnet du, in so einem Moment wie eben, eine gestresste Mutter mit Kinderwagen wärst, die ganz dringend einen Parkplatz sucht, weil sie mit ihrem behinderten, schwerkranken Kind ganz dringend zum Arzt müsste, weil sie sonst auf einen neuen Termin eine halbe Ewigkeit warten müsste, weil sie nämlich Kassenpatienten sind die einfach nicht früher an die Reihe kämen. Was hältst du von dieser Variante, Frau Schmetterling?"

„O Neela. Nun lass´ aber mal die Kirche auf dem Marienplatz stehen. Hinter meiner Parkplatzwahl steckt doch keine böse Absicht. Ich bin lediglich zu faul mit den hohen Absätzen mehr zu laufen als nötig. Das ist doch nun beileibe kein Angriff auf notleidende Mütter. Mach´ dich nicht lächerlich; das machen andere mit Sicherheit auch nicht viel besser."

„Genau! Bingo! Behinderung ist doch kein Angriff, i-wo, nicht wahr? Eine Behinderung könnte allerdings ganz schnell als Angriff verstanden- oder wahrgenommen werden, wenn jemand gerade einen sauschlechten Tag hat. Und dann wundert ihr euch warum die Welt so schlecht geworden ist, wenn selbst die kleinste Spielregel keine Beachtung mehr findet? Und als letzte Konsequenz schließt man einfach die Augen und sieht sich einfach keine Nachrichten mehr an und schon ist alles in Butter, nicht wahr? Was man nicht sieht das gibt es nicht, fertig. Wie ein Unglück entsteht ist doch scheißegal; wen interessiert schon die Ursache. Nur das viele, schöne, leuchtende Blut ist interessant, was sich in Berichten immer so abscheulich gut macht. Sehr bequem, liebe Selma. Diese Art von Glücks-Baukasten ist mir noch nie untergekommen. Meine Spielsachen waren allesamt in gemeine Realitäten verpackt. Träumen hat man mir nicht beigebracht, nur streben. Stereotype Menschen sind wirklich in eindeutiger Überzahl. Niemand von ihnen würde meine Schublade mit den Emotionen drin finden die ich tagtäglich verspüre. Auch du nicht, weil du Angst hättest etwas von dir darin zu finden, du Diplom-Schmetterling."

Selma verdrehte genervt die großen, perfekten Augen und sah in den Himmel. Gesten sagen mehr als Millionen Worte, hatte Neela erst letzte Woche noch behauptet. Sie sah ihre Schwester säuerlich von der Seite an. So richtig in Fahrt gekommen holte sie noch einmal aus und referierte weiter.

„Weißt du, meine allerliebste, am Weltgeschehen desinteressierte halbe Schwester: es ärgert mich ungemein wenn die Menschheit anschließend laut jammert, dass ihnen Unrecht – vielleicht sogar in Form von Gewalt, angetan wurde. Und alles nur, weil sie auf einem für bestimmte Menschgruppen reservierten Parkplatz gestanden haben. Dass ihnen dann, nach so einer gefährlichen Überreaktion einer womöglich wildfremden Person die sich das nicht gefallen ließ, keiner der verpennten Exekutive nachdrücklich hilft, das kann man dann natürlich überhaupt nicht verstehen, nicht wahr? Böse, böse Welt. Kleine Ursache, große Nachwirkungen mit unkalkulierbaren Konsequenzen und allerhand schlechten Erfahrungen. Es hätte immerhin vermieden werden können, wenn man rücksichtsvoll gehandelt- und nur ein paar kleine Hinweise beachtet hätte. Schon wäre alles in Butter und Weltfriede wäre möglich. Aber davon abgesehen: Auch ohne dass man gegen irgendeine sinnige oder unsinnige Regel verstößt kann es dir in der heutigen Zeit passieren, dass irgend so ein durchgeknallter Psycho auf dich losgeht und dir völlig grundlos etwas antun will, weil ihm gerade danach ist, oder weil Allah ihm das ins Ohr geflüstert hat. Damit muss man offensichtlich jederzeit rechnen, und deshalb meide ich die große, weite Welt so gut ich eben kann freiwillig, ohne dass mich dazu jemand zwingt oder überreden muss. Solange sich an unserer kränkelnden Kuscheljustiz nichts ändert, Selma, solange bleibe ich im Rückzug, weil ich – wie mir immer mehr bewusst wird, durchaus dazu in der Lage wäre jemanden zu töten, wenn ich die Möglichkeiten dazu hätte. In mir schlummert eine potenzielle, unüberlegte, hemmungslose Mörderin, liebe Schwester. Wenn ich zusehen müsste wie so ein Idiot Tiere, Kinder und alte Menschen quält, ich wüsste nicht was ich im Stande wäre zu tun. Ich will es auch lieber gar nicht wissen, weil ich vermutlich vor mir selbst zu Tode erschrecken würde. Diese Erkenntnisse über mich selbst, die schütteln mich vor Entsetzen, Selma. Aber es ist tatsächlich die Wahrheit und keine Wichtigtuerei oder Gerede.

„Die Nachlässigkeit der Exekutive ist immer wieder und immer noch dein Lieblingsthema, nicht wahr?"

„Ist das ein Wunder?", biss Neela heftig zurück. Diese lapidare Frage brachte sie erst richtig in Fahrt, obwohl sie das Thema schon längst beenden wollte. „Nachdem was man mir alles zugemutet hat wunderst du dich? Diese fette, freche, vor Neid ganz gelbe Polizistin und den ultragelangweilten Staatsanwalt dem ich die Mittagspause versaut hatte-, oder den ungläubigen Freizeit-Hilfsrichter werde ich meiner Lebtage nicht mehr vergessen können, dieses stinkfaule unverschämte Pack. Unser Rechtssystem besteht doch primär aus minderbegabten Geschichtenerzählern, mit dem/der Vorsitzenden als Schiedsrichter an der Spitze dieses maroden Systems. Bei Gericht, an diesem heiligen Ort, gilt leider das Prinzip: wer am besten lügt der gewinnt; Angestellte nicht ausgenommen. Unterstützt wird unser fragwürdige System von Richtern und Richterinnen die es nicht für erforderlich erachten Schriftsätze - respektive Gutachten, *vor* Prozessbeginn wenigstens insofern in Augenschein zu nehmen, dass deren Inhalt - wenigstens dem Sinn nach bekannt sein dürfte, und nicht erst *während* der Verhandlung bei einem Rechtsbeistand klammheimlich abgefragt werden muss, auf dessen Interpretation man sich dann auch noch bedenkenlos einlässt, und mit dieser dürftigen Einschätzung der Sachlage tatsächlich glaubt zu einer kompetenten, gerechten Beurteilung imstande zu sein, nicht wahr? So ist es doch in den meisten Fällen die nicht von öffentlichem Belang sind. Ich könnte kotzen, Selma. Und dann auch noch meine damalige nachdrückliche Ablehnung des *nicht* vom Gericht bestellten und ordentlich vereidigten Sachverständigen der gegnerischen Partei. Das wurde von dem Vorsitzenden Richter mit voller Absicht einfach mal übergangen und blieb völlig unberücksichtigt. Sie fuhren Karussell mit mir, ohne sich auch nur eine Sekunde dafür zu schämen. Insofern lag hier eine fehlerhafte Prozessführung vor, die es zu beanstanden galt, Selma. Ich *musste* mich doch wehren, oder etwa nicht? Unter den gegebenen Umständen erwog ich natürlich - wollte man meinem Begehrten nicht stattgeben, eine ordentliche Wiederholung der Verhandlung durchzuführen und endlich einen ordentlich vereinigten Sachverständigen zu bemühen. Ich sah mich gezwungen die Öffentlichkeit über diese Ungleichbehandlung in Kenntnis zu setzen. Und dann erst musste ich feststellen, dass ich auf dieser Welt mutterseelenalleine dastehe und keine Sau sich für mein Schicksal interessiert. Erst danach war es vor-

bei mit dem normalen sozialen Leben. Was soll ich denn zwischen diesen abgestumpften Dumpfbacken herumlaufen und nach sozialen Kontakten Ausschau halten? Wozu? Was könnten diese Menschen mir geben wovon ich nicht viel mehr zu bieten habe. Empathie vielleicht? Das ich nicht lache. Und jetzt gehen wir mal Schuhe kaufen auf denen du auch wirklich schmerzfrei laufen kannst; ich kann kaum hinsehen wie du hier entlangtrippelst. Beenden wir das Thema. Du verstehst mich ja sowieso nicht. Lass´ uns das Thema jetzt bitte wechseln. Wenn du nicht mitkommen willst werde ich dich an den Haaren hinter mir her ins nächstbeste Schuhgeschäft schleifen. Kein Witz. Überlege es dir gut."
An diesem Nachmittag fanden die ersten Ballerina-Schuhe in Selmas Haus eine neue Heimat. Primäre, wenngleich auch mit extra viel Glitzer und Glamour.

Im Wiener Café saß man fast auf der Straße der Fußgängerzone. Wenn man nicht gerade mit dem Rücken zur Straße Platz fand, musste man die vorbeiziehenden Menschen betrachten, ob man wollte oder nicht. Selma und Neela saßen vor einem Berg von Eis mit frischer Sahne. Selma hatte sogar ihre eben erworbenen Schuhe angezogen, weil ihr heute die Füße tatsächlich mehr schmerzten als sonst. Das muss das lädierte Gewissen sein, dachte sie. Neela hatte es ihr einfiltriert, das war nicht so ganz fair. Und als hätte diese Kopfwäsche für heute nicht ausgereicht, pilgerte in diesem Moment auch noch eine Frau vorbei, die in ihrem übergroßen Kinderwagen ein Zwillingspaar spazieren fuhr von dem ein Kind eindeutig vom Down-Syndrom betroffen schien. Selma blickte verschämt in ihren Eisbecher, was Neela ein diabolisches Grinsen auf die vollen Lippen zauberte.

„Wollen wir nachher noch in der Kirche eine kleine Kerze anzünden und um allgemeine Vergebung bitten", fragte sie spitz. Der Teufel in ihr trieb Situationen wie diese allzu gerne auf die Spitze.

„Mhm... Können wir machen", sagte Selma kleinlaut.

Schweigend löffelten die beiden Schwestern an ihrem Eis. Jeder hing seinen eigenen Gedanken hinterher. Selma war es, die das Wort zuerst an Neela richtete. Sie kaute auf ihren Gedanken herum, das konnte man deutlich sehen. Außerdem war sie geläutert und hatte den Hauch einer Einsicht im Gesicht.

Ich habe das vorhin doch nicht ernshaft böse gemeint, Neela. Ich will doch niemandem einen Parkplatz oder sonst was wegnehmen, wirklich nicht. Das war dumm von mir."

„Böse? Sagtest du tatsächlich böse...?" Neela lächelte ihre Schwester an und ihr Gesicht entspannte sich. „Das Böse, liebe Selma, das *wirklich* Böse besitzt eine große Faszination und hat beängstigende Auswirkungen, Selma. Böses verbindet man mit der primären Aufgabe Angst und Schrecken zu verursachen, Selma. Aber es hat auch eine große Faszination Bewunderung anzufachen für den- oder diejenigen die sich mit dreistem, psychopathischen Selbstbewusstsein über Gesetz, Ordnung und Moral hinwegsetzen. Das, liebe Schwester... das habe ich beileibe nicht gemeint, als ich dir eben eine Gardinenpredigt verpasst habe. Es ging mir lediglich ums simple Prinzip. Wo fangen die Ursachen für große Auswirkungen an. Ich wollte dir nur sagen, dass ein wenig mehr Rücksicht die Welt ein bisschen schöner machen könnte."

„Was verstehst du eigentlich unter Liebe?", fragte Selma etwas schüchtern. „Darüber haben wir, glaube ich, irgendwie noch nie wirklich ausführlich gesprochen, fällt mir gerade ein."

Neela hörte auf zu essen und sah ihre Schwester wieder an. Diese Frage überraschte sie, wo sie doch sicher war, sich hier schon einmal erklärt zu haben. Dinge verschieben sich, dachte sie. Womöglich hat ihre Sichtweise in der Zwischenzeit verändert und sie hat es wieder vergessen was sie damals sagte.

„Tja... Da fragst du mich was, liebe Schwester. Früher, als ich noch jünger war und nicht über die jetzigen Erfahrungen verfügte, da war die Liebe sicherlich schnell erklärt. Aber heute ist heute. Und in mir so viele Zweifel und Ängste vor weiteren Verletzungen, das alte Sichtweisen nicht mehr stimmen können. Heute, aus meiner jetzigen Sichtweise würde ich sagen: Bewunderung. Ja Bewunderung ist auch Liebe. Begierde, Sehnsucht nach Sicherheit, Körperlichkeit und sogar Status. Ja... Status gehört unbedingt zur Liebe, weil man ihn so sehr anstrebt, diesen Status und das Ansehen von außen, dass man viel empfinden muss dafür. Schließlich sind Menschen dafür bereit allesmögliche zu tun und zu opfern. Die Freiheit zum Beispiel. Zeit. Freie Zeit. Auch Ausbruch aus der Familie kann Liebe sein, weil man womöglich durch diesen Ausbruch die angestammte Familie schont, ohne das die es jetzt schon verstehen könnte, weil sie sich natürlich verlassen fühlt, verraten, unversorgt, den Status einbüßend. Schwärmerei und Euphorie, vielleicht auch Geilheit. Das alles ist Liebe in meinen Augen. Ich möchte heute so weit gehen, diese Liebe - wie Du sie gerade nachfragst, nicht im

Entferntesten mit der Nächstenliebe zu vergleichen. Nächstenliebe scheint mir weit mehr an Größe zu besitzen, weil sie mehr beinhaltet als nur einfache Liebe. Nächstenliebe ist in meinen Augen die einzig wahre Liebe. Liebe wird verkannt, verwechselt, unterschätzt und überschätzt gleichermaßen. Mehr fällt mir im Augenblick dazu auch nicht ein. Reicht dir das fürs Erste? Oder hat deine Frage einen ganz bestimmten Hintergrund der mir entgangen ist?"

„Nein, oder ja doch", zögerte Selma ihren Löffel hypnotisierend. „Eine Sache wäre da noch. Wie sieht es denn in dir mit der lebensnotwendigen Selbstliebe aus? Hast du welche und wenn ja, ist das in Ordnung für dich oder hältst du Selbstliebe für Egomanie?"

Neela lächelte und sah Selma liebevoll an. Sie ahnte, dass ihre Erklärung von eben nicht ganz ihren Geschmack getroffen hatte. So viele *um-die-Ecke-Gedanken* schätzte sie nicht. Für Selma stand Liebe schlichtweg auf Platz eins; egal wie man sie kategorisierte. Für sie gab es an dem Begriff Liebe nichts zu deuteln. Liebe war eine klare Sache und fertig. Entweder man liebte oder man tat es nicht. Neelas philosophische Auslegung bot ihr zu viele Auswege es zu tun oder nicht zu tun. Jedoch: auf *verletztes-Kind-Geseiere* wollte sie sich auch nicht einlassen.

„Ich weiß was ich mir wert bin, Selma. Das kann ich dir genau sagen: wenn man mich vernichten will dann kämpfe ich dagegen an, und zwar mit allen Mitteln die mir zur Verfügung stehen. Notfalls mit Gewalt, die ich eigentlich verabscheue. Eine bekennende Kriegerin könnte man sagen. Ja. Ob man das als Selbstliebe bezeichnen könnte, das kann ich dir nicht beantworten, vermutlich schon. Welche Liebe könnte schon größer sein, als dass man sich vor sich selbst hinstellt und sich beschützt? Ich weiß es wirklich nicht. Darüber habe ich mir noch nie Gedanken gemacht. Ich schätze die Liebe einer Mutter zu ihrem Kind ist die größte Liebe überhaupt. Allerdings habe ich diese Liebe niemals kennengelernt; ich kenne es nur vom Hörensagen aus anderen Familien und von dir. Mir ist lediglich bewusst, dass ich das Leben, welches mir anvertraut wurde und welches in meinen Adern pulsiert, verantwortungsvoll behandeln muss. Wenn ich mich an den Rand eines Hochhausdaches wegen eines unsinnigen Fotos zur Schau stelle und dabei abstürze, dann war ich dumm und leichtfertig und habe keinen Deut Mitgefühl verdient, so meine Meinung. Noch nicht einmal von einem dieser unzähligen Heuchler die Verständnis für alles, wie Konfetti in den Medien verteilen, noch nicht einmal das. Ich entwickle zurzeit ohnehin eine regelrechte Gutmenschen-Allergie. Manche treiben es wirklich auf die Spitze mit ihrer Heuchelei. Sie verursachen mir pure Übelkeit. Sie nennen diese dumme Selbstdarstellung dann schamlos Nächstenliebe. Und wenn du mich schon so direkt nach Liebe und Nächstenliebe fragen möchtest, Selma, dann fällt mir auf, dass ich nicht einmal wirklich weiß, ob ich überhaupt lieben *kann*. Wenn ich mir meine Vergangenheit so von weitem betrachte, dann möchte ich fast behaupten, ich kann es nicht. Schließlich habe ich alles vergeigt. Korrektes Versagen beherrsche ich aus dem ff, wie man sieht. Hätte ich Anton die eingeforderte Beachtung geschenkt, nach der sein Ego tagtäglich geschrien hat, wer weiß... vielleicht wäre dann nicht alles schief gegangen. Offensichtlich fehlt es mir an der nötigen Grundqualifikation vertrauensvoll und voller Hingabe zu lieben; keine Ahnung. Aber an einer Charaktereigenschaft fehlt es mir gewiss: die Fähigkeit zu heucheln.

„Lass´ uns bezahlen und gehen, sagte Selma etwas betroffener als sie es zugeben würde. „Mir ist so nach einer Vergebungskerze für einen Euro das Stück."

Auch ein festes Ritual der dualen Geschwisterlichkeit war es, pro Shoppingtour in die Innenstadt, einen Abstecher in die berühmte Marienkirche zu machen. Mit einem Euro pro Kerze durfte man Bitten an den Allmächtigen auf den Weg nach oben abschicken. Die restliche Arbeit, bezüglich entsprechender Erfüllbarkeit jener unkompliziert verschickten Wünsche bliebe, nach ordnungsgemäßer Bezahlung, den Kräften des eigenen Glaubens überstellt. Die Zeche zu prellen machte also keinerlei Sinn. Der liebe Gott sah alles.

Kapitel 4: **Sprechzeit zu Ende.**

Das Leben hatte ihren Peiniger doch auf seine Weise gelöscht. Göttliche Energie hatte ihre Hand im Spiel, behauptete Neela aus tiefgläubiger Überzeugung. Seit sie die Sache mit Gott für sich entdeckt hatte, die Ex-Atheistin vor dem Herrn, seit dem hatte sich einiges in ihr verändert. Anton jedoch existierte immer noch in ihrem Kopf. Seine Sprechzeit war nun schon seit fünf Jahren zu Ende. Wieso wollte diese unumstößliche Tatsache in ihrer eigentlich vernunftbegabten Erkenntnis keinen Platz nehmen? Kein Leben jenseits ihrer Ängste schien noch möglich, so als wäre sie schwer von Begriff; im Kopf irgendwie behindert und gehindert die reale Realität- die Wirklichkeit zu akzeptieren. Es ließ sich nicht an, wollte sich einfach nicht wandeln dieses Gefühl. Die schmerzhafte Ablehnung, die ihr - zur Außenseiterin geworden - tagtäglich entgegenschlug, war ebenso fähig diese kalte, zerstörerische Erinnerung immer noch vollständig am Leben zu erhalten, als sei dies alles erst gestern geschehen. Andere Argumente konnte Neela nicht finden, um dieses hartnäckige Phänomen zu erklären, dass ihr nicht von der Seite weichen wollte. Wenn die Zeit alle Wunden heilte, dann bewies sie in ihrem speziellen Falle, dass die Zeit auch wunderbar korrekt versagen konnte und nichts heilte, rein gar nichts. Damals, nach ihrem kurzen Aufenthalt im Frauenhaus, behauptete dieser schmierige Typ Detlef H. vom Weißen Ring, dass eine Normalisierung- eine *Ent*-traumatisierung genau so viel Zeit in Anspruch nähme wie diese bitteren Erlebnisse als solches angedauert hätten; also fast dreizehn Jahre lang.

Während er sprach versuchte er tröstend den Arm um Neelas Schultern zu legen. Heute stand dieser Widerling selbst vor einer mehrfachen Anklage wegen sexueller Belästigung ihm anvertrauter Frauen. Wenn das kein Skandal war... Wem sollte man, um Himmels Willen, denn noch über den Weg trauen, wenn nicht einem Mitarbeiter vom Weißen Ring der früher sogar – wie er behauptet hatte, bei der Polizei beschäftigt war? Wem? Sprachlos fand Neela dazu keine Worte. Ihr wurde übel, wenn sie daran zurückdachte, wie ihr Instinkt vor diesem Mann einen Schritt zurückgetreten war und sie den Kontakt zum Weißen Ring, alleine wegen ihm, abgerochen hatte.

Alltägliche schlechte Routine-Nachrichten und verheerende Berichte aus einer unverbesserlich streitbaren, perversen und nach Blut dürstenden Welt trugen ebenfalls ihren Anteil zur Erhaltung ihrer unfreiwilligen Rückzugs-Konditionierung bei, die, in den Augen der anderen, entweder als unorthodoxe Lebensart- oder als überkandideltes, hysterisches, depressives Getue und nicht als Tatsachen abgestempelt wurde, was Neela - wenn sie alleine in ihren vier Wänden saß, als verletzend, dumm und ungerecht empfand. In Gesellschaft ließ sie sich nichts anmerken und tat als stünde sie über den Dingen. In ihr stand es etwas anders, um die Dinge die sie hinnehmen musste, weil bis heute niemand wirklich gefragt hat, wieso, weshalb und warum es so ist wie es ist. Neela hatte sich im Laufe der Jahre quasi selbst abgerichtet wie einen geübten Schweißhund, welcher eine Fährte schon beim kleinsten Missklang wittern konnte. Sie roch den Neid und absurde eifersüchtige Befürchtungen, Missgunst und intrigante

Lügen wie eine stinkende, gärende Kloake schon aus weiter Entfernung. Blicke konnte sie deuten, Gesichter lesen wie einen herkömmlichen Buchtext. Gesten konnte Neela in ihren Bedeutungen zu- und einordnen und Menschen erkennen deren Gesichtszüge klare, leicht zu definierende Charaktereigenschaften schon von außen verrieten. Die Körpersprache, die Vielsagende, sie versetzte Neela in eine regelrechte Faszination. Sie erzählte Selma oft von ihren Studien am Objekt, und wieviel die Menschen von sich verrieten wenn sie glaubten nichts zu sagen. Korrupte Despoten, die man so gerne als Staatsmänner erwählte und an die Führungsspitze eines Landes platzierte, die waren am leichtesten auszumachen, schwärmte sie Selma vor, die ihre Begeisterung überhaupt nicht verstehen konnte. Trotzdem lauschte Selma den Erklärungen ihrer Schwester, denn etwas Brauchbares blieb dabei immer hängen. Diese Gesichter... die Gesichter diverser Staatsmänner und Konzernvorstände, die hätten allesamt etwas schizoid Herablassendes, dozierte Neela temperamentvoll ausgiebig und schullehrerhaft. Aber man brauchte sehr viel Zeit, sagte sie nach Luft beißend, um so ein *menschliches* Bild- so ein Puzzle vollständig zusammenzusetzten. Neela nahm sie sich, diese erforderliche Zeit. Aus Angst davor, dass ihr noch einmal so ein verheerender Fehler unterlaufen könnte, sich einer Person zuzuwenden, die es am Ende nicht gut mit ihr meinte. Einzig und alleine eine ganz spezielle Sorte von Männern hatte leichtes Spiel Neelas Sympathien zu erobern. Sie, diese Auserwählten, sie stürmten ihr Herz im Galopp, ohne es überhaupt beabsichtigt zu haben, ganz wie von selbst. Sah man sie einmal schwatzhaft und lachend in ein Gespräch mit einem Mann vertieft, dann gab sie all ihre Zuneigung hinein, in diese Begegnung. Sie selbst nannte es den Schwuchtel-Bonus. Ihnen dichtete Neela ungeahnte Vorzüge an.

Hätte man ihre Mutter ausgefragt, wie Neela im Wesen *vor* dieser- fast dreizehn jahrelang andauernden Gefahr gewesen war, dann hätte sie bestätigt, dass ihre eigenbrötlerische Tochter schon immer abwegige Ziele beschritten hatte. Risikobereit und mit reichlich Fantasie bewaffnet, hatte sie schon immer Lichter am landläufigen Horizont erkannt, wo andere noch nicht einmal einen Horizont als solches sahen. Hätte die alte Dame geahnt, dass Neela heutzutage bevorzugt mit dem Tal der Tränen kommunizierte, wäre selbst sie zu einer Emotion fähig gewesen. Doch so traurig und nachdenklich Neela auch sein mochte, so vehement tanzte sie einen inneren Tango, wenn Recht und Gerechtigkeit sich durchsetzen- und Gewinne verbuchen konnten. Wie ein Kind feierte sie ausgelassen deren Sieg.

Gutes, so sagte man, könnte nicht sterben. Mag sein, dachte Neela voller Zweifel. Sie wusste es nicht wirklich; Beweise fehlten ihr überall. Gutes schien wohl in der Lage sich unsichtbar zu machen und an einem anderen Ort weiter zu existieren. Ein schüchternes Gefühl, eine Ahnung sagte ihr, dass sie mit dieser Vermutung goldrichtig lag. Dies erklärte sie erst gestern ausführlich im Gespräch mit ihrer Schwester, nachdem sie deren Aufforderung, doch mitzukommen, großzügig und sehr deutlich abgelehnt hatte.

Selma hatte sie freudestrahlend zu einem Wagner-Konzert in die Musik- und Kongresshalle eingeladen,

nachdem ihre Tochter nun doch keine Zeit hatte mitzukommen. Das Ticket würde verfallen, fände Selma
keinen angemessenen Ersatz.

„Stelle dir einmal vor", referierte Neela, fast schon
ein wenig empört über die Einladung sich in eine
unbekannte Menschenmenge zu begeben. „Stell dir
einmal vor du würdest wegen eines sehr schweren
Verbrechens - meist ist dies ein Tötungsdelikt - zu
einer lebenslänglichen Haftstrafe verurteilt und nach
40 Jahren, wegen guter Führung und zum Zwecke
der Resozialisierung, wieder entlassen. Dann stün-
dest du vor der großen Aufgabe dort draußen, dort,
wo du so lange Zeit nicht mehr gewesen bist, wieder
die Orientierung zu finden, als wäre niemals etwas
geschehen. Das ist schlichtweg unmöglich! Selbst
wenn du mit den besten Ansichten wieder die Welt
betreten würdest und geläutert ein guter Mensch
geworden wärst, schlüge dir ein eiskalter Wind von
Vorurteilen ins Gesicht. Stimmt's?"

„Ich verstehe nicht...", stotterte Selma. „Was willst du
mir denn damit sagen?"

„Na, dass ich mich fühle wie ein entlassender Sträf-
ling oder ein dunkelhäutiger, verhasster Flüchtling
mit siebzehn Pässen. Das sagte ich doch schon oft
genug, oder etwa nicht? Ich will mir die angewider-
ten Visagen meiner Geschlechtsgenossinnen, die ein
Männchen am Arm oder an der Leine führen, erst gar
nicht vorstellen. Es kotzt mich an. Immer wieder
dieses gleiche Spiel, als wollte ich jemandem etwas
wegnehmen. Ätzend, Selma. Einfach ätzend. Ich wage
es ja kaum mich einmal hübsch zu machen, ohne
dass man mir unterstellt ich sei auf der Jagd. Darauf
habe ich wirklich nicht die geringste Lust. Und dann

auch noch Wagner, nee. Ausgerechnet Wagner. Ich war einmal mit einem Kerl befreundet, dessen Mutter hatte ihn auf den Namen Wotan getauft. Sie hatte wohl auch ein wenig zu viel Wagner gehört, neige ich zu vermuten. Wotan, nannte sie ihren bescheuerten Bastard. Ich bin mir sicher, dass er in der Götterdämmerung gezeugt wurde, so göttlich wie er sich mir gegenüber herablassend gab. Er hat mir Wagner gehörig verdorben. Klassik ja gerne, aber zu Hause und nicht ausgerechnet Wagner. Nein ich will nicht. Geht ihr mal hübsch alleine."

Selma war enttäuscht, weil ihr geliebter Ehemann zu Hause, nämlich auch seine Begeisterung für Wagner vermissen ließ. In Bezug auf einen gemeinsamen Musikgeschmack hatte sie kein Land in Sicht. Das verschwieg sie Neela, weil sie mit aller Macht ein makelloses Beziehungsbild aufrechterhalten wollte, um immer noch Hoffnung auf ein gutes Ende bei ihrer beschädigten Schwester zu schüren. Bislang war Neela davon völlig unbeeindruckt geblieben, wie ihr schien. Nur eines wusste sie mit absoluter Sicherheit: Neela liebte ihren Schwager auch ohne Übereinstimmungen von ganzem Herzen. Damit hatte es sich. Selma konnte sie trotzdem nicht auf den Geschmack bringen es ein allerletztes Mal zu versuchen sich zu öffnen. Keine Chance.

Was hatte Neela damals für heftige Bedenken, als Selma sich ihren deutlich jüngeren Mann unters manikürte Nägelchen riss. Ein Veto reihte sich ans andere. Am liebsten wäre sie dieser Hochzeit sogar fern geblieben, um am kommenden Scheitern nicht teilnehmen zu müssen, welches sie so vehement voraussagte. Im Gegensatz zu ihr meinte es das Schicksal aber vorbildlich mit Selma, denn was sie danach leben durfte war der reinste Inbegriff von partnerschaftlichem Paradies auf Erden. Dafür war Neela jeden Tag aufs Neue dem Universum zutiefst dankbar. Ohne ein brauchbares Beispiel einer liebevollen Partnerschaft hätte sie keinen Sinn mehr gesehen noch weiterhin auf dieser kränkelnden, maroden Erde zu verweilen. Es gab in ihrer Vergangenheit genügend Tage völliger Resignation, welche durchaus dazu in der Lage gewesen wären ein vorzeitiges, selbstbestimmtes Ende in Erwägung zu ziehen. Immer dann, wenn Selma ihrer beschädigten, großen Schwester noch einen letzten Versuch schmackhaft zu machen versuchte, sagte Neela – ohne die Spur einer leichten Trauer in der Stimme, dass ihr Paradies *unterm* Haus sei. Damit meinte sie – in gewisser Weise bescheiden - das nagelneue Schwimmbad und den Fitnessraum im Erdgeschoss des Gebäudes, welches den Bewohnern, gegen eine Gebühr, täglich zur Verfügung stand. In *un*-gewisser Weise allerdings, entstammte dieser Spruch mit dem Paradies unterm Haus einem Liedtext, den Neela heimlich, laut und ziemlich oft ihren Ohren gönnte. Von ihrer Leidenschaft zu dieser außergewöhnlichen Band verriet sie ihrer Prinzessinnen-Schwester nichts. Das hätte sie ohnehin nicht verstanden, glaubte sie, und sie, Neela, nur unnötig in ein falsches Licht gerückt.

„Na gut", warf Selma resigniert das schmutzige Handtuch der Resignation. Nächstes Mal lasse ich mir die Ohren zunähen, saufe auf Ex eine ganze Flasche Prosettscho, futtere drei bis sieben Ritalin und kaufe für dich und meinen Herrn Gemahl und meine Wenigkeit drei Tickets in der ersten Reihe für das nächste Konzert dieser widerlichen, perversen, viel zu lauten Rammsteine, damit es meiner - vom guten Geschmack nie heimgesuchten Schwester Eisprinzessin, endlich einmal zusagt. Was seid ihr doch allesamt für Kulturbanausen, mein Gatte und du."

Neelas Augen leuchteten wie zwei Sterne, als Selma diesen hypothetischen, nicht ernstgemeinten Vorschlag hören ließ, auch wenn es nur scherzhaft gemeint war. Sie wusste nicht dass Selma Bescheid wusste. Woher sie von ihrer Vorliebe für diese Band wusste, wusste sie auch nicht. Hatte Selma womöglich in ihrem Musikrepertoire herumgestöbert während sie auf dem Klo saß. So musste es gewesen sein. Sie wusste allerdings auch, so sicher wie ein frommes Amen in der Kirche, das Selma nie im Leben mit ihr dorthin gehen würde. Alleine nur den Vorschlag zu machen war Balsam auf die filigrane, lädierte Seele Neelas. So ein Zugeständnis konnte sie leicht als Liebesbeweis bewerten, wie sie fairer Weise zugab. Neela machte dieses liebevolle Zugeständnis an ihrem eigenem Verhalten fest. Aus tiefer Liebe zu ihrer spät gefundenen Schwester- aus tiefer Dankbarkeit für diese wahrhaft unerwartete Überraschung, dieses Himmelsgeschenk das vor zwanzig Jahren aus der verstaubten Kiste mit den Familiengeheimnissen ans helle Tageslicht gekrochen war, aß sie auf Selmas Hochzeit, um ihre große Mühe etwas Besonderes zu bieten nicht zu enttäuschen, sogar drei nicht koschere Austern. Für keinen anderen Menschen auf der Welt hätte sie dieses erschütternde, widerliche, abscheuliche Opfer gebracht. Mit aller Kunst betäubender Verdrängung die sie aufzubieten im Stande war, kniff sie fest die Augen zu und schluckte hinunter, was sich da so ekelhaft in ihrem Mund anfühlte. Neela hatte den ungeschätzten Happen in derart viel Zitronensaft ertränkt, dass kein Mensch mehr geschmeckt hätte worum es überhaupt ging. Im Grunde ein ganz brauchbares Mittel, welches sich auf andere Situationen vermutlich genauso gut anwenden ließ. Wieso Neela nicht im Stande war das Weltgeschehen in Zitronensaft zu ertränken, auszublenden und runterzuschlucken, wollte sich ihr nicht erschließen. Das hätte so einiges erleichtert; aber es ging nicht. Es ging einfach nicht. Selbst dann nicht, wenn sie eine konsequente Woche lang, keinerlei Nachrichten mehr konsumiert hätte. Neela war ums Verrecken nicht immun zu machen, gegen die derzeitigen Entwicklungen auf dieser maroden, verletzbaren Welt. Alles, zog sie sich tief unter ihre dünne Haut; selbst ein unbedeutender Totschlag am anderen Ende der Welt. Empfindsame Menschen haben es schwer, wusste sie, ständig nach hilflosen Ausreden suchend. Damit müsse sie leben, sagte sie. Zu filtern sei ihr leider nicht gegeben.

„Könnte deine Tochter die Tickets nicht im Internet verkaufen? Willst du dir Wagner wirklich geben?"

Selma fühlte sich ertappt. Im Grunde war es eine dumme Idee, etwas zu tun, wovon sie selbst nicht wirklich begeistert war. Ungern gab sie ihrer kantigen Schwester Recht, die in ihrer direkten Art niemals störende Blätter vor den Mund nahm. In ihrem, von Anton übernommenen Lebens Motto, nicht auf die Welt gekommen zu sein, um Anderen zu gefallen, war kein Platz für faule Kompromisse. Kompromisse, behauptete Neela steif und fest, seien der Anfang allen Übels überhaupt.

Das Thema Wagner war erledigt. Die Tickets erfolgreich und ohne Verlust wieder verkauft und es wurde nicht mehr darüber geredet. Jeder kann sich mal irren. Intellektuell sein zu wollen wenn man es nicht ist, erweist sich stets als denkbar schlechte Variante, um Anhänger zu finden.

Wie immer lief die Zeit – mal schnell, mal träge, mal rasend oder auf der Stelle schleichend - durch unterschiedliche Welten und ließ unterschiedliche Ereignisse in ihrem milden Schleier aus Vergessen zurück. Wieder war kein Weltfriede möglich und wieder machte Sahne dick. So wie es aussah änderte sich nichts, außer der Tatsache dass man nur währenddessen, unaufhörlich an Jahren zulegte und die Oberfläche sich unwillkommen veränderte. Schönheitschirurgen gaben ihr Bestes, um die ein- oder andere Entwicklung in Schach zu halten, wobei sich Fratzen als Ergebnis nicht vermeiden ließen, übertrieb man es in seiner ungesunden Gier nach Jugend.

„Lass uns doch heute Nachmittag ein Stück spazieren gehen", schlug Selma am Telefon vor. „Wer weiß, ob das nicht sogar der letzte Tag ist, bevor die ersten Herbststürme meine Frisur wieder in Unordnung bringen. Der Wetterbericht hat so etwas in dieser Art erwähnt. Anschließend können wir eine Pizza essen gehen. Ich bin heute Strohwitwe."

Neela, die so dramatische Frisur-Probleme nicht kannte, weil es ihr im Grunde egal war wie sie aussah, stimmte begeistert zu. Draußen war ihr zweites Wohnzimmer seitdem sie - durch Einwirkung göttlicher Energie, wie sie immer noch steif und fest behauptete, wieder ein freier, freilaufender, artgerecht lebender Mensch geworden war. Einen Tag, nachdem Neela von ihrem alten Freund aus früheren gemeinsamen Tagen erfahren hatte, dass Anton, dieser Barbar, verreckt sei, trieb sie sich einen ganzen, langen Nachmittag erlöst und ohne Bedenken und ohne Angst vor Übergriffen, draußen in der Natur und an ihrer geliebten Steilküste herum, die sie so viele Jahre aus Angst gemieden hatte, weil man auf diesem schmalen Weg einem lauernden Angreifer schutzlos ausgeliefert gewesen wäre. An diesem Tag des erlösenden Anrufs ging sie alleine hinaus, um sich mutig auszuprobieren. Spätnachmittags, weit draußen auf ihrem Lieblingsweg angekommen, stellte sie überrascht fest, dass sie tatsächlich mutterseelenalleine dort herumlief. Schließlich war dieser Tag ein ganz gewöhnlicher Wochentag und das Wetter nicht unbedingt berühmt. Touristen waren um diese Jahreszeit kaum welche im Städtchen, und wenn, dann pilgerten sie an Nachmittagen wie diesem, auf der Suche nach einem hübschen Lokal in dem sie essen gehen wollten, lieber an Schaufenstern vorbei.

Neela war damals – soweit das Auge blicken konnte, ganz alleine... dort... an diesem ganz besonderen Befreiungstag, diesem Geburtstag. Einen Tag vorher, ohne das erlösende Wissen von Antons Ableben, wäre sie an ihrer Angst und Panik erstickt.

Eine Woche vorher hatte Neela mit Selma telefoniert, die damals noch im Harz lebte und mit einem untreuen, merkwürdigen, unsympathischen Rechtsanwalt verheiratet war. Die, nach dem Tod von Selmas Mutter, schicksalhaft wiedergefundene Halbschwester, schien der esoterischen Welt etwas abzugewinnen, was Neela - diese staubtrockene, ruppige Realistin nicht verstehen konnte und nicht verstehen wollte. Selma hatte ihr etwas von einem Urschrei erzählt, der eine nachweislich heilende Wirkung auf die Seele der Menschen habe. An dieses Gespräch erinnerte sie sich, als sie so staunend dastand... am Rande ihrer geliebten Steilküste... und hinausblickte auf die weite, offene, endlos scheinende See, knapp vor ihr ein über zwanzig Meter tiefer Abgrund; nur ein Schritt hätte genügt... Prüfend nach rechts und links blickend, ob auch wirklich niemand in ihrer Nähe sei, fasste sie sich ein Herz und schrie. Sie schrie sich die verwundete Seele sprichwörtlich aus dem vernachlässigten Leib und stellte fest, dass Selma tatsächlich Recht hatte, mit ihrer absurden Behauptung das Schreien die Seele – zumindest für den Moment, erleichtern und befreien würde. Neela würde es niemals mehr vergessen, wie sie anschließend, mit schmerzenden Lungen und völlig außer Atem, plötzlich ihre Tränen frei fließen lassen konnte, die zu weinen sie vorher nicht im Stande gewesen war, weil ihre brennende Wut sie immer daran gehindert hatte. Neela spülte an diesem Nachmittag alles aus sich heraus was ihr das kleine Leben so drastisch beschnitten hatte. Und ohne zu ahnen, dass sie niemals mehr ins gesellschaftliche Leben zurückkehren würde weil sie es nicht mehr konnte und wollte, weil ein weiterer Versuch auf eine harmonische Beziehung nie wieder infrage käme, nie wieder... wanderte sie an diesem späten Nachmittag, immer noch weinend, rundum erneuert wieder nach Hause. An diesem Tag feierte sie alleine euphorisch einen zweiten Geburtstag. Das war am 24. Mai vor fünf Jahren. Jener Tag - wie Neela vor anderthalb Jahren von ihrer alten Mutter erfuhr - an dem ihr leiblicher Vater, von dem sie bis dato nichts wusste, geboren wurde.

Dieses Geständnis entzog ihr mit einem Ruck sämtlichen Boden unter den Füßen. Alles schien sich zu wandeln, alles um sie herum schien plötzlich an alter Bedeutung zu verlieren, weil alles was vorher gewesen war sich als wohlbehütete große Lüge herausstellte. Alles veränderte sich mit neu einem einzigen Satz, nur diese tief eingefressen Ängste, die blieben unverändert bis heute zurück.

„Warum hatte Anton dich früher eigentlich immer Cara genannt?", fragte Selma in die einvernehmliche Stille und die ruhigen, gleichmäßigen Schritte des gemächlichen Spaziergangs hinein. Neela blieb stehen und sah ihre Schwester überrascht an.

„Wie kommst du denn jetzt darauf?" Neela schüttelte mit dem Kopf. Es gab keinerlei Anlass an Anton zu denken, fand sie.

„Naja", antwortete Selma, etwas in Gedanken versunken auf die offene See blickend. „Ich habe gerade an ihn gedacht, diesen wasserscheuen Widerling. Als mikroskopisch kleine Aschepartikel dürfte er jetzt vor der dänischen Küste herumdümpeln."

Neela grinste. Diese Vorstellung gefiel ihr. Wie man sich bettet so lügt man, dachte sie schadenfroh. Kühle vier Grad so weit unten auf dem Meeresgrund. In der Tat war Anton so wasserscheu wie kein Mensch sonst auch nur wasserscheu sein konnte. Nicht einmal seinen großen Zeh hätte er ins kühle Nass eingetaucht. Neela konnte ihn dazu nie überreden. Etwas Unerklärliches hielt ihn davon ab. Was genau das war, dass konnte er selbst nicht erklären. Zeit seines

Lebens hat er keinen Fuß auf ein Schiff gesetzt. Vermutlich, so die einzige plausible Erklärung, konnte er überhaupt nicht schwimmen.

„Das kann ich dir genau erklären", griff Neela Selmas Frage auf. „Eine alte Fick-Freundin von Anton hatte ihn ungebeten darüber aufgeklärt, dass „Neela" ein jüdischer Vorname sei. Das passte dem feinen Herrn natürlich überhaupt nicht in den Kram. Schließlich entstammte er aus einer angesehenen Nazi-Familie. Wenn wir seinen erstarrten, despotischen, humorlosen Vater in Süddeutschland besucht haben, dann erzählte er allzu gerne von seinen unrühmlichen Heldentaten als angesehener SS-Offizier. Es fiel mir wirklich nicht leicht eine gute Miene zu diesem unerträglichen Spiel zu machen, aber ich habe es hingenommen. Anton ahnte nichts von meiner Herkunft. Anton dachte lediglich empört und verständnislos, dass meine geistig umnachtete Mutter, in Bezug auf meine damalige Namenswahl, an temporärer Geschmacksverirrung gelitten hatte. Denn sie wusste nicht was sie tat, rezitierte er oft übertrieben spöttisch, um mich zu piesacken. Oft genug ritt er auf diesem Thema herum, um mich kleiner zu machen als ich war, weil meine Kompetenz seinem Gemüt schadete. Ich habe ihm seine perfide Freude gelassen und großzügig über seine Beleidigung hinweggesehen. Ich Idiotin, was? Tja... und der Name Cara, das hatte für ihn natürlich einen Hauch von Exklusivität; warum auch immer, es war so. Mir war es egal, weil ich mich bis dahin mit diesem fürchterlichen Völkermord noch nicht wirklich auseinandergesetzt hatte. Heute sieht das etwas anders aus. Heute sind meine Sensoren- meine Antennen geschärft, solche

Menschen mit ihren verwerflichen und verwegen bösen Ansichten zu umschiffen. Heute würde ich es auch nicht mehr wortlos hinnehmen, machte jemand eine antisemitische Bemerkung in meiner Anwesenheit. Heute würde ich jeden das fürchterliche Fürchten lehren, ginge auch nur eine einzige Äußerung dieser Art, in meinem Beisein ausgesprochen, über irgendeinen saudummen Mund."

„Unser gemeinsamer Vater", erzählte Selma weiter, „der wollte ursprünglich, dass ich auf den Namen Aurora getauft würde. Aurora, die Morgenröte. Aber Mutter hatte da so eine Ahnung, dass ich morgens nicht so leicht aus der Hüfte käme. Im Gegensatz zu dir, liebe Schwester, brauche ich ungeheuer viel Schlaf, wie du weißt. Obwohl...: Aurora würde mir heute ganz gut gefallen. Gäbe es diese bildhübsche Schauspielerin nicht, befände ich den Namen Selma, als Prädikat für eine produktive Milchkuh."

Neela lachte laut und von ganz unten, aus ihrem empfindsamen Inneren heraus. Von dort, wo sie es so selten tat. Selma freute sich sofort wie ein Kind einen erfolgreichen Scherz gemacht zu haben und stimmte mit ein in dieses schöne offene, hemmungslose, laute und seltene Lachen.

„Hach...", stöhnte Neela ein wenig aus der Puste gekommen. „Hach...", wiederholte sie albern wie ein Teenager. „Heute wäre ich in Stimmung deiner Weltschöndenker-Kolonie mit reglementiertem, psychedelischen Gesichtsausdruck – nur lächeln erlaubt - und teilweiser Erblindung für die Realität beizutreten. Von morgens bis abends könnte ich dann, betrunken von erfundenem Glück und selbstgestrickter Glückseligkeit, durch die Weltgeschichte torkeln und alle Menschen liebten mich. Irgendwie hast du Recht, Schwester. Es ist die einzige Methode dieses Elend hier zu ertragen. Womöglich könnte ich dann sogar meinen lädierten Lebens-Kompass ausrangieren und gegen einen fetten Joint ersetzen, so untauglich wie er inzwischen geworden ist, dieser Kompass."

„Mache dich ruhig lustig über mich", sagte Selma gespielt beleidigt. Auf jeden Fall ist es millionenfach besser als *dein* un-orthodoxes Leben, welches kein gesunder Mensch auf diesem Planeten nachvollziehen kann und auch nicht will."

„Oh... sag` dieses böse Wort das mit „u" beginnt bloß nicht im Beisein meiner alten Frau Mutter. Sie fiele dir vor die Füße sofort ins Koma. Sie hat ja doch so einiges überstanden. Aber meine Lebensart, die liegt ihr tatsächlich schwer im Magen. Am liebsten würde sie mich noch heute unter die Haube bringen. Daraus macht sie nun wirklich keinen Hehl."

Die beiden Frauen gingen noch bis zur herannahenden Dämmerung auf dem schmalen Fußweg an der Steilküste entlang. Dieser landschaftlich bezaubernde Küsten-Fußweg war ihre gemeinsame Lieblingsstrecke, um in aller Ruhe miteinander zu reden. Erschrocken blickte Selma während des Rückweges auf ihre elegante Uhr und stellte fest, dass sie die Zeit – in die Themen vertieft, völlig aus den Augen verloren hatte. Auch angetan von dieser fröhlichen Ausgelassenheit, die sie so selten bei ihrer Schwester zu sehen bekam, rauschten die Minuten im Eiltempo an ihr vorbei. Nun müsse sie sich aber auf ihre Glitzer-Söckchen machen, sagte sie, während sie Neela herzlich an sich drückte. Ihr geliebter Liebling hätte, um diese Uhrzeit langsam schwer stillbaren Kohldampf, amüsierte Selma sich ausgelassen lachend. Neela bestand darauf sie bis vor ihre Haustüre zu begleiten, um diesen schönen Spaziergang noch so lange wie möglich auszudehnen. Vor Selmas Haus angekommen versprach man sich morgen zu telefonieren und ging für heute auseinander. Neela blieb vor dem Gartentor noch einen Augenblick stehen und sah ihr liebevoll nach. Was sie heute bei ihrer halben Schwester an Beherrschung abgeliefert hatte, das glich einer fehlerfreien Theateraufführung; einer wertschätzenden Oskar-Nominierung wert. Es ging ihr schlecht und Selma hatte tatsächlich überhaupt gar nichts davon bemerkt. Neela hatte ihre halbe Schwester davon überzeugen können, dass heute... nach so langer Zeit in der alles vergessen schien, zwei Sonnen an ihrem persönlichen Himmel standen. Aber zwei Sonnen, das wusste Neela aus Erfahrung, das könnte ein bisschen eng werden.

Nun war sie wieder mit dieser „Sache", wie sie ihr Leben abfällig bezeichnete, alleine. Die Sache, nannte sie ihr kleines, selbstbeschnittenes Leben: die Sache. Für heute war sie froh dass Selma ging, damit sie mit *ihrer Sache* wieder alleine sein konnte. Sie fühlte sich schlecht. Neela ging auf dem Nachhauseweg durch den Park. Ganz automatisch schlug sie diese Richtung ein, ohne wirklich darüber nachzudenken.

Einmal waschen schleudern, aufhängen, sagte eine knarzige, unangenehm laute Stimme in ihrem, vom ausgelassenen Lachen noch ein wenig brummenden Kopf. Macht den Strick nicht zu fest um den Hals, sonst haben wir nichts mehr zum Spielen, hörte sie ganz deutlich Anton sprechen.

Erschrocken blieb Neela stehen und sah sich ängstlich um. Sie war alleine. Keine Menschenseele weit und breit. Ohne es zu bemerken stand sie an jener Stelle, wo man linker Hand das große, unheimliche Maul des Tunnels schon von weitem sehen konnte. Dieser Tunnel war und blieb bis heute ihr erklärter Feind. Als wäre der Leibhaftige hinter ihr her, eilte Neela im Joggingschritt in die entgegengesetzte Richtung. Diese Abkürzung kam für sie sowieso nicht infrage. Nicht heute und nicht irgendwann. Nie mehr würde sie einen Fuß dort hinein setzen. Erst vorne, ganz vorne an der Straße die das Wäldchen zu ihrem Haus trennte, blieb sie atemlos stehen. Über Anton zu sprechen tat ihr beileibe noch immer nicht gut, stellte sie resigniert fest. Neela konnte noch immer keine wertfreie, überlastende Unterhaltung zu diesem Thema führen. Zum ersten Mal seit diesen Geschehnissen von damals, die ihr Leben so voller Wucht aus der Spur geworfen hatten, dachte sie an *die* Frau, mit der Anton, währenddessen, so viele Jahre lang zusammengelebt hatte. Geliebt hatte er diese naive und gleichzeitig unverschämt dreiste Person keine halbe Sekunde lang. Alles nur Show, dachte sie. Diese Frau hatte ja keine Ahnung wen genau-, welchen Teufel sie sich da ins Haus geholt hatte. Anton war kein Dummkopf, nein. Er war ein hinterlistiger, selbstverliebter, nicht so ganz ungefährlicher Soziopath. Ein Musterbeispiel wie es im Buche stand. Ein Lehrbeispiel dessen, was man unter Soziopathie zu verstehen hatte.

Klugheit ohne Liebe macht gerissen, behauptete Neela aus anderen Situationen und Beispielen ableitend. Klugheit ohne Liebe ist eine ungesunde Art des Daseins. Anwalt oder Gauner, so die Optionen des Lebens. Der bürgerliche Mief, den ihm diese devot anmutende Frau zu Füßen gelegt hatte, der war nicht sein natürliches Habitat; ganz und gar nicht. Er wollte es wild und hemmungslos und unverschämt und immer irgendwie einen Hauch kriminell, skrupellos, verrucht und spekulierend.

Die Exekutive – völlig gleichgültig welche, die wurde, während seines ganzen, wilden und verkommenen Lebens seiner Person nicht Herr. Wie hätte es dann diese dumme Frau geschafft ihn etwas zu zähmen, zur Vernunft zu bringen und in Schach zu halten. Man konnte ihn nicht gerade als Gemütsmensch bezeichnen, diesen lauten, dreisten, psychopathischen Widerling mit seiner knarzig dominanten, aufdringlichen Stimme, die er sich die letzten Jahre angewöhnt hatte. Ein Batzen morbider, aufdringlicher Charme war ihm geblieben, mehr nicht.

Wie mochte es ihr, dieser solidarisch- devot anmutenden Frau wohl heute, fast fünf Jahre später nach Antons Abreise ergehen, fragte sich Neela ausgerechnet heute, wo sie doch noch vor ein paar Minuten so schallend, fröhlich, fast albern und ausgelassen gelacht hatte. Wie stand es heute um sie? Hatte diese Frau ihren angebeteten, hochgehaltenen Lebensgefährten, dem sie jedes Wort für bare Münze abgenommen hatte, auch einmal von seiner anderen- seiner wahren Seite kennengelernt, oder beherrschte er sich bei ihr, weil ihm sein größter Fehler den er je im Leben begangen hatte, allgegenwärtig bewusst geworden war? Hatte diese Frau seine wahre- seine abscheuliche wahrhaftige Fratze einmal kennengelernt, oder glaubte sie immer noch er sei ein bedau-

ernswertes Opfer? Anton hatte sich, um die Berufsgenossenschaft und das Sozialamt zu betrügen, absichtlich und ganz gezielt, manipulativ selbst rui-
niert, indem er dieser neuen Frau sein komplettes
Vermögen quasi schenkte, um an Gelder zu gelangen,
die er weder brauchte noch dass sie ihm zustanden.
Neela wusste, um diese unglaublichen Dinge, von
einer seiner Töchter die sich bei ihr, nach Antons
Tod, telefonisch gemeldet hatte. Beide Töchter ver-
muteten, dass Neela Anton noch eine größere Summe Geld schuldete, was natürlich schon sehr lange
Zeit nicht mehr der Fall war. Auf den letzten Drücker, knapp vor Zwölf, hatte Neela damals das ge-
schuldete Geld zurückbezahlen können, weil endlich
dieses verfluchte, umstrittene Unglückshaus verkauft werden konnte. Mehr als vier Jahre zog sich
dieser Verkauf hin. Vier Jahre lang das Damokles-
schwert dicht über dem Kopf baumelnd, hatte das
Universum doch noch ein Einsehen mit Neela, die
alles getan hatte, um eine sinnlose Versteigerung zu
verhindern, die Anton auf den Weg gebracht hatte.
Damals, nach diesem überraschenden und sehr unerwarteten Erkundigungsanruf von Antons Tochter,
dachte Neela noch einmal sehr lange über Anton
nach, der gerade vor ein paar Tagen jämmerlich kre-
piert- und sogar schon in die Ostsee befördert worden war. Der innere Schmerz, die Abstände seiner
Tobsuchtsanfälle verkürzten sich zusehends, berichtete seine Tochter damals emotionslos, ohne Antons
Ableben in irgendeiner Weise zu beschönigen. Am
Bett habe sie gesessen, erzählte sie, und auch ein
paar klare Momente miterleben dürfen, bevor er mit
seinem inneren Teufel wieder in Dialog gegangen sei.

Er sei von allen guten Geistern verlassen, habe sie, zusammen mit ihrer Schwester, zu ihrer beider Bedauern erkennen müssen. Der eigene Vater habe ihnen große Angst eingejagt, so wild wie er mit den Augen rollte und Unverständliches brabbelte. Sie sei mit ihrer Schwester ein paar Tage später noch ein letztes Mal am Bett ihres dahinsiechenden Vaters gestanden, der, just in diesem Moment die Augen geöffnet- und sie beide aus einer fernen, vielleicht schon nicht mehr dieser Welt, aus kleinen, dunklen, bösartigen, irren Augen angelurt hätte. Der Tod sei ihm ziemlich ungelegen gekommen. Das hätte man ihm angesehen, erzählte sie, noch immer ohne eine winzige Emotion in der Stimme. Viel Kraft zum Luren hätte er nicht mehr gehabt, der dahinsiechende Vater. Gleichdrauf schloss er wieder seine kleinen, dunklen - schwarzen Murmeln gleichenden, matten Augen, um wieder abzutauchen, in seine vampiriste, bösartige Monsterwelt in der er sein, dem Verbleichen nahendes Leben gefristet- ach was gefristet... erzählte sie etwas erregter als noch einen Satz zuvor, getobt und gewütet habe er, sagte sie gefasst. Mehr als man ertragen konnte, so schlimm sei er oft gewesen, so grenzenlos provokant und beleidigend, immerzu mit überheblicher, verletzender Missbilligung bewaffnet, auch seinen beiden Töchtern gegenüber. Sie glitt unbemerkt in die gemeinsame Vergangenheit zurück, zu Zeiten, in denen Anton noch als Vater wie ein Junggeselle lebte. Liv free or Die, sei sein allerletztes Lebensmotto gewesen, kurz bevor er die Familie vor dreißig Jahren, wegen einer schwerreichen Apothekerin verlassen habe. Schließlich, so erzählte die Tochter irgendwie erleichtert klingend am Telefon, sei er nicht auf die Welt gekommen um Anderen zu gefallen. Sie beschrieb beiläufig sein Gesicht, während er sein Lebensmotto herausposaunt hätte. Er habe dann immer sein diabolisches Grinsen aufblitzen lassen, in dessen Hintergrund die Lust der geplanten Zerstörung von ihrer- von Neelas Existenz gelauert habe wie ein Fuchs auf seine Beute. Lust am Zerstören jedweder Art von Selbstbewusstsein ihrer Individualität und Kompetenz, die seinem Gemüt zu Lebzeiten so zu schaffen gemacht hatte, habe man in jeder Phase seines Daseins und seiner Worte gespürt. Sein unumstößliches Ziel war die Demontage all ihrer- Neelas Träume und Wünsche von denen er wusste. Das war sein einziges hehres Ziel, dass er noch im Sinn hatte; mehr wollte er nicht mehr. Ohne Vorbehalt und ohne Filter, nahezu zwanghaft habe er sie, Neela, zuletzt zutiefst gehasst, bestätigte Antons Tochter was Neela längst wusste. Das alles habe ihn in den puren Wahnsinn getrieben und nachts nicht mehr schlafen lassen. Jeder, völlig gleichgültig wer, bekam seine wild wütenden, psychopathischen, soziopathischen, entglittenen Eigenschaften zu spüren, ob er wollte oder nicht. Jeder. Ausnahmslos. Wer ihm in den letzten Jahren zu nahe kam, kassierte ein bleibendes Erlebnis unangenehmen Benehmens. Am Ende, erzählte sie, seien die beiden- Anton und diese Frau, ohne funktionierenden Freundeskreis nur noch alleine gewesen. Jeder mied sie.

Neela hatte aufmerksam zugehört. Neuigkeiten waren diese Worte der Tochter nicht unbedingt. Trotzdem fühlte sie sich auf sonderbare Weise berührt. Wenn sie es nicht besser wüsste, hätte sie ihr eigenes Gefühl als Mitleid tituliert. Dass Anton je eine Pietisten-Seele gewesen wäre, könnte man ihm nicht auf den Grabstein schreiben wenn es einen gäbe, dachte Neela damals, während sie Antons Tochter tief berührt und sehr erleichtert zuhörte. Neela hörte der Tochter mit allen Sinnen zu, während sie versuchte schöne Stunden mit Anton abzurufen. Vergeblich. Er hatte alles zerstört was einmal hell gewesen war. Anton war eine multiple Persönlichkeit, ja. Das passte schon eher. Das war er. Konnte er etwas nicht haben wonach er begehrte, dann musste er es zerstören, um es für andere wertlos zu machen.

Neela überlegte, in Gedanken zurückkreisend, ob sie es noch einmal genauso machen würde seinen dreisten Heiratsantrag von damals abzulehnen, nachdem er, mit ihr zusammen in den Norden Deutschlands gezogen war, und...: immerhin hatte er wegen ihr sein gutgehendes Geschäft ein Jahr zuvor gewinnbringend verkauft. Deshalb: irgendwo lag noch verschüttet ein unausgesprochener Vorwurf, den sie sich selbst machte. Andrerseits war Anton damals schon fast sechzig Jahre alt und hatte genügend Reserven gebunkert. Er selbst wollte sogar auswandern, lange bevor er Neela auf einer Messe kennengelernt hatte. Nach Tasmanien oder Mallorca; wie absurd. Und ja, dachte sie. Genau so würde sie es wieder machen, weil sein Heiratsantrag etwas Bedrohliches, etwas besitzergreifendes hatte aufblitzen lassen. Neela erinnerte sich an jedes einzelne Detail dieses unglückseligen Tages.

An diesem Tag von Antons Antrag roch er schon vormittags nach Alkohol. Das Haus war fertiggestellt und Langeweile neckte ihn bis zur Verzweiflung. Er lief Neela hinterher wie ein Hündchen; ohne Sinn und Verstand und ohne Grund. Alles was sie an notwendigen Arbeiten erledigte beobachtete er mit Argusaugen, um Ansätze zu finden, die einer boshaften Kritik wert gewesen wären. Heiraten wollte er unbedingt. Heiraten, um seiner eigenen Sicherheit willen fest im Sattel zu sitzen und, um sich nicht mehr selbst begegnen zu müssen, um seinen Focus auf sie richten zu können. Anton machte, das musste man ihm lassen... er machte mit charmanter Bauernschläue seiner zukünftigen Gattin Neela gegenüber ohne große Schnörkel klar, dass es gut für sie sei von ihm abhängig zu sein. Es verhielte sich so ähnlich damit wie mit dem Glauben an Gott, an den die Menschen zu gerne glaubten, wenn sie glaubten es sei gut für sie von Gott abhängig zu sein. Seine Vorstellungen übertrafen alles was Neela je gehört hatte. Unter Liebe verstand *sie* etwas völlig anderes.

Sie solle, argumentierte er damals frech weiter, es doch einmal von dieser Seite betrachten: Abhängigkeit bedeute doch nicht zuletzt, Leben und genießen zu dürfen, *ohne* sich mit lästiger Verantwortung unnötig zu belasten. Aber, das leuchte ihr sicherlich ein, weil sie in ihm irgendwie auch eine letzte Chance hätte, denn schließlich sei sie ja auch keine Dreißig mehr, suggeriert er Neela mit aller Raffinesse seines selbstverliebten Wesens, weil das Wörtchen "lästig", sagte er damals, doch schon für sich spräche. Darin sei, stieß er nach, wie man unschwer erkennen könne und wie es einem ins Auge spränge, der Begriff "Last" mehr als nur eindeutig enthalten.

Neela erinnerte sich genau wie sie ihn, auf ihrem Schreibtischstuhl sitzend, verblüfft mit offenem Mund, sprachlos angestarrt hatte. Selten war sie um

Worte verlegen. Aber an diesem Nachmittag hatte er es geschafft sie dahin zu bringen. Und weil sie nicht so auf seine überzeugenden, eindringlichen Worte reagierte wie er sich das vorgestellt hatte, griff er zum allerletzten- zum finalen Argument, welches man für gewöhnlich zu solchen Anlässen formuliert: Ich liebe dich... hatte er gesagt. Ich liebe dich. Seine Worte klagen als würde er eine geladene Waffe auf sie richten. Neela erinnert sich wie sie heftig dagegen ankämpfen musste nicht laut loszulachen. Dann machte sie den ersten unverzeihlichen Fehler der den Stein ins Rollen brachte. Das Unglück stand Pate hinter ihr. Es stand in den Startlöchern und lauerte auf seine Chance als Neela humorvoll, um die peinliche Situation etwas zu entschärfen, nach einer peinlichen, kleinen Pause antworte:

„Hmm... Ich mich auch." Sie erlaubte sie sich diese glatte Unverschämtheit zu formulieren, die ihn wie ein Beil treffen musste, ohne vorher etwaige Konsequenzen zu bedenken. Das war der pure Leichtsinn, wie sich später herausstellen sollte. Selbstmord.

Unerhört, sinnierte Anton damals nach Atem ringend. Unerhört, nachdem der Groschen gefallen war und die Bedeutung von Neelas Antwort bei ihm ankam. So, empörte er sich aufrichtig, hatte bislang noch nie eine Frau mit ihm geredet. Noch nie, wiederholte er in Gedanken, noch nie. Anton ließ daraufhin weitere Facetten seines wahren Ichs von der Leine. Das würde sie noch bitter bereuen, schwor er sich. Das tät ihr noch leid ihn nicht für voll genommen zu haben. Auf die Sekunde schwang sich ein spezielles Mikroklima in diese fragile, feindselig werdende Beziehung hinein. Anton musste dringend etwas tun, um nicht sein Gesicht zu verlieren. Wie ein abgewiesenes Kind kam er sich vor. Seine innere Wut stieß ihm bitter in der Kehle auf, eskortiert von seinen Augen, die immer dunkler und immer dunkler und bohrend starrten. Sein lautes unfrohes Lachen glich dem Dröhnen eines stöhnenden Schiffsdiesels. Es schlug Neela eiskalt entgegen, dieses ruppige, diabolische, verdreckte Lachen und ließ ihr das Blut in den Adern gefrieren. Eine unerklärliche nie gekannte Angst kroch ihr den Rücken entlang bis über den Kopf hin zu den Augen, vorbei an ihrem entsetzten Mund bis zum Ziel: ihrem schüchternen Herzen. Und sie erinnert sich noch ganz genau daran, dass sie damals sagte, jetzt schlägt's aber sieben Klaasen, du Blödmann. Was soll das denn?

Anton hatte ihr, rachsüchtig und von Sinnen, in erste ungesunde, vernichtende Gedanken versunken, völlig unbewusst und aus purer Gewohnheit, 200 Euro auf den Schreibtisch gelegt. Das war ganz offensichtlich, nach den neuesten Erkenntnissen, der damalige Kurs für ein ausgiebiges Schäferstündchen mit einer Dame die diesen Beruf ausübte.

Eine Woche später, an Neelas vierundvierzigstem Geburtstag, riskierte Anton einen zweiten Versuch - einen zweiten Anlauf, weil, wie er glaubte, Neela nicht die Stirn hätte vor Gästen seinen berechnenden Antrag abzulehnen. Das würde sie sich niemals wagen, weil sie – neu zugezogen und noch fremd in diesem Ort an der Küste, großen Wert auf eine unbeschädigte, blitzsaubere Reputation und ein perfektes Bild nach außen legte. Er sollte sich irren. Neela formulierte ohne Hemmungen eine weitere Ablehnung und forderte ihn auf sich in kommender Zukunft zu

bessern und wieder auf einen normalen Umgangsle-
vel zurückzukehren. Dieser Tag wurde für sie zum
ersten Tag vom Rest ihres Lebens.

Diese Geschichte erzählte Neela Antons Tochter deshalb, damit sie klare Sicht auf die vergangenen, bitterbösen Geschehnisse hätte, die – so wie die Dinge
damals standen – zumindest *einem* Menschen das
Leben gekostet hatte: Anton selbst.
Antons Tochter fragte damals, gegen Ende des Tele-
fonates noch nach, ob ihr Vater denn eine Überzeugung gehabt hätte. Sie selbst und ihre Schwester
seien konfessionslos, was aber nichts zu bedeuten
habe, weil ihre Mutter das auch sei. Von ihrem Vater
hingegen wisse sie nichts. Neela antwortete ohne
lange nachzudenken mit ja. Natürlich hatte Anton
eine Überzeugung. Sich selbst. Und diese feste Überzeugung hätte durchaus zu einem kerngesunden
Fanatismus getaugt, so sehr war er von sich als
Mensch- als *guter* Mensch überzeugt. Nicht selten
habe er vorm Spiegel mit grotesker Bewunderung
herumposiert, erzählte Neela ihr von ihren Beobach-
tungen. Und oft habe er es sich selbstlobend in sein
eigenes Gesicht gesagt, dass er „ein Guter" sei. Neela
gestand, dass sie diese Absonderlichkeit eher für
einen Scherz gehalten hatte, der sie wohl eher belus-
tigte statt sie nachdenklich zu stimmen. Heute wüsste sie allerdings, sagte sie bedrückt ins Telefon, dass
sie da einem gefährlichen Irrtum aufgesessen sei.
Heute wüsste sie, dass Anton das tatsächlich vollkommen ernst gemeint hätte. Heute, beendete Neela
das merkwürdige Telefonat, heute würde sie solche
Anzeichen besser verstehen und einordnen können.

Was Anton damals wegen des geschuldeten Geldes gesagt hatte stimmte so nicht. Und sie, die anrufende, recherchierende, beherzte, etwas enttäuschte Tochter wusste das, und ihre Schwester, die wusste das auch. Und natürlich wusste diese Frau auch genau Bescheid. Sie informierte die eigentlich rechtmäßigen Erbinnen absichtlich nicht über die genauen Umstände, weil sie befürchten musste, dass die beiden Töchter ihren rechtmäßigen Pflichtteil einklagen würden, womit sie Recht behalten sollte, wie Neela später erfuhr.

Dieser Anruf damals, wusste Neela, der diente nur zur Sicherheit und Wahrheitsfindung, weil selbst die Töchter ihrem Vater nicht über den Weg trauten. Schon 2003 hatte er seine Seele an diese neue Frau verkauft und ihr sein gesamtes Vermögen überschrieben. Davon hatten die beiden erwachsenen Mädchen keinerlei Kenntnis. Der Schock war groß als sie erfuhren dass nichts mehr da war was von wert gewesen ist. Absurd jedoch war, dass nicht *er* - wo er doch danach angeblich vermögenslos geworden war, in der Falle saß, sondern sie, die sich auf diesen miesen Kuhhandel eingelassen hatte und anschließend für ihn aufkommen musste. Wie so oft hatte alle Vernunft sich in Luft aufgelöst, sobald die Gier ihr inneres Zimmer betrat. Und dann kamen die vielen Prozesse, die hohen Anwaltskosten, der Unfall mit dem Motorrad, der völlig unsinnige und absurde Diebstahl eines wertlosen Werkzeuges in einem Bauhaus, den er aus purem Übermut und Dummheit begangen hatte und der ihnen die Polizei ins Haus bescherte, die – nachdem sie sich bei ihnen ungesehen hatten und reichlich gestohlene religiöse Kunst erblickten, anschließend das ganze Haus auf den Kopf gestellt hatten. Eine weitere Anzeige wegen Hehlerei flatterte ins Haus. Die BG hatte ebenfalls gegen Anton haushoch gewonnen. Sein Betrugsversuch war kläglich gescheitert. Die Sozialbehörde war ihm längst auf die Schliche gekommen und bastelte schon an einer schädlichen Klage die ihn wieder hinter Gitter bringen würde. Wieder, ja. Wieder. Denn einmal saß er schon wegen Urkundenfälschung fast zwei Jahre im Gefängnis. Neela hatte Anton von diesen Umständen nichts verraten aber dieser Frau, der es nichts ausmachte. Es kratzte sie nicht; sie war selbst eine Diebin. Nun sollte sie dafür in Unbill stürzen. Nun geriet ihr Leben in kränkelnde Schieflage. Das schöne, viele Geld nahm rasant ab.

Dann noch Antons permanente, zwanghafte, nächtliche Abwesenheit, die er sich - besessen wie er von dieser Idee und von Neelas sukzessiver Vernichtung gewesen war, einfach nicht hatte ausreden lassen. Und sie, diese Loyalität heuchelnde, geldgierige Frau, weil sie sich gegen ihn geschlagen gab und weil die Torschlusspanik sie erfasst hatte keinen Mann mehr abzukriegen, ging jedes Mal mit ihm, um Neela zu Hause dreist zu observieren und Ausschau zu halten nach guten Gelegenheiten, wie sie ihr großen Schaden und Angst zufügen konnten ohne dabei erwischt zu werden. Als sei Neela auch ihr persönlicher Feind, unterstützte sie Anton jederzeit auf seinen perfiden Streifzügen. Dann wurde Anton sehr plötzlich und völlig unerwartet krank. Er landete in der Psychiatrie, wegen seiner Tobsuchtsanfälle die für sie immer unerträglicher und unzumutbarer wurden. Das Ding in seinem Kopf hatte ihn endgültig besiegt und triumphierte ohne viel Zeit zu verlieren über seinen brachialen Sieg. Neela gefiel die Vorstellung, dass Anton fast ein halbes Jahr gebraucht hatte bevor ihn die Kraft, Atem zu schöpfen, endgültig verließ. Wie man lebt so stirbt man, überzeugte sie ihren neuen Glauben ohne eine Spur von Mitleid oder schlechtem Gewissen. Von ihr aus hätte er gerne noch länger leiden dürfen; schließlich hatte er jede einzelne Sekunde dieses Leides verdient.

Dieses bittere Ende hatte niemand- und schon gar nicht diese Frau selbst voraussehen können. Immer seltener wurden ihre Pflicht-Besuche an Antons Bett in der Psychiatrie. Angeekelt blickte sie auf diesen dahinvegetierenden, krakeelenden, sinnlos brabbelnden, bösartigen Fleischkumpen herab und erkannte voller Entsetzen: hier, in diesem blitzsauberen Klinikbett lag sie selbst. Hier lag der Spiegel ihres eigenen Ichs. Hier lag ihr Du und lurte mit bösen, wilden Augen in den kümmerlichen Rest seiner noch verbleibenden, unwürdigen Tage.

Vorhaltungen. Jeden Tag kamen von ihm neue- völlig aus der Luft gegriffene, unerträgliche Vorhaltungen hinzu. Antons Lippen verschwanden fast völlig zu einem schmalen, verbitterten, harten Strich. Sie zogen sich zurück in seine innere Dunkelheit- in seine verleugnete Verzweiflung, in seine schmerzvollen Erkenntnisse, wenn das Licht in der Nacht gelöscht würde und Gedanken sich ungesehen glaubten. Momente kleiner Wahrheiten, die ihm diesen langsamen Abschied so unendlich schwer machten. Winzig und zaghaft, aber sie war da, in seinem Zimmer, in seinem wirren Kopf, die Wahrheit. Innen, in der Nacht wenn es dunkel war.

Dieses bittere Ende war bitter, so bitter und dauerte fast sieben Monate lang. Elend, endete es, sein kleines, beschissenes, versautes Leben; meilenweit hinterm Licht seiner eigenen abgelehnten Vergebung, unfähig Dinge loszulassen, die nicht mehr zu ändern waren. Warum nur wurden Menschen so böse mit dem Tod vor Augen? Warum, fragte Neela sich jeden und jeden Tag wieder und wieder und kannte doch längst die traurigen Antworten.

Der seelische Schaden den sie durch Anton und diese Frau erlitten hatte, die Enttäuschung und das Entsetzen über ordinäres, verwerfliches Desinteresse seitens Polizei, Staatsanwaltschaft und Gerichten, war so immens und so groß, dass man – kannte man die Hintergründe genau, ihren zölibatären und konsequenten Rückzug aus dieser Welt vielleicht etwas besser verstanden hätte, wenn man es darauf anlegte sie überhaupt verstehen zu *wollen.* Allerdings war das Interesse an Wahrheiten und Hintergründen bis zum heutigen Tage gering. Eine Hand voll Menschen kamen bis dato nicht zusammen. Interesse von außen...? Fehlanzeige! Eher verschenkte man wertvolle Sendezeit an irgendwelche drittklassigen Moderatorinnen, die mit lächerlicher Opfermiene davon berichteten, wie sie *fast* vergewaltigt worden wären. Jawohl... die Betonung liegt auf dem Beiwort *fast;* man stelle sich das einmal vor. Ist es denn niemandem aufgefallen, dass so ein Schmierentheater ein Schlag ins Gesicht all jener ist, die eine Vergewaltigung *tatsächlich* erlebt haben? Man hat jene echten, gedemütigten Opfer von allen guten Geistern - genannt die Exekutive, alleine gelassen, sich selbst überlassen und unberücksichtigt, hilflos zurück- und

auf der Strecke auch noch unpassender Ungläubig-
keit und Zweifeln überlassen. Schämt man sich denn
heutzutage überhaupt nicht mehr? Was mutet man
uns noch zu, klagte Neela ungehört.

Sie dachte sehr oft an diesen Zwischenfall, von dem
in den Medien berichtet wurde, als ein Mann – ohn-
mächtig geworden, vor einem Bankschalter auf dem
Fußboden lag und Menschen über ihn hinwegstie-
gen, weil sie annahmen es sei ein Obdachloser der
sich besoffen und sinnlos zugeschüttet, nicht mehr
auf seinen Beinen halten konnte. Nur ein Passant
dachte daran Hilfe zu holen. Nur ein beherztes Herz
in dieser kalten, egomanischen, oberflächlichen, desinteressierten Welt; was für eine schmale Ernte. Wie
eine Obdachlose fühlte sie sich oft selbst im Aus. Am
eigenen Leibe konnte sie erleben wie schnell die
Gesellschaft ein Urteil fällte und zur kollektiven Ausgrenzung bereit war. Feige verbargen sie ihre All-
tagsgesichter hinter dummen Bildern und Pseudo-
nymen. Eifersüchtige Frauen liefen, mit Ablehnung
bewaffnet, an der Spitze dieser angeblich nächstlie-
benden *Norm*-alität und hüteten ihre abgedrosche-
nen Klischees und ihre untreuen Ehemänner als wären es die Kronjuwelen der Königin höchst selbst.
Diese Erkenntnisse, die sich zwangsläufig aneinan-
derreihten wie eine kunstvoll geflochtene, aus der
Mode gekommene Perlenkette, sie formten aus Neela
einen absonderlichen Menschen der kaum jemandem Zugang zu ihr gestattete, weil man ihr das Gefühl gab unwillkommen zu sein. An Stelle einer reha-
bilitierenden Heilung hielt ein ausgesprochen wahr-
heitsliebender, kantiger Zynismus in ihrem Herzen
Einzug. Aus den Tiefen eines einmal gelebten Lebens,

dass schon so unendlich lange zurücklag, kramte sie den schwärzesten Humor zutage den man sich – für den Alltag eher ungebräuchlich, überhaupt nur vorstellen konnte. Aus Kleinigkeiten formte sie böse Satire über die sie selbst herzlich lachen konnte, weil niemand sie verstand, der unsensibel und mit groben Maschen gestrickt daherkam. Mit dem Blick einer scharfgestellten Camera Obscura betrachtete Neela akribisch die Menschen dort draußen auf den Straßen, in Behörden, im Dienstleistungsbereichen, auf Wanderwegen, in den Cafés, in der Kirche und im nahen privaten Umfeld kritisch genau, ohne Filter und unerschrocken. Ihre sichtbare, manchmal übertrieben aufgeputzte Oberfläche, ihr Habitus interessierte sie nicht, sie wollte in ihr Innerstes blicken, in ihr Verhalten, ihre Toleranz und ihre vielgepriesen praktizierte Nächstenliebe, die sie so oft nicht fand. Unbequem und schroff war sie geworden. Ohne Stand-by-Modus blieb ihre Zunge gewetzt und hungrig nach weiterer Nahrung leckend, um Gleichgültigkeit genüsslich verbal zu zerfetzen. Offen für unappetitliches Weltgeschehen, das sie mit ihrem ranzigen Humor ohne Erbarmen filetierte, suchte ihr geschärfter, spähender Blick jede noch so verborgene Ecke ab. Am Ende ihres Weges sei keine Zukunft mehr, sagte sie kategorisch trocken, sämtliche simplen und profanen Zerstreuungen von sich weisend. Am Ende dieser Welt sei keine Zukunft mehr, keine Vergebung, nichts. Nur noch ausgemachter Egoismus und perverses Beschaffen von Dingen die überhaupt nicht gebraucht- sondern bestenfalls begehrt würden. Deshalb sündige ich verbal, gestand sie, und voller Leidenschaft, bedenkenlos auch gerne übers

Ziel hinausschießend. Neela belehrte Selma, die als einzige übriggeblieben schien und sich redlich bemühte ihre drastischen Äußerungen zu verstehen. Fast schon mit einer kleinen Drohung in ihrer Stimme ließ sie die geschockte Schwester wissen, dass diese furchtbare Wert dort draußen, für sie kein Ort mehr sei an dem sie noch verweilen wolle. Was für ein emotionaler Absturz. Was für eine variantenreiche, düstere Veranlagung die sich da, aus Neela heraus, höchst facettenreiche, kämpferische Wege nach draußen bahnte. Ihr Mund war zu einer Waffe mutiert. Das war nicht nur für Selma als Schwester eine kaum erträgliche Überraschung. Neela nutzte ihre dunkle Sackgasse in der sie gelandet war, als persönliche Abschussrampe. Sie zog ihren eigenen emotionalen Nutzen daraus, in dem sie sich freiwillig unzählige Bücher über Psychologie einverleibte, um Menschen besser zu verstehen und einschätzen zu können. Nicht zuletzt wollte sie sich endlich selbst begegnen. Mit Hilfe dieser Bücher sollte das doch möglich sein, beschwor sie ihre erstaunte, leicht genervte Schwester. Nur unter Druck entstünden Diamanten, machte sie sich über sich selbst her und nahm sich gnadenlos selbst auf den Arm und ins Gebet, als gäbe es keine Wertschätzung mehr die ihr zustünde. Der einzige Ort an dem Freiheit und Singularität herrschte sei ihr eigener Kopf, behauptete sie kompromisslos, Gegenargumente weit von sich schiebend. Außerhalb herrschten nur Schnappschüsse und nichts von Belang; nichts was aushielt nachhaltig zu sein und zu bleiben. Ein Golem sei sie geworden, amüsierte sie sich ausgiebig über ihre gnadenlose Selbstbeurteilung. Eitelkeit sei ein ganz verheerendes, abhängig machendes Opiat, attestierte sie jedem der es nicht hören wollte und hüllte sich provokant in ihre ältesten, schwärzesten Klamotten, um absichtlich negative Aufmerksamkeit auf sich zu lenken, wenn sie schon sonst keine Beachtung und Zutritt ins soziale Leben mehr fand. Überirdisch subversiv sei sie wohl zu gerne, zog Selma sie auf, wenn sie es allzu sehr übertrieb und über ein straßenuntaugliches Ziel hinausschoss, weil ihre Kleider ihren inneren Zustand offen repräsentierten. Und dass es ihr nicht gelingen würde die Welt auf den Kopf zu stellen, zu retten und wachzurütteln, diesen Satz konnte Selma sich auch nicht verkneifen. Weil sie wusste wie Neela tickte, verzichtete sie auf: *würdest* du, im Konjunktiv und befahl ihr diesen unmöglichen Look doch bitte in die nächstbeste Mülltonne zu befördern, denn sie wolle auf der Stelle mit einer halbwegs anständig gekleideten Schwester shoppen gehen, ohne sich bis in die Grundfesten zu blamieren. Selma besaß den passenden Schlüssel und den richtigen Ton, um mit Neela ehrlich, frei und schnörkellos zu kommunizieren. Sie nahm alles was Neela beabsichtigt provozierte mutig in Kauf, obwohl sie wusste, sich mit- oder wegen ihr, bis in die Tiefen eines – wie man sagte: allgemein guten Geschmacks, gnadenlos überall sehr peinlichen Situationen auszuliefern. Oft genug legte Neela es regelrecht darauf an. Selma verstand ihre Motive wie eine liebende Mutter und ließ sie gewähren wie ein ungezogenes, hyperaktives Kind, was Neela nicht selten die Lust an ihren Provokationen verdarb. So viel Verständnis entschärfte ihre Absichten und verlor seinen Reiz. Diese Methode funktionierte, um die rebellische, aufsässige Gerechtigkeitsfanatikerin halbwegs erträglich- und einigermaßen in Schach zu halten.

Neela grinste wie ein ungezogenes Kind, als ihr die eine lustige Geschichte in den Sinn kam, wie sie neulich abends mit Selma beim Discounter Lebensmittel einkaufen gewesen war und wieder einmal ihren Mund nicht halten konnte:
An der Kasse staute sich eine ziemlich lange Schlange wartender Kunden. Hinter Selma und Neela maulte eine genervte Hausfrau und beschwerte sich laut über die arme, bemühte, überforderte Kassiererin, die sich wahrhaft allergrößte Mühe gab schnell zu sein und ihre Arbeit richtig zu machen. Neela hatte sich im Zeitlupentempo zu ihr umgedreht – was an sich schon kein gutes Vorzeichen war - und diese Frau mit einem abfälligen Blick bestrichen. Die unzufriedene Kundin ließ sich davon aber nicht beeindrucken und maulte weiter an der Kassiererin herum. Selma ahnte schon herannahendes Ungemach, als sie eine steile Falte auf Neelas, sonst eher glatten Stirn erblickte. Ganz intensiv scannte die schwesterliche Kriegerin die nörgelige Maulerin hinter ihnen ab, bis sie im Einkaufswagen dieser unbeherrschten Meckertante diverse Tetra-Packs mit Tafelwein erspähte. Laut, und mit übertrieben schrill verstellter, hoher Theater-Stimme, für alle in der Schlange unüberhörbar, sagte sie damals scheinheilig zu Selma:
„Erinnerst du dich noch an meine tiefe, tiefe Sinnkrise, liebste Selma?" Die wusste natürlich nicht worauf ihre übermütige Schwester hinaus wollte. Noch lauter sagte Neela dann: „ich wollte mir schon beim Anblick des allerersten Weines im Tetra Pack, einen

homogenen Suizid überlegen. Erinnerst du dich wirklich nicht, liebste Schwester? Wie kann man nur so abscheulich an Niveau verlieren und so etwas Unerhörtes zu sich nehmen?"

So oder so ähnlich verliefen viele Situationen, wenn Neela sich über Menschen ärgerte, die anderen Menschen unnötig das Leben schwer machen wollten. Als könnte sie Toleranz mit einer großen Axt verabreichen, so brachte sie ihre Schwester gerne in peinliche Situationen, um sich anschließend aufs köstlichste darüber zu amüsieren und tagelang lustig zu machen. Wenn sie nur erreichen könnte, sagte sie stolz über ihre eigene Ungezogenheit, dass die Menschen ein wenig netter und verständnisvoller miteinander umgingen, dann wäre sie schon zufrieden und hörte gerne mit ihren Streichen auf. Wenn diese dumme Frau in der wartenden Schlange zu Hause vielleicht überlegen würde, wie es ihr erginge wenn *sie* an Stelle der Kassiererin gewesen wäre, dann sei schon alles geritzt. Mehr wolle sie nicht. Nur wachmachen, weil etwas nachhaltig zu ändern, dazu fehle ihr der wirkungsvolle Hintergrund, ein wohlklingender Name mit Promi-Status und langsam die Kraft.

Im Grunde hatte diese Rückzugs-Expertin, wie sie sich selbst gerne titulierte, ihr kleines Leben in dieser selbsterwählten Diaspora insofern positiv gewandelt, als das alles im Hier und Jetzt für sie genügend Lebensfreude und auf sie zugeschnittene Qualitäten mit sich brachte. So wie Neela jetzt lebte war ihr – für Außenstehende absonderliches Leben, zu einer freien und guten Entscheidung herangereift. Wenn die Gesellschaft dort draußen mit Singlefrauen in ihrem Alter so ablehnend umging, dann musste sie das halt so hinnehmen und das Beste daraus machen. Scheiß drauf, lästerte sie. Scheiß drauf. Herzlich Willkommen im Getto weiblicher Singles in biblischem Alter, spottete sie böse. Hereinspaziert in die herrlich degradierte Isolation sozialen Außenseiter-Lebens. Willkommen in einer absurden Welt, in der Frauen mit artigen, wohlbehüteten Männern an ihrer Leine... ähm...Seite, mit Pestbeulen und Verwünschungen nach uns werfen und die Straßenseiten wechseln, weil wir Single-Frauen allesamt einer feindlichen, abgestempelten, notgeilen Gruppe angehören, die jenen Frauen bei nächstbester Gelegenheit ihre Männchen entreißen wollen. Der Startschuss fällt so um und bei fufzig, liebe Frauen, liebste Singles, liebster Ausschuss mit offensichtlicher Krätze, die, außer dieser kranken Umwelt, dieser liebenden gepriesenen beschissenen Umwelt, sonst niemand mehr wahrnimmt. Bitte anschnallen und hübsch zu Hause in den eigenen vier Wänden bleiben, wir sind als Sichtobjekte auf Veranstaltungen und in Abend-Restaurants nicht wirklich willkommen, nicht wahr? Wie ein wildgewordener Derwisch tänzelte Neela freudestrahlend um Selma herum, dass ihr nichts anderes mehr übrigblieb, als über ihre halbe Schwester verständnislos aber lachend den Kopf zu schütteln. Neela schien das schnuppe, weil sie auf ihre Art wirklich glücklich geworden war. Sie ging sogar so weit, dass sie Selma von ihren Freiheiten regelrecht vorschwärmte. Alles schien ins Lot gerückt und alles schien immer mehr an Normalität zu gewinnen. Tag für Tag ein bisschen mehr, ein bisschen schöner und ein bisschen besser. Bis auf diese beiden Dinge: ihre immer noch zunehmende, empfindliche, wachsende Sensibilität, welche ihr so oft die Tränen in die Augen trieb. Und dieser elende, verdammte, gefürchtete Tunnel, durch den sie sich bis heute nicht alleine hindurchgewagt hatte. Als lebte sie unter einem weiten, großzügigen Glas-Dom, beschränkten diese beiden Positionen einen unsichtbaren Horizont. Und dann auch noch das...: akustische Halluzinationen – ein anderes Wort dafür fiel Neela nicht ein - wären so ziemlich das allerletzte was sie sich noch herbei wünschte. Halluzinationen waren der Haupteingang- das große Tor zur vernichtenden Depression die sie unter allen Umständen vermeiden musste. Würden Depressionen sie befallen, wie ein zum Abschuss freigegebenes Stück Wild, dann bliebe ihr am Ende nicht mehr. Absolut nichts mehr...

Neela erinnerte sich, als Selma sie vor ein paar Wochen einmal gefragt hatte, was sie denn tun würde wenn Jacob eines Tages mit gepacktem Koffer vor ihrer Türe stünde und um Einlass für immer bäte. Warum sie sich ausgerechnet jetzt daran erinnerte, würde sie sich niemals selbst eingestehen. Für Gefühle braucht man Mut den sie nicht mehr besaß.

Selma, in ihrem unerschütterlich naiven Glauben an das Gute- an ein Happy End in allen Lebenslagen, hoffte immer noch darauf dass Jacob sich besann und einen späten Umkehrschwung wagen würde, weil er es endlich begriffen hätte was ihm an spannendem und quirligem Leben entgangen war, all die zurückliegenden Jahre. Selma versuchte Jacob gedanklich herbei zu zitieren, damit Neelas Panik, vor diesem verhassten Tunnel, wie von Zauberhand von alleine verschwände, weil sie doch dann einen physikalischen Beschützer um sich wüsste, dessen Anwesenheit alleine schon genügen würde, um sich besser zu fühlen. Heute jedoch, im Nachhinein wenn sie darüber nachdachte, tat es Neela leid dass sie ihrer Schwester so abschätzend böse ins Gesicht gelacht hatte. Selma konnte ja nicht ahnen dass sich Neela Jacob - der im Grunde ein armseliger, lebensuntüchtiger Gefühlskrüppel geblieben war, haushoch überlegen fühlte. Selma meinte es freilich gut mit ihrer frommen, spirituellen Herbei-Wünscherei die, nach Neelas Ansichten, nicht den geringsten Sinn hatte. Alles, was Anton ihr so unfassbar lange Zeit an Bedrohungen und Beschädigungen angetan hatte, erwies sich heute – wenn auch sehr schmerzvoll – als regelrechten Vorteil, ihre eigenen Stärken- ihr Durchhaltevermögen betreffend, welches sich geradezu vorbildlich entwickelt hatten. Vor dieser Hölle, die sie Schritt für Schritt bis heute durchschreiten musste, wäre sie an dieser unübersehbaren Ausgrenzung, welche sie bis heute leben musste, mit Sicherheit zerbrochen und zugrunde gegangen. Heute hingegen, mit so viel Kraft, belächelte sie all jene eifersüchtigen Kreaturen die zu ihrer Isolation letztlich beitrugen.

Neela sagte eines Tages einmal nachdenklich zu Selma, dass es im Krieg ähnlich gewesen sein musste. Die Menschen die mit fast gar nichts ein neues Leben beginnen *mussten*, die waren doch letztlich diejenigen die nichts mehr aus der Bahn werfen konnte, so stabil und gefestigt wie sie als Überlebende aus dieser Tragödie herausgekommen seien. Aus nichts konnten sie etwas machen was sie nachhaltig weiter nach vorne brachte. Wo man hin sah blühte Kreativität. Von diesen übergewichtigen oder unterernährten, verwöhnten- aufs Smartphone glotzenden jungen Menschen dort draußen auf der Straße könne man wahrhaftig nicht viel erwarten, behauptete sie, angewidert von ihren dumpfen Blicken, wenn sie es denn überhaupt für nötig befanden ihren Kopf zur Abwechslung einmal wieder zu erheben, um ihre Umwelt und Mitmenschen zu betrachten, was - wie jedermann wusste - weiß Gott selten genug vorkam. Neela fragte Selma mit ernster Miene was sie denn glaubt. Sie wollte wissen ob diese omnipotent erreichbaren, abgestumpften, digitalisierten Technik-Freaks alles das erreichten was sie sich vom Leben wünschten. Vielleicht ja, vielleicht aber auch nicht. Vielleicht gingen sie sang- und klanglos unter im digitalisierten, nonverbalen Sumpf allgegenwärtiger Erreichbarkeit. Jedenfalls machten sie allesamt auf Neela nicht den Eindruck, als würden sie sich gelegentlich auch einmal anstrengen wollen Gefühle zu zeigen, anstelle gelbe Punkte zu versenden die ihnen schöne Worte und Poesie einsparten, in dieser abgestumpften, schönen, neuen Zeit, wo sämtliche Wünsche so leicht erfüllbar schienen.

Ein einfacher Weg, sagte Neela ein wenig streitsüchtig, hätte heute jeglichen Reiz für sie selbst verloren. Einfache Wege seien nichts mehr für sie. Dort träfe man nämlich das ganze abgestumpfte Dumpfbacken-Volk. Sie ginge viel lieber mit einem Schuss Adrenalin im Blut nach vorne; dorthin, wo Unbekanntes, dass erforscht werden willl, auf sie wartete.

Zu Haus angekommen fragte sich Neela nachdenklich, fast ein wenig traurig geworden, ob sie sich die-

se akustische Halluzination je würde verzeihen können. Ein klares Bild von Facetten des Irrsinns könnte
man in eine greifbare Krankheit als Defekt einordnen, aber das was sie vorhin erlebt hatte, bescherte
ihr eine Erfahrung auf die sie wirklich sehr gerne
verzichtet hätte. Ein unsichtbarer Geist der intera-
giert... so etwas gab es bestenfalls in einem sehr
schlechten Film. Das, was sie in ihrem Kopf gehört
hatte zu erklären, fehlten ihr die passenden- die tref-
fenden Worte, denn es war schlichtweg unerklärbar
absurd. Antons Stimme war laut und deutlich (in
ihrem Kopf?) zu hören und keine Einbildung. Doch
wie sollte sie das Geschehene Selma plausibel erklären, wo sie doch niemals Beweise vorlegen könnte.
Eine selten abartige geistige Epidemie schien hier im
Anmarsch. Warum jetzt? Warum nach so langer Zeit
die inzwischen vergangen war. Warum nicht schon
viel früher? Wie sollte sie dagegen nur wirkungsvoll
angehen? Wie? Unter allen Umständen wollte sie
eine eventuell heimtückische Depression vermeiden,
deren Ende immerzu unkalkulierbar blieb. Neela
wollte etwas dagegen tun, damit sie in Zukunft unbeschwert aus dem Fenster blicken könnte. Sie nahm
sich vor etwas zu tun, damit sie diesem Schicksal
entging, so erbärmlich zu enden wie eine Depression
es allen Betroffenen versprach: Gegenwart und Zukunft und Raum vergessend, sanft umhüllt vom Sterben für immer zu gehen, ohne zu wissen warum
schon so früh und überhaupt.

Alte Wut kroch wie Salz in einem Glas in ihr empor.
Sie spürte wie sich ihre Muskeln spannten und zu
zerreißen drohten. Metall schmeckte sie im Mund,

weil sie sich anscheinend auf die Zunge gebissen hatte ohne es zu bemerken. Spürte sie sich denn nicht richtig, oder warum verspürte sie an ihrer zerbissenen Zunge keinen Schmerz. Konnte sie sicher sein, dass ihre Instinkte noch funktionierten- noch intakt waren? Ließ sie sich so schnell hämisch täuschen und mit einem Ulk hinters Licht führen? Nein!

„Deine Sprechzeit ist zu Ende, Anton", sagte sie laut zu ihrem Spiegelbild und zog einen leichten Anorak an, der noch von letzter Woche an der Garderobe hing, um das Haus wieder zu verlassen, weil sie ganz dringend noch etwas sehr Wichtiges erledigen musste, was sie längst schon hätte erledigen müssen. Es musste etwas geschehen. Heute... Jetzt. Keine Herausforderung ist keine Veränderung. Warum hatte sie solange damit gewartet.

Kapitel 5: **Einmal bitte Glück.**

Die Dämmerung hatte sich gewandelt und einer sanften Spätsommernacht freundlich den Platz geräumt. Eigentlich waren die äußeren Umstände perfekt für ihr spontanes Vorhaben geeignet. Immer noch waren die Nächte hier heller als anderswo. Ohne Mühe konnte man dunkle Wälder gefahrlos betreten, wenn der Mond wolkenlos am Himmel stand und die Nacht in sein strahlendes Licht eintauchte.

Neela hatte den Weg bis hierher jedoch nicht wahrgenommen, denn sie befand sich längst, abgeschirmt von einer diffusen Außenwelt, in einem geistigen- mit Adrenalin gefüllten Vakuum voller Panik. Weit war es nicht bis dorthin, wo sie hingehen wollte und trotzdem endlos. Keine zehn Minuten dauerte ein strammer Fußmarsch hierher. Keine zehn Minuten und trotzdem eine ewige Ewigkeit.

Bald stand sie bebend und außer Atem vor dem verhassten, gähnenden Tunnel, der einst ihr Leben so drastisch beschnitt und es bis heute immer noch tat. Sie starrte in sein aufgerissenes, drohendes Maul und hielt viel zu lange den Atem an. Heute... genau heute Abend und nicht morgen oder übermorgen, wollte sie ihrer inneren - bezüglich dieses bedrohlichen Bauwerks manifestierten, lebensbeherrschenden Prokrastination endgültig den Garaus machen. Damit sollte jetzt ein- für allemal Schluss sein. Heute. Nicht morgen und nicht irgendwann. Die immer wiederkehrende Angst bedeutete für sie doch nur ein sicheres Anzeichen dafür, dass sie sich selbst immer noch vertrauen konnte, versuchte sie sich zu beruhigen. Sollte sie weiter vor sich selbst fliehen bis zur nächsten Wand, oder sollte sie heute ausnahmsweise einmal mehr riskieren als sie es sonst tat?

Zögernd ging sie wieder ein paar Schritte zurück, um sich etwas zu beruhigen. Ihr hektisches Herz pochte gegen ihre innere Hitze, weil sie so forsch und drängend hierher gelaufen war, als müsse sie ihrer Halluzination mit Pünktlichkeit begegnen. Neela setzte sich ins Gras und versuchte mutig ihren Mut zu trösten. Mit ihm zusammen rasten ihre Gedanken und überschlugen sich kollabierend die Kontrolle verlierend. Durchatmen, ermahnte sie sich. Durchatmen. Du darfst das Atmen nicht vergessen; reiß dich zusammen. Ihre aufsteigende Panik ließ sich davon nicht beeindrucken, sie forderte nach mehr Raum. Wo war ihr hart erarbeitetes Vertrauen abgeblieben. Vorgestern erst hatte sie zu ihrem Vertrauen gesagt, dass sie sich jeden Morgen hübsch überrascht fühle noch am Leben zu sein und nicht mehr in diesem Strudel eines privaten Dschihad. Nicht mehr in dieser tiefen Anspannung zu sein, die ihre Wirbelsäule zu einer brennenden Mitte gemacht hatte, das sei ein himmlisches Geschenk. Neelas Lunge brannte. Sollte sie doch lieber wieder gehen und einen anderen-einen besseren Moment auswählen? Sie zweifelte verzweifelt und wand sich im Kreise um die eigene innere Achse. Ausreden... überlegte sie ihren letzten kümmerlichen Mut zusammenraffend. Ausreden sind etwas für Verlierer. Du wirst kläglich scheitern lachte, ungebeten, der eigene innerliche Teufel dreckig, laut und bemüht vulgär. Gnädig ließ das Universum noch ein paar abschweifende Gedanken zu, ehe sie ihre Courage unter Beweis stellen müsste, wenn sie wieder frei sein wollte von elenden Begrenzungen und undefinierbar quälenden, demütigenden Ängsten. Neela erinnerte sich an die aufregenden Tage, als ihre Welt voller Vorfreude auf das Meer beinahe aus den Fugen geraten wäre, weil sie sich auf nichts mehr - außer auf ihre entfesselte Freude konzentrieren konnte, bald schon am Meer wohnen zu dürfen. Im Leben hätte sie damals nicht geahnt, was das Schicksal für sie bereithalten könnte, und dass eines Tages eine komplette- angeblich soziale Gesellschaft ihr einmal mit tiefer Ablehnung gegenübertreten würde, nur weil sie sich dafür entschieden hatte alleine leben zu wollen. Mit diesem unseligen Umzug ging damals mein altes Leben zu Ende, erinnerte sie sich ohne Sentimentalität. Und nun sollte sie wieder dringend etwas ändern, wo sie doch kaum noch die Kraft dazu hatte, weil Anton ihr so viel davon entrissen hatte und mit sich nahm, in diese andere unbekannte Welt, von der niemand etwas genaues wusste, weil es an Beweisen bis heute fehlte. Sie sah ein dass es an der Zeit war, *gegen* ihren allgegenwärtigen Argwohn etwas zu unternehmen. Investigativ jeder neuen- noch so harmlosen Begegnung gegenüber zu stehen, das ginge so nicht weiter. Niemandem eine Chance zu gewähren war grotesk und kindlich. Sie musste endlich einsehen dass sie an dieser... dieser säkularen und heruntergekommenen Welt nichts verändern- nichts verschieben konnte. Nichts konnte sie tun gegen den Missbrauch von Kindern und Frauen, nichts gegen Mord und Totschlag, nichts gegen Krieg und Völkermord, Gier, Neid und Intoleranz andersgläubiger. Nichts konnte sie tun gegen die herzlose Verwaltung alter Menschen und nichts gegen territoriales, dümmliches

Verhalten von anderen Frauen. Schadenfreude war nicht auszumerzen, eben so wenig wie andere böse Absichten die in den Köpfen empathieloser Menschen prächtig gedieh und in Zukunft gedeihen würde, weil man den Boden auf dem diese schädlichen Früchte wuchsen, pausenlos düngte. Tödliches Dogma, Fanatismus und sogar Häresie würden immer feste Bestandteile dieser verkommen schönen Welt bleiben, auf die sie das Universum für eine gewisse Zeit verbannt hatte. Sie würde es nicht erleben dürfen, dachte Neela traurig, dass machttrunkene Despoten und übelste, weit verbreitete Korruption weltweit an niederträchtiger Kraft, Macht und Bedeutung verlören. Vermutlich würde es auch in Zukunft nicht dazu kommen, dass korrupte, inkompetente Richter durch das eigentlich betroffene Volk ersetzt würden. Das war und blieb Neelas zweitgrößter Wunsch. Alles würde so bleiben wie es ist. Alles. Denn etwas anderes zu glauben, dass wäre naives leugnen vorhandener Realitäten, die man selbst mit verbundenen Augen nicht übersehen konnte. Das Gute blieb geduckt in sicherer Deckung und zeigte nur selten sein freundliches, zerkratztes- von der Zeit ergrautes Gesicht. Alt war es geworden, das Gute. Alt und vom Aussterben bedrohlich bedroht.

Das tiefe "C" vom dicken Pitter - der größten freischwingenden Glocke der Welt, riss Neela mit grandiosem Getöse aus ihren traurigen, resignierten Gedanken. Sie erschrak bis ins Mark, bis in die Seele, weil weit und breit keine Kirche stand, deren Glockenschlag sie mit solcher Wucht und Vibration hätte erreichen können. Eine dicke, pickelige Gänsehaut

213

überzog ihren ganzen Körper mitsamt den verwirrten Gedanken in ihrem schmerzenden Kopf. Neela schlotterte vor Kälte, obwohl der späte Abend mediterran und südlich mild an ihr nagte. Außerdem trug sie ja den dünnen Anorak mit den wundervoll leichten Sommer-Daunen. Dennoch...: sie fühlte wie von hinten Kälte auf sie zu schlich. Sie fühlte „Es" ganz deutlich näher kommen. Lautlos, gleich dem Flug einer Eule, war es „Ihm" gelungen an Sie heranzuschleichen, in der Hoffnung eine neue- eine unbekannte Seite an ihr zu erschnuppern. Neela lauschte diesem Schnuppergeräusch und drehte sich ganz langsam mutig um. Sie sah, ohne eine Spur von Angst, in Antons freundlich grinsendes Gesicht. Fein hatte er sich herausgeputzt, um ihr einen Besuch abzustatten. Dennoch entging Neela nicht dieser faulige, schlammige Geruch der von ihm ausströmte. Und sein freundliches Lächeln konnte sie auch nicht täuschen. Noch nie hatte er in seinen letzten dreizehn Lebensjahren eine einzige gute Absicht; warum ausgerechnet jetzt? Warum ausgerechnet hier, wo sie alleine und hilflos im Park, wie von Geisterhand festgeklebt vor diesem Tunnel saß, und vor unerklärlicher Kälte schlotterte wie ein alter Hund. Die Wahrheit war überall zu Hause, nur nicht in ihm. Relevanz hatte sie dort nicht, die Wahrheit; nicht in ihm, ermahnte sie sich zur Vorsicht.

Antons seltsames Lächeln wurde von Sekunde zu Sekunde Zusehens milder, fast bittend und freundlich. Er trug sein Charivari aus Leder, sein früheres Markenzeichen und dazu die amerikanischen Stiefel die er über alles liebte. Neela konnte den Geruch des Leders aus dem modrigen Geruch der von ihm ausging herausfiltern. Doch als Anton bittend die Hand nach ihr ausstreckte, um ihr über die Haare zu streicheln, wich sie – auf dem Boden rutschend und nach hinten ausweichend, ängstlich vor ihm zurück und kippte nach hinten ins Gras. Dass Anton sie berührte wollte sie auf keinen Fall zulassen. Das ginge doch entschieden zu weit. Womöglich wollte er sie mit sich holen, in diese Welt, für die Beweise fehlten.

„Wie alles aus dem Takt gerät", sagte plötzlich seine wohlbekannte Stimme. Sie klang von weit her, nicht so als stünde er vor ihr. Alle Aggression und Bedrohung war aus ihr gewichen. Seine Tonlage war beinahe zärtlich und gar nicht mehr fremd, nur weicher als Neela sie in Erinnerung hatte.

„Momento mori", sagte er mit fast unheimlicher Ruhe auf sie herabblickend, dass es Neela erneut einen eiskalten Schauer über ihren gekrümmten Rücken trieb. Der Augenblick vor dem Tod, hörte sie ihn sagen, der sei für ihn der schlimmste Moment gewesen, weil er sich auf eine Reise hätte begeben müssen, die er selbst nicht geplant hatte. Zukunftsangst, sagte er mitfühlend, die könne er heute verstehen.

„Vergib mir", waren die beiden letzten Worte an die Neela sich später erinnern konnte, als sie aufwachte... mitten in der Nacht... vor diesem Tunnel im Gras liegend und verwirrt auf sein offenes Maul starrend.

„Grundgütiger", sagte sie laut und kopfschüttelnd zu dem dunklen Loch vor ihr. Grundgütiger. Ihr Blick suchte die Umgebung ab, aber da war nichts. Da war niemand, auch kein Anton. Sie war immer noch alleine. Neela stand unbeholfen auf. Jeder einzelne Knochen im Leib tat ihr weh. Wie konnte das bloß passieren, dass sie dort im Gras sitzend eingeschlafen war, mitten in diesem dunklen Park, dort vor dem gefürchteten Tunnel. Alleine die gnädige Stille und seltsam mystische Dunkelheit hätten ihr normalerweise schon ausgereicht ihr ein mulmiges Gefühl zu verursachen. Aber Neela verhielt sich völlig ruhig und gelassen, ohne Angst und jagende, atemlose Panik über ihre seltsame, unerklärliche Situation in der sie sich verwirrt wiederfand.

Sie wollte schon den Heimweg antreten, als ihr mit voller Wucht eine plötzliche, unfassbar kraftvolle Panik – ihre altbekannte Freundin - den Weg verstellte und ihren Schritt lähmte. Sie wusste kaum wie ihr geschah, wo sie sich doch gerade noch gut und so sicher und ohne Angst gefühlt hatte. Keine Sekunde war das erst her.

Hellwach war sie jetzt. Vollgepumpt mit Adrenalin bis in die letzten Kammern ihrer Lebensmaschine namens Körper. Diese plötzliche Angst pochte fordernd von innen gegen ihre eiskalte Stirn, ein Stückchen oberhalb ihrer nun schmerzenden Augenhöhlen. „Kraft verlasse mich nicht, betete sie schwer atmend lautlos still wie ein rettendes Mantra. „Kraft, verlasse mich nicht", flüsterte sie noch einmal.

„Lieber Gott hilf mir, aber hilf mir jetzt und ich werde einzig für dich sein."

Wie lange sie dort in diesem unbegreiflichen Zustand gestanden hatte wusste sie nicht mehr. Plötzlich, als hätte jemand die vollständige Macht über sie übernommen, hob sie ihren Fuß an und machte den ersten zaghaften Schritt in Richtung des Tunnels. Hole dir dein Stückchen vom Glück zurück, befahl eine innere Stimme; ihre innere Stimme. Neela zögerte noch, weil sie noch nicht ganz sicher sein konnte,

dass alles hier nicht nur ein simpler Traum war, der sich als Gaukler herausstellen würde, wenn sie tatsächlich erwachte. Dann machte sie den nächsten und den nächsten und den nächsten Schritt. Mutig, als nähme sie ein Engel bei der Hand. Geschafft! Neela stand am andern Ende des Tunnels und atmete eine zerstörerische, leidvolle, hilflose Vergangenheit mit einem einzigen tiefen Atemzug aus sich heraus. Sie war endlich am ersehnten Ziel. Sie schien endlich angekommen, hier am Ende des Tunnels. Endlich. Neela erkannte voller Vertrauen, Dankbarkeit und voller Freude auf ein wartendes Leben, welches genauso wie sie es sich längst eingerichtet hatte und wie es gut für sie war und wie es ihr zu stand...:
„Am Ende des Tunnels ist nichts."

Wie es aussah war sie nicht als jämmerliches Substantiv verkommen und auch nicht auf dem Weg zum Ziel – zurück in ein freies, befreites Leben auf halbem Wege verhungert und liegengeblieben.
„Leben ist immer links", sagte Neela lachend aber voller Demut in den blassen Nachthimmel blickend. Ihrem imaginären Gott dankend hob sie eine Hand, um den Sternen zu winken, die ihr fröhliches Licht vor ihr auf den Weg fallen ließen. Neela dreht sich noch ein letztes Mal nach diesem Tunnel um, den sie gerade durchschritten hatte und sah Anton dort stehen wie er ihr traurig mit den Augen folgte. Sie hatte ihm vergeben; nun konnte er gehen. Zweifelsohne war die Topographie ihrer Seele eine andere als die von anderen- von unbelasteten Menschen, aber zweifelsohne war die Topographie ihrer Seele... nun eine gute- eine geheilte.

Nachwort der Autorin:

Es gibt ihn nicht, diesen Tag an dem man sich autark und frei fühlen kann. Es gibt ihn nicht, weil es ihn schlichtweg nicht gibt; er existiert nicht. Es hört niemals auf, sagte einmal ein kluger Prediger aus Berlin. Denn wenn es aufhörte, sagte er, dann sei es vorbei mit dem schönen, irdischen Leben, mit dem göttlichen Dasein. Perdue sei man als biologisches Puzzle; schlichtweg verschwunden. Und mal mehr und mal weniger sei es schön, dieses Leben hier, so seine Meinung. Man müsse es nehmen wie es kommt, behauptete der kluge Gottesmann den ich um Rat ersuchte weil ich so verzweifelt war.

Eine Sache musste er allerdings zugeben, zugestehen und mit „ja" beantworten. Es war meine Frage, ob man überhaupt ein generelles Recht dazu hätte sich auszustöpseln aus dieser Gesellschaft, wenn sie einem denn nicht mehr zusagt, diese Gesellschaft. Ob man sich zurückziehen dürfte, wollte ich wissen, oder ob man zur Verfügung stehen müsse für den Fall dass man – vom wem auch immer - gebraucht würde, weil *ich* nämlich nicht gebraucht würde. Jedenfalls nicht solange ich nicht anständig im Doppelpack aufschlüge, also quasi stur einen Single verkörpere. Und unter Doppelpack, erklärte ich dem aufmerksam lauschenden Gottesmann – er war ganz Ohr - geduldig, erwarte die heutige- eigentlich konservative, vorurteilsliebende Gesellschaft (o mein Gott, ich bin dieses Wort „Gesellschaft" wirklich leid) Prozentual einen männlichen Anteil von Minimum fünfzig Prozent. Minimum deshalb, weil feminine Männer- oder Männer mit einem angenehm hohen

Anteil femininen Verständnisses, leider immer noch nicht vorbehaltlos akzeptiert würden, was ich persönlich sehr bedauernswert fände, sagte ich zum immer mehr staunenden Gottesmann, meine tiefsten Ansichten unterstreichend, damit er eine Vorstellung von meiner Vorstellung hatte. Für diese angenehmen Zeitgenossen, erklärte ich der Vollständigkeit halber, hätte man leider immer noch ein ganz spezielles Schublädchen zur Hand. Das Proletariat, klagte ich ein bisschen erschöpft, und auch sehr gerne diese Fitnessstudio *aus-* und *un*-gebildete Männchen, deren Qualitäten nicht unbedingt oberhalb des meist breiten Schulterbereiches lägen, bezeichneten solche unterschätzten, wirklich brauchbaren, femininen Männer auch gerne spottend als Weicheier, was ich persönlich ziemlich unfair und unpassend fände.

Ach ja, fügte ich noch ergänzend hinzu: es gäbe auch noch eine andere- eine weit verbreitete Notbehelfs-Variante eines stabilen Doppelpacks, in dem sich Frauen – zumindest für einen Jagd- oder einen ganz gewöhnlichen Ausflug außerhalb ihrer vier Wände, doppelt gesichert quasi, auf das gefährlich dünne Parkett jener Vorurteils-Paare-Öffentlichkeit, auch tolerante Gesellschaft genannt, hinauswagten. Diese weit verbreitete Variante entstünde nämlich immer dann, wenn zwei Frauen als ziemlich beste Freundinnen getarnt, auf die gemeinsame Freiheit ausströmen würden. Sie gäben sich gegenseitig lebenswichtige Kraft und Sicherheit, welche ihrem Selbstbewusstsein temporär sehr zugute käme, erklärte ich dem sichtlich überforderten Gottesmann, der zwischenzeitlich gefährlich nahe auf der vorderen Stuhlkante saß. Diese Kombination, ergänzte ich schnell, damit keine unnötigen Missverständnisse zwischen dem Gottesmann und mir aufkämen, würde allerdings auch nicht von vernichtenden Paar-*Vor*-Urteilen verschont bleiben. Vorsichtige Frauen aus besagtem Fifty-fifty-Paar-Anteils-Gespann, fühlten sich deswegen nicht minder bedroht, als wenn eine einzelne Frau- eine potenzielle Gefahr quasi, alleine es wagen würde, sich am Abend, als Single verkleidet, in ein öffentliches- von der Gesellschaft anerkanntes und von Paaren genutztes Lokal begäbe, um dort hemmungslos dreist Nahrung zu sich zu nehmen, was selbstverständlich nur der Vertuschung eigentlicher Absichten diene, so die Unterstellung aus eifersüchtigen Frauenmündern.

Leider, gestand ich dem geduldigen Gottesmann beschämt ein, hielte diese Allianz auch immer nur solange, wie sich ein ausnahmslos weiblicher Doppelpack in Sachen Beute nicht gegenseitig in die Quere käme. Entstünde – unbeabsichtigt natürlich, einmal eine ungewollte Übereinstimmung in Bezug auf unvorhergesehene, aber nicht unbedingt unbeabsichtigte Kontaktaufnahme zum anderen Geschlecht, dass da gerade so rein zufällig in der Gegend herumsäße, und gäbe es dann zwischen den ziemlich besten Freundinnen einen schwierigen Aufteilungs-Disput, dann könnte diese sonst so zuverlässige Allianz schon mal in Schieflage geraten oder sogar völlig den Bach runtergehen.

Mein sehr geschätzter gegenübersitzender, gefährlich auf der Stuhlkante balancierender Gottesmann hatte Schweißperlen auf seiner klugen Stirn.

Jeder würde gebraucht, meinte er beschwichtigend und ziemlich ratlos auf mein anfängliches, eigentliches Thema zurückkommend, nachdem er meine persönliche Geschichte und meine Ansichten gehört aber vermutlich nicht verstanden hatte. Ein bisschen blass war er geworden, mein aufmerksamer Zuhörer. Seine Geste war durchaus als Kopfschütteln zu deuten. Und er gab zu, dass er diese Seite der Medaille zum ersten Mal so klar vor Augen sähe beziehungsweise höre. So eine Geschichte hatte er noch nicht wirklich gehört, sagte er nachdenklich. Not und Elend kämen ihm tagtäglich zu Ohren, ließ er mich wissen, aber Ausgrenzung eines gesellschaftlichen Mitglieds in der heutigen Zeit? Und nur weil man sein Leben alleine zelebrieren und glaubhaft darstellen wollte? Dass, gestand er, sei ihm so glasklar noch nicht untergekommen. Und wenn er ehrlich wäre, bestätigte er seine Überraschung, dann könnte er sich das beileibe auch nicht vorstellen. (Offensichtlich hatte er mich doch verstanden).

Wie sonst kämen denn dann Gruppen und Interessensgemeinschaften auf, fragte er an Zuversicht zunehmend, weil er glaubte mich damit doch noch überzeugen zu können. Ein ziemlich schwaches Argument, fand ich. Er vergaß jene Menschen die *nicht* kompatibel gestrickt sind. Eigentlich müsste er als Priester diese Ausnahme doch daher kennen, dass ein unüberschaubar großer Anteil von fast normalen Menschen, deutliche Berührungsängste mit Artgenossen hat, nur weil sie vielleicht in einem Rollstuhl daher rollen.

Weil es sich um *Gruppen*-Menschen und *Gruppen*-interessierte Gruppen-Exemplare einer großen Herden-Gruppe handle, konterte ich geschult und von über siebzehn Jahren des Alleinseins versiert. Und, ließ ich ihn wissen, ich sei halt nun einmal *kein* Gruppenmensch, eher eine Auster. Ein Team-Player sei ich nie gewesen; auch zu Zeiten überaus engagierter Berufstätigkeit nicht. Der Eine sei halt so, der andere Mensch anders. Aus diesem Verhalten heraus sei wohl das Wort Individuum entstanden, spekulierte ich ihm ins grübelnde Gesicht. Außerdem, fiel mir plötzlich wieder ein, hätte ich meine Gruppenuntauglichkeit bereits mehrfach bewiesen. Schließlich hätte ich bereits zwei Mal ziemlich unbegabten Scheidungsanwälten mein sauer verdientes Geld für ihre unvollständigen Dienste überlassen. Na wenn das kein rechtskräftiger Beweis ist, sagte ich stolz auf mein Erinnerungsvermögen, dann weiß ich auch nicht. Das sagt doch alles, oder etwa nicht?

Ja ja, meinte er noch immer nicht ganz überzeugt. Das sei zwar richtig, aber die Praxis sähe doch wohl etwas anders aus. So sicher schien er sich aber nicht mehr zu sein. Das sah ich ihm an der Nasenspitze an. Vermutlich fiel es ihm nun selbst auf, dass er eine komplette ausgegrenzte, gemiedene mindere Minderheit überhaupt nicht ins Kalkül miteinbezogen hatte. Die unwillkommenen Exoten unter dieser Rasse nämlich, welche sich als menschliche Menschen bezeichneten: weibliche Singles über fünfzig! Grundgütiger... wie hatte er das nur vergessen können.

Die Menschen suchen doch einander mehr als je zuvor, versuchte der Gottesmann seine Nachlässigkeit zu retten. Daraufhin erklärte ich ihm ein paar Seiten diverser Dating-Möglichkeiten und wie irreversibel die Welt in Wirklichkeit sei. Partnerschaftsbörsen, sagte ich, Partnervermittlung gefolgt von digitalen Plattformen sind doch nichts weiter als ein volatiler

Rohstoffmarkt. Diese verbreiteten, fragwürdigen Möglichkeiten ersetzten heutzutage teure Mieten für spezielle Etablissements die man vor langer Zeit kaum aus einem Stadtbild wegdenken konnte. Ich wollte auch nicht wissen, ergänzte ich der Vollständigkeit halber, wie viele der Teilnehmer auf solchen Plattformen es ausschließlich auf fleischliche Zerstreuung abgesehen hätten und gar keine dauerhafte Verpflichtung eines festen Partners gegenüber suchten. Ich erzählte dem freundlichen Gottesmann die Geschichte einer früheren guten Freundin, welche im Laufe der Zeit zur „guten Bekannten" geschmolzen war. Und er, er erzählte mir die Geschichte eines früheren guten Freundes, der zu einem *positiven* Recherche-Abschluss hinsichtlich einer digitalen Partnersuche gekommen sei, und heute einen goldenen Ring mit innenliegender Gravur am Finger trug. Es geht doch, setzte er keck nach.

Je länger ich ihm zuhörte, umso mehr überfiel mich die Einsicht in Bezug auf meine Wenigkeit, dass es bei mir wohl an fehlender Normalität mangelte. Ich zählte uneingeschränkt zu dem Model „Auster." Bitte nicht öffnen, stand auf meine Stirn geschrieben. Anschauen auf eigene Gefahr, lautete das Kleingedruckte. Müsste man nicht des Morgens so pervers früh aufstehen und dürfte Kaffee in endlosen Mengen in sich hineinschütten und abends bis in die Puppen fernsehen, und dürfte man hinter dicken Klostermauern auch jüdisch glauben und seine sanfte, geminderte Ideologie dahingehend ungestört pflegen, dann hätte ich mich gerne für das Amt einer Nonne beworben, weil ich - bis heute – eine Einschätzung meiner Person dahingehend vertrete, dass ich für dieses Amt wahrhaft vorbildlich getaugt hätte. Ein Hündchen hätte man mir noch erlauben müssen und mein Leben wäre perfekt verlaufen. Aber so... So ziehe ich jeden Tag in den Straßenkrieg und lasse mich von feinseligen Frauen mit bösen Blicken bestreichen, weil sie mich – ich weiß bis heute nicht warum – als Konkurrentin vermuten, die ich wahrhaftig nicht bin. Ich bin gut erzogen und habe Respekt vor dem Eigentum anderer Menschen, sogar vor Frauen, in diesem speziellen Fall. Und alleine der Begriff „Eigentum", treibt mir schon wieder den kalten Schweiß auf die Stirn.

Niemals im Leben will, wollte oder werde ich... irgendjemandes Eigentum sein. Niemals.

Liebe liebende Gesellschaft ändere dich, und lasse Menschen wie mir einen artgerechten Lebensraum in dem es uns gut geht, weil wir an Anzahl in naher Zukunft zulegen werden. Ihr, liebe Gesellschaft werdet noch staunen wie viele Frauen in Zukunft ein neues Bild verkörpern werden. Gewöhnt euch an uns; besser früh als spät, denn wir sind vielleicht irgendwann sogar in der Überzahl und reißen die Weltmacht an uns. Man kann ja nie wissen, nicht wahr?

Und dann, liebe Gesellschaft... dann wäre es gut wenn wir einander lieben und achten könnten, so wie es dereinst von uns erwartet wurde.

Was wäre die Welt dann ein wundervoller Ort.

Lele Frank

Weitere Bücher der Autorin Lele Frank:

„Tanz der Optimisten"
338 Seiten, ISBN-Nr. 978-8301-1623-3   14,80 €
Teilbiographie als Roman verfasst

„Wenn Peter zu der Hure geht"
248 Seiten, ISBN-Nr. 978-3-7375-2701-9   8,99 €

„J...(L)etztendlich 60"
276 Seiten, ISBN-Nr. 978-3-7375-3393-5   8,99 €

„Ärsche die nach Süden ziehen"
164 Seiten, ISBN-Nr. 978-3-7375-2700-2   6,49 €

„Das Haar in der Suppe"
280 Seiten, ISBN-Nr. 978-3-7375-2747-7   8,99 €

„Tödliche Blicke"
224 Seiten, ISBN-Nr. 978-3-7375- 3225-9   7,99 €

„Guten Tag, ich bin das Glück...
Darf ich reinkommen?"
157 Seiten, ISBN-Nr. 978-3-7375-3432-1   8,49 €

„Impotenter Mann gesucht."
134 Seiten, ISBN-Nr. 978-3-7375-3779-7   7,49 €

„Auf die Plätze, fertig..., Vergebung" „Glück" „Liebe"   -
Trilogie, 124, 120 und 120 Seiten
ISBN-Nr. 978-3-7375-3-4523-5, - 4524-2, 4525-9   5,99 €

„Tagebuch eines Bleistifts"
418 Seiten, ISBN-Nr. 978-7375-3-4619 -5   9,95 €

„Heideres Strandlääba." (Heiteres Strandleben)
108 Seiten, ISBN-Nr. 978-7375-3-6246-1   4,99 €

„App in den Himmel"
260 Seiten, ISBN-Nr. 978 -7375-3-6487-8   8,49 €

„Brüder Blut"
236 Seiten, ISBN-Nr. 978-3-7375-6945-3   7,49 €

„Oktobermond"
248 Seiten, ISBN-Nr. 978-3-7345-1543-9   9,99 €

„W" wie WerBU(H)nG"
228 Seiten, ISBN-Nr. 978-3-7345-2434-9   8,99 €

„Gottes schöne Kleider"
200 Seiten, ISBN-Nr. 978-3-7345-5801-6   8,49 €

„Zu dumm zum Sterben"
680 Seiten, ISBN-Nr. 978-3-7439-3997-4   19,99 €

„Er liebt mich... er liebt mich schlicht"
280 Seiten, ISBN-Nr. 978-3-7439-5457-1   9,99 €